“在场丛书” | 中国当代中青年作家作品巡展 *01*

罗拉的自行车

周洁茹 著

北京时代华文书局

图书在版编目（CIP）数据

罗拉的自行车 / 周洁茹著．-- 北京 ：北京时代华文书局，2017.10（2019.5重印）
ISBN 978-7-5699-1863-2

Ⅰ．①罗… Ⅱ．①周… Ⅲ．①中篇小说－小说集－中国－当代②短篇小说－小说集－中国－当代 Ⅳ．①I247.7

中国版本图书馆 CIP 数据核字（2017）第 248029 号

罗拉的自行车

LUOLA DE ZIXINGCHE

著　　者｜周洁茹

出 版 人｜王训海
选题策划｜梁明德　邵鹏军
责任编辑｜周连杰
装帧设计｜格林文化
责任印制｜刘　银　訾　敬

出版发行｜北京时代华文书局　http://www.bjsdsj.com.cn
北京市东城区安定门外大街 136 号皇城国际大厦 A 座 8 楼
邮编：100011　电话：010-64267955　64267677
印　　刷｜三河市三佳印刷装订有限公司　0316-3650105
（如发现印装质量问题，请与印刷厂联系调换）
开　　本｜155mm×220mm　1/16　印　　张｜24.75　字　　数｜238 千字
版　　次｜2018 年 1 月第 1 版　印　　次｜2019 年 5 月第 2 次印刷
书　　号｜ISBN 978-7-5699-1863-2
定　　价｜56.00 元

目录

点灯说话

1

我总是梦见赶火车，但是每次我都没有赶上，然后我又梦见自己去赶汽车，我还是没有赶上。

醒来的时候我就怀疑梦是不是要告诉我一些什么，是不是我要失去我的什么珍贵东西了，工作，人民币，爱情，还是其他的一些什么，总之每一次我都没有赶上。

事情就是这样的，我早了四个钟头去赶火车，我做梦都没有想到大街上会召开糖烟酒招待会，我大概换了四辆面的，穿越了无数大街小巷，我从来没有看见过那么多人会在同一时间同一地点都聚集在了一起，他们红光满面。

我提着行李箱，看着火车离我远去，眼泪已经流下来了。

2

“你多大了？那你懂什么？你跟几个男人睡过。”桉叶在电话里说。

我愕然。然后我优雅地笑了笑，把嘴靠近话筒，慢慢地一字一句地说：“你是一个呆B。”

我放下电话，转身，看见父亲正大吃一惊的模样，母亲站在厨房的门口，面容忧伤。

“你怎么这样说话了？”父亲严厉的目光盯着我看：“你以为你还是在学校里念书吗？”我唯唯诺诺地从他的面前退出去了，我换鞋，穿大衣，然后去看某一个人，或者什么人也不看，就在大街上逛逛，今天我不用赶火车。

我的女友小鱼正在她昏暗的房间里描一幅繁花似锦的油画，在那幅画里，水仙花康乃馨和黄麦穗胡乱地插在了一起，小鱼往她的天花板翻白眼，我想她的画就是这样翻出来的，人家买回去挂在客厅比较华贵一点。“我画行画。”小鱼说：“我要赚钱。”

小鱼当然和我同年，我们并不想和年龄太大的或者年龄太小的女人交流思想感情。三四十岁的徐娘们通常就是穿红挂绿，扑着粉白的厚粉，涂着浓重的红脂胭，她们穿着踏脚裤或者鱼尾裙，脸上永远挂着与年纪不合适的妩媚的笑，她们总是想着能再讨回来一些什么，她们总是想走在潮流的前面，但是时间又怎么能讨要得回来呢？现在她们像老气横秋的母鸭那样对我们指手画脚，把已经下坠了的胸拼命地往上挺。年纪太小的已经不得了了，我多少次看见她们站在大街上旁若无人地交谈下流话，而且她们一定很凶悍，她们大概还是在学校里读书吧，发育却是很好的，身材丰腴，走起路来臀部妖娆地晃来晃去。

小鱼的手本来是可以和我的手一样白皙细柔的，但她却去钉画布。她的指甲正在发炎，指甲后面的嫩肉颜色粉红。小鱼今年的造型已经往张爱玲靠拢了，她以为我看不出来，她涂了灰黑色的唇彩，用了宝蓝色的眼影粉，修了细长的眉毛，穿着中式的盘钮滚边棉袄，她可以去唱徐小凤的《忘不了》。

据说张爱玲和苏青很流行。但是我们都已经有些聪明了，一同推出的席娟和于晴就已经不比我们读书时候出现的三毛席慕蓉那样迎合大众大获成功了，虽然她们也是流行中的。我们已经识破了出版商们的花招，于是我们说，张爱玲毕竟是太老了，在流行复古中她被翻了出来，明天要是流行其他的一些什么了呢？书店老板们一定是黯然伤神。

小鱼拿她的创作给我看，我想尽量地迎合她，虽然我没有什么情绪，她在一幅工笔的中央，应该是很精确的中央，用锋利的刀划了三刀，然后又用麻绳把画面缝合起来，我问："你想说什么？"

已经是一九九七年了，这是一个伟大的年代，会有大事情发生，但是对于我私人来说，只是我的年纪又长进了一岁了。我已经二十二岁了，我真不愿意承认这个事实，我对镜梳妆，看自己的面孔，看得出神入化。

六十年代出生的那一代总是要告诉我们他们过得是多样闲适的生

活，他们或者怀旧（老派男人？）或者像一群潮流中的混混一样在大街上走来走去。他们以为自己还是青少年呢？真好笑。他们绝对误导了老一代，前辈们真的以为现在的年轻人就是这样胡乱过日子的：缺钱花、和街上碰到的任何陌生男女谈恋爱、剃平头、作风问题，诸如此类。

时间是会走路的，七六年以后出生的我们已经懂一些事情了，不同的是，他们大概没有学到什么吧？虽然这不是他们的错，他们却是晚生代。我们却享受到了许多美妙东西，有很多东西，比如滑板，手提电话电话，麦当劳，电脑上网，等等，我猜想 80 后的一代们一定会嘲笑我今天说这些话，我会坦然地接受。

我们脾气温和，没有什么主见，我们是独生子女，我们健康地生活着，至少我们很正常。二十二岁的我留着长直发，转身灵巧，举止文雅。我上班，从来不迟到早退，每个月八号用金穗卡取工资，双休日休息，深居简出，而且我代表了大部分良家少女的日常生活。

小鱼还在翻白眼，我出去了。

桉叶的生意却是越做越大了，我在街口看见了他的桑塔纳车，我曾经对他说，你如果实在要买车的话应该是买吉普的，况且吉普总是在降价，我并不是因为看了某一部京城的蹩脚言情剧才对吉普有了朝思暮想，尽管外面传说那部连续剧很火。他却还是买了桑塔纳，我猜测他大概是为了最后没有退路了去开出租吧。他毕竟还是和我有着很深的代沟，他们比较喜欢实用，他的身旁一定坐了美丽的小女子。我以为他是要欠债逃到外面去的，他却越来越精神了。真让沮丧。还是六十年代的天下，他们还没有要老去的意思，我们倒显得稚气十足。

我买了一张正版光盘，封面很精致，写着美丽的字样“咬文嚼字老鼠学汉语”，我真以为是学汉语呢，却是十二只猪猫狗牛向我频频抛媚眼。软件专卖店里的男孩子玩光盘游戏却是很老练，好像电脑是他的情人似的，粘在身子上不愿下来，他们头脑凌乱目光呆滞，情绪恶劣，他们总是有地方吃饭，所以不要做正经事情，我们这一代里总是有一些败类，他们总是给我们丢脸。

3

今天是倒霉的一天。我现在深信不疑一个人如果要倒霉的话一定是倒霉到底的。

我先是在一家店里喜欢上了一件银灰色的紧身衣，我买下了它，然后在第二家店发现了一模一样的货色只卖一半价钱，如果不去那第二家店就好了，现在我已经对我的新衣服有了心理障碍，情绪很低落。然后我招了一辆的士，我坐了上去，我完全能在二十分钟内新华书店下班以前赶到那儿，我手里有一张新华书店的价值一百元的购书券，今天已经是期限的最后一天了，我想赶紧把它用掉，最好是买唱片或者明信卡，书店里总是有那种东西，只是不知道他们是不是把音像和书的账目都放在一起做。

司机是一个三十多岁的小子，车开了一百米，他停了下来，很巴结地把头伸出车窗去，脸上挂着受宠若惊的欢喜。他碰到了一个熟人，是一位老得牙齿都发灰的浓妆小姐，染着红色的头发，还是老式的妆，褐色眼影，唇线轮廓明显，两颊扫了一团红色，穿着流行并且出自地摊的便宜时装。小姐骑着金鸟助力车，给我们污染严重的城市又多添了一份贡献。尽管车已经停了下来，小姐还是没有打算理睬他的意思，只是象征性地拿美艳的眼神瞟了他一眼，他便得寸进尺了。

“现在在哪里跳早舞啊？传呼换了呀，多少号码啊？”

车子里面的我只看见小姐频频显出不耐烦的神色，但我们的司机紧追不舍。

“我赶时间。”我说，斜靠在后座上，拿眼睛上上下下地扫那位小姐，小姐看见了车子里面的我明眸皓齿，大概是觉着压力了，脸色也有些灰暗。

“你快点去做生意。”小姐说。

“马上马上。”他转回头讨好地对我笑，又带着讨好的笑把小姐目送开去了。

“你不要走市中心那条路。”我说：“那里很容易堵车。”

“现在是下班时间总归要堵的，哪里都一样。”他很有经验的样子，我猜测他一定是对我有意见，搅了他的好事，又对他指手画脚，让他不要走那条路，他便偏要走。行了一百米，塞车了。

天色已经开始昏暗下来，我招了第二辆的士，从外环路绕过去。我想是因为我光顾着招车了，上了车我才发现那是一部奥迪。当然首先我是要去看他的计价器的，我看见上面闪着十八元的字样。“您没有搞错吧？”我客气地问，司机是一个肠肥脑满的中年男人，这样说他一点也不过分。“是这个价位。”他也很客气地回答：“总是有人以为我宰客，其实定的就是这个价格。”他如果这样温文尔雅地解释完了应该是很好的，我也会愉快地付了车钱，愉快地下车去，但是接下来他又说：“我们是外事旅游的车，一般是不游车河的，我们都是停在大酒店的门口，一般都是送外宾去机场，当然小费也是很可观的……全市只有二十辆我们这样的车，小姐我看见你站在路口招手，当然就停了下来……”他絮絮叨叨，而且像一个老太婆那样把话颠来倒去反反复复地说。

“那么我的运气很好嘛。”我微笑，耐心地应付他。

“全市就只有这几辆车，而且我们是不游车河的，我们一般都是载外宾……”他继续说，傲慢地挺直着腰身，形态矜持。

最后到的时候天色已经完全黑了。还好，书店还亮着灯。我下车，

如数付给零钱，并且客气地说：“对不起，没有小费。”

推开门，里面的小姐尖叫：“下班了。”我手足无措，脸上立即堆满了讨好：“不要很长时间的，随便挑什么书好了。”“我们下班了，明朝早点来。”小姐坚持，又转过身子去冲着里面喊：“阿明啊，今朝死脱了呀，不晓得拿卷帘门拉下来，快点快点……”

我自然是很恼火的，重重地关门，准备招第三辆车回家去。那辆出租车兴高采烈地发现了我，冲出去十米远，停了下来。

我首先是闻到了一种腐烂的味道。当然我并不想就这个问题发问车

子的主人让他难堪，我也不会坐在出租车里手忙脚乱地查看座位、座位上的靠垫、下面的地板，我只是很宁静地坐着，眼神缓缓地把这车子的全部扫视一遍，我很想知道那究竟是一种什么味道。

他放进了一盒磁带，他一定是以为年轻的小姐都喜欢听流行歌曲。

“我今天真是倒霉，我发现一个人要是倒霉就会一整天都倒霉，倒霉到底。”司机主动说话。

“今天你是我的第一笔生意。”司机又主动说话。

“我今天一早就有生意做，就掉了头驶过去，我明明查看了周围，没有发现警察，但是那个巡警就像是从地底里冒出来一样出现了，如果光是停车倒也好了，只要罚三十块钱，但又是违章掉头，一共罚了六十块钱。”他还是主动说话。

“然后我的车子刚开出去五十米，一个老头子忽然竖在了我的车子前面，我当然是没有撞到他，但是他很拼命地敲我的汽车玻璃，拖住我要我送他去医院，我当然是据理力争，于是两个人都被带到警察面前说说清爽，你看，刚刚才说清楚了出来，又给了那个老头子一百块钱。我好不容易才拉到你这个生意。”他已经不是自言自语了，他是在和我说话。

我当然也有同感，我便说：“我今天也倒霉，居然都坏在你们出租车司机手上了，什么事情都没有办成。”

“我们这行里总是会有败类的，他们总是给我们丢脸，我就不会的，我从来就是有零找零、无零让利，挣那个钱干吗？”他有点正直激昂的神气，虽然这一天他大概真的一分钱都没有赚到。从他的侧面看，他真是一个英俊的小伙子，只是，他的车子里有一种腐烂了的味道，不知道是什么东西，也许是上一个乘客半年前留在他车子里的水果？或者鲜花？怎么他闻不到吗？

我拿二十元给他找，他找不出，但他要证实他说过的话。“你等一会儿，我去小店里换了零钱来找给你。”他开了门走了出去，我坐在车子里，车子里亮着灯，我开始上上下下地找，查看究竟是什么东西，但是我找遍了整个车厢，什么也没有找到，那种味道还是很浓烈。不管怎样我都要下车了，不必理会这事情了。我推开车门站在车子的外面，看见他换了零钱，走进来了。“现在的店不买他的东西就不给换零钱，我只得买了包烟。”他说。

“谢谢。”我竟说了这两个字，我一般都是不太愿意理会这些开出租的司机的。

我希望我的父亲和母亲忘记了我说过的那句关于呆B的话，我仍然想他们认为我是一个听话的女儿。

4

我泡茶，坐下来，查看笔记本，发现今天没有会议召开，看报纸，今天的日报说高速公路上又发生了车祸，是一辆红色的夏利出租车，司机很年轻，不知道什么原因，他竟自己撞到了公路旁的电话柱子上了，采写报道的记者希望年轻的司机朋友们注意不要疲劳驾车。

小报道，没有附加照片。我开始有一点害怕。

我想我还是知道那是一种什么样的味道了，那大概是死的气味，我竟接近死的气味那么近了，我竟没有因为心情恶劣而招一部的士上高速公路兜兜风去，我回到家里，洗澡，心情舒畅，然后睡着了。一念之间。

总之我不必相信世界上有那么巧合的事情，我只是昨天乘了一辆有难闻味道的出租车，同时昨天的高速公路上发生了一辆车祸，就这样。

看完了报纸我开始抄写一份关于加强宗教管理破除封建迷信活动的材料。这时候有两个下面打印室的小姑娘来串门，看见我在写材料，很诡秘的样子。

“你还不知道那件事情吧？”她们说。

整个机关只有我是与她们一样大年纪的，她们一定暗地里对我不满，她们会想为什么她倒去了党委口，而我们却在打印室里体力劳动。我现在发现其他副科级以上的徐娘都不屑于理睬她们，而我第一天上班就想着能上上下下搞好关系，我微笑着去结识她们，还佯装亲和地拿起她们随处放的一本某明星亲笔签名著作做了一番赞扬，那本书大概是很被她们看重的，也许她们费了很多时间等候在书店门前挤得花容失色才签到了名。我想我错了。

她们先是像没有见到过大世面的虎那样对驴探头探脑，最后她们还是扑上来了。我还以为她们接纳了我，其实她们从来就是排斥我的，从一开始就是，我们无法沟通。现在她们居然能理直气壮地拖欠我送下去打印的紧急材料，而且死皮赖脸地诉说她们是多么繁忙。我脾气很好，我耐心地在楼面上跑来跑去，看领导的脸色，用温存的语气请求是不是能够快一点点。

平日里她们也很寂寞、也很忧愁，虽然这种忧愁与我的忧愁是不一样的，但她们还是愿意与我聊点什么，时装、新品种的小零食、便宜面巾纸、化妆水、卫生纸，诸如此类。她们通常就是要搞一些新意思出来引人注意，其实小道消息在她们看来也事关重大，她们大概没有什么事情可做。我继续抄材料。

“地道口你总认识的吧。”

我下班要路过她们所说的那个地道口，我想也许那儿出了车祸，也许有什么工程施工要绕道走。我停下笔，问：“出了什么事？”

“有鬼。”她们说。

“你们不能在市委宣传部的办公室里说这种话，我们正在加强宗教管理、破除封建迷信活动。”我先是愣了一下，然后一本正经地说这话，我清晰地听到组织部长的皮鞋声音从走廊那头走进来了。

她们嘶嘶地笑，像一群年轻的母鸭子。“她是一个非常好的女孩子，她是那家厂的出纳，火起的那天晚上，她冲进去抢了一些账簿出来，然后她打了火警电话，然后她已经跑到地道口了，但她又想起来了还有一些人正在车间里打扑克，她马上又跑回厂里，她把那伙打得出神入化都不知道着火的人都叫了出来，这个时候她又想起来楼上还有一些重大的东西要拿，便上楼去，结果，烧死了。”

“完了？”我说。

“完了。”她们回答。

“没有什么了？”我说。

“还有什么呢？”她们疑惑：“只是，他们都不承认是她救了他们。他们都说，我们是自己知道着火了跑出来的，我们根本不知道她还在厂子里。女孩子死后，每天晚上他们路过地道口的时候就感受到她的鬼魂，她像风一样追逐着路过的人，向他们诉说自己的后悔，她的叹气像风那样一直追逐到出了地道口才消失。他们都吓死了，不敢再从地道口走，每天都绕着走。”

“她一定是后悔的，如果她一直跑到地道口也没有想起来有什么东西没抢出来，她继续跑，直到跑回家，定下神来喝一杯水，她一定没事。但她活了二十年，从来也没有碰上过这种大事情，她想都没有想到过会有着火这种事，她居然镇静地想为自己的厂抢一些什么出来。她的尸体抬出来的时候已经烧成黑焦焦的一小段，她的妈妈哭得眼泪都没有了，只有她一个独女，刚刚学校毕业，全靠她了。”我们沉默，想象那个女孩子的模样，然后她们下楼去了。我们都是懦弱的女人，虽然我们分歧很大，但我们都是女人。

下班，我收拾东西，把自行车推出来，我仍然路过地道口，我没有感觉到什么，因为我的心里面没有什么心事，我不认识她，我没有鬼存在的想法。只是那些大人们为什么不承认这个小女孩做的一切呢？我只觉得风吹起来很冰凉，好像是说话的声音，所以他们就认为是那个女孩的声音了，还是他们心里面有鬼所以鬼就真实地存在了呢。

我能够做什么呢，我想我同情她吧。我应该在这个季度的十佳好事上把她评上去，报纸上也会有大报道出来，但是季评十佳和见义勇为是办公室里另一个干事的事情，我不打算自己找点事情出来做。我想应该很快把这个鬼忘记掉，很多人都希望把这件事永远地掩盖掉，我又与她素不相识。

我仍然在每一个梦中跑步，但是从来我都没有跑赢过，我疲惫、沮丧、心力交瘁，我什么都没有赶上。醒过来我就想这是为什么，我有良好的面孔和身材，单身，家境富足，父母恩爱，我在机关单位上班，而且顺利地通过了公务员过渡考试。总之，我没有压力，一点都没有，我从来都是幸运的，做很多梦大概是从小学的时候就开始了。

5

小鱼说她病了，但是我看见她胖了，气色也很好。

她仍然聚精会神地描一盘水果，玻璃器皿，华贵、色泽美白，里面盛着四时鲜果，我猜想如果她没有享用过这些东西，那么她一定会把它画出来，

“我已经有一个星期没有睡着过了。”她说。

“你恋爱了？”我说。

“我有过谈恋爱谈得一个星期都不要睡觉吗？”她反问，神情严谨。

“你有心事？”我说。

“我所有的心事就是他们不出我的画样，但是我已经解决掉了，我把给他们的画都拿回来了。”

我想象不出小鱼为什么会睡不着觉，我无法想象，如果是我，压力只会让我更加甜蜜地睡去，然后醒过来用更充分的精神去应付它们，我会解释、挽救，我就像一只绿色的虫子那样勤奋和软弱，我不愿意相信事实。

“怎么开始的？”我只能说点实在的。

“我不知道。那天晚上我只是要赶那幅画，你看见过的，有很多花的那幅。我只想着只要一点点只要一点点就能在今天赶出来，我一直画到四点钟，然后我去睡觉，但是我发现我睡不着。”

“你兴奋？”我说。

“不，不我一点儿也不兴奋，我只觉得空荡荡。我还以为是一般情况，我们以前都有过的，是吧。但是从那个晚上开始我就再也睡不着了。”

“你失眠了？你颠倒过来了？白天睡觉晚上睡不着？”

“我说了这么多你还不明白吗？我是说我白天睡不着，晚上我也睡不着。”

“那不是很好吗？”我笑：“你精力充沛，头脑清醒，你可以利用一切时间了，白天画行画赚钱，晚上可以创作。你的时间会很富裕，而且你不觉得累。”

“是，我是不累，但我怕，这样的情况已经一个星期了，而且要是一直持续下去呢，我想我会受不了的。”

“去医院好吧，配点药吃，你可以用我的病历卡。”

“他们只会对我说原因是身子和脑子太疲劳了，不要多想事情，要多找点营养吃，而且要多休息，他们只会这么说。”小鱼马上反对：“其实我想什么呢？我要想什么呢，我什么也不想，我只是一门心思地画，你知道的。”

“当然，当然我很了解。”我频频点头：“只是你自己不知道，小鱼我知道你不想瞒我，但你的确是有什么事，你自己还意识不到。”我想开导她，虽然我没有十分的把握，但我是小鱼唯一的朋友。

“每个人都苦恼，当然我也苦恼。”小鱼说：“你知道吗？你不知道的，你在机关你不明白这些事的。”

“我们同年，而且我们很要好，你要承受的我都要承受或者已经承受过了。”我想努力往小鱼靠拢。

“是，我们两个都在一天天地长大，以前我们不需要顾虑这些东西，但是现在我们二十多岁了，我们算是成年了吧，你明白吗你不明白的。

他们可以说我的功底太差，素描底子没有打好，可是我的作品已经摆出去了，有眼睛的也都看到了，他们又能找出一些什么出来呢？除了我是一个女人我有什么呢？”

“他们是什么人？他们是谁？”我问。

小鱼苦笑：“我也不知道。”

“你是在为想象中的对方烦恼，你都不知道他们是谁？”

“这只是一种感觉，感觉而已，但是他们存在。”

沉默。我不知道应该说什么，我从来就没有鄙视过小鱼的画，我们是朋友。我们寂寞，寂寞苦不堪言，除了我和小鱼，我相信整个城市里我们都找不到可以与他谈真情实感的人。我相信我们都是流行中的小女人，我们聪明、美丽，但首先我们自己会否认那是感情，我们自取其辱。

“她们成立了女画家沙龙。”小鱼说。

原因就是这个了。我放松心情叹了口气，说：“沙龙？已经过时了几个世纪了。”我笑：“小鱼你在乎吗？她们不把你当一回事？”

“我在乎。”小鱼说。

“你比我都要知道她们都是些什么人，她们沉浸到柴米油盐中去了，她们前店后厂，感觉良好，她们有纵横交错的一切，你没有，除了年轻你什么都没有，但是你比她们年轻整整一代。她们大概没有你勤奋，而且她们总是会说我们画不出作品就是因为我们有家庭孩子，家务事妨碍了创作，而你没有负担，所以不需要认可你的勤奋，这是应该的，她们都是你的老师。”

“她们有生活，而我没有。”小鱼说。

“你想找几个男人睡？”我说。我发现我失败了，她好像有各种各样的烦恼，各种各样不计其数，我没有办法，小鱼带着我绕圈子，我不知道究竟是为什么。我也有问题，我在开导别人的时候发现了自己的问题。

所有的问题就在于我们很在乎，第一，我们认为自己是女人，第二，我们认为自己是名人。

小鱼哭了。

“我天真到以为这些都是小事情而已，直到我去看那个画展，我遇到了我一直爱慕的画家，但他总是回避我，怕和我站得很近，怕与我说话，一直到后来我才看出来，他是怕我粘上他呢。可是，我只有二十二岁，我怎么会那样做呢，我都不知道怎么回事呢。我以为我会悄无声息地画，我一直以为我画是我私人的事情，我做梦都没有想到他们交谈，窃窃私语，而我天真得一无所知。我称呼每一个人老师，我讨好他们，听他们说话，记住他们的教导，我心里想老师都是希望年轻的学生能出成绩的。”

我不知道应该怎么对小鱼说话，我只能说：“起初你是一幢房子，但它只是一幢房子，房子里面没有什么，它是暗的，但是现在它有了光，它是一幢有了灯光的房子，有亮光的房子自然是会有人来注意到的，他们不敢轻举妄动，他们便从地上拿起石头来砸你的门、玻璃，你坐在房子里不安心，你把耳朵贴紧在门上很仔细地听，你听到了风声雨声石子声，但是他们只是拿石子砸你的门而已。你马上就开门，把你门前的那堆垃圾统统搬回家去，你坐在垃圾中间，清点里面有些什么，你想从垃圾中找出点宝来，虽然这些垃圾影响了你，让你睡不着。”

“我绝不是因为这个原因而失眠，失眠只是那个偶然事情的发生，我说过了，我只是为了要赶那幅画。”小鱼坚持：“我没有半点埋怨的意思，他们轻轻地敲门，关怀你，与你谈心，教会你一点东西……”

“小鱼，如果他们踢开门闯进来了，你也有应付的方子吗。”

“我没有。”小鱼黯然，眼泪僵持在美丽的眼眶里：“你知道的，这是我的全部，我有多珍惜这种感情，所有的一切，我不想失去这个圈子，你知道我看重这些。”

“小鱼现在你的脸上都是锅灰，你洗了一遍又一遍，你把整个脸都用清水洗得发白了，你大喊大叫，我脸上没有灰，我很干净。你喊了一遍又一遍，接下来你会继续喊，你们看我只是个女孩子啊，你们看不出女人和女孩子的区别吗？小鱼你错了，你想改变已经败坏掉的风气吗？你太高估自己了。”我心里发酸，我相信我比她还要难过，小鱼在我面前装出坚强，其实我们都一样懦弱。小鱼是我唯一的朋友，就像我是她唯一的朋友一样，我们相依为命。

“晚上你留下来好吗，你看我真的睡不着。”小鱼说。

我看座钟，已经很晚了，我知道回去就要被盘问一番，做详尽的解释，不管怎样，我都得走了。

“小鱼你知道的，这么多年我从来没有住在外面过，当然小鱼你也一样，我还得回家去。”

我扫视满屋子小鱼的画，打算帮她拿到桉叶的画廊里去卖，不知道桉叶那边的情况怎么样了。

6

我喝茶，看报纸，发现了有关桉叶的报道，副刊头条，标题大气到托起明天的辉煌之类，说的是桉叶的创业史，我没有想到桉叶也会俗套到请人为他作传宣扬一些什么。短短的一年间，我不明白他为什么要这样做，他频频出入各种慈善捐献会，他收购某规模庞大的物资公司，开新闻发布会，我终究是不明白男人做一桩事的确切想法，何况他又是上一辈的人物。

他是不是已经认可了他自己的地位，他以为自己就是渗入到高层去了吧，这是他一直梦想的，他实现了？我有隐隐约约的担心，我不知道结果会是什么，就像是造一幢楼房，我看见桉叶飞快地建起一幢十五层高的美丽大厦来，风平浪静。

尽管我们年轻，我们容易接受新事物，但我们还是认为建造楼房应该是一年建一层，桉叶他们也许会嘲笑我们手工作坊，我们应该满怀激情地去闯荡吗？和他一样？虽然我们年轻，也许我们目光短浅，我们还是想稳稳地走路。我们抓住了一匹马，我们小心翼翼地抓紧了缰绳，我们不想有一天那马像炸狂了一样狂奔开去，我们骑在上面阻止不了又下不来。

7

凌晨五点了，我打电话给小鱼，我希望她是睡着了，我想如果电话响了三声我就马上挂掉然后愉快地睡去。但电话响了一声她就来接听了。

“小鱼你睡着了吗？”

“没有。我吃了安眠药，可是我的精神还很好。”

夜深人静的时候了，小鱼的声音听来很清晰：“你看，还是这样，我仍然睡不着。我一直在想，过了两点我没有睡着我就要死了，过了两点了，我没有死，我就想，过了三点我再睡不着我就死了，可是过了三点我还没有死，一直到五点了，我每时每刻都在死，但我还没有死，现在我一直在想，还是睡不着的话，我真的就要死了。我陷进无边无际的恐惧中去了，我闭上眼睛，我就看见我在跑。”

“你赶火车吗？”我说：“和我一样。”

“不，我不是要赶车，我只是不断地看见有人要杀我，一路追杀，所以我跑，我累了，但我不敢休息，我一路跑，为了逃命而拼命地跑。”

小鱼说：“我不想跑了，我要死了。”

你疼吗

1997 年 1 月 28 日以后，我和我所有的女友们都决裂了。这个日子对我很重要，真的，我可以把身份证给你看，上面就是写着 1976 年 1 月 28 日，是这样，她们居然没有给我过完二十一岁生日就夺门而去。二十到二十一岁之间我就只做了一件事情，那就是让她们离开了我，虽然一年前我还拥有着美丽出众的她们，但是一转眼，她们就把我排挤出我们的圈子了，真让人伤心。

她们都是一些多么妩媚的女性啊，即使只是再一次提到她们那优雅如其人的名字也会让我的心隐隐作痛，于是现在我称呼她们做甲乙丙丁，或者张三李四什么的，我的心情会因为不直面她们的娇小名字而轻松无比。总之她们都是一些美丽年轻的小女人，我一再地提到美丽和年轻这两个字眼，是为了表明我也是一个美丽而且年轻的女性，我们聚合成了一个比较合适的圈子。她们都曾经是我最好的女友。其实只能怪我自己，因为我伤害了她们脆弱而且容易受伤的心灵，她们不约而同地掩面而去。

有时候拥有众多的女友比拥有众多男人要重要得多，的确如此，现在我很寂寞，这种寂寞不是某个男人能够弥补的，他们除了说些无关痛痒的废话之外实在干不了别的，他们更不能排遣女人的心情难过，在他们面前我只会下意识地说假话，同时说谎让我紧张，而和女友们一起我不会，我们一起洗澡、交谈，素面朝天和赤身裸体让我们的心贴得很近。

首先是因为我的女友之一甲从海口回来了，她回来的那个下午我正坐在一家酒店的大厅等人，或者什么人也不等。那天我本来要去开一个会，关于警民共建什么的，领导把我安排在会议上一整天，同时我也作了细密详尽的思想准备。我目光呆滞地盯牢与会的市领导良久，看得他们的圆脸上有了近乎羞涩的神色。过了中午十一点半会议结束，居然没有招待吃饭。这样就平白地就多了一个半天出来。我就这样到了那家酒店，坐在大厅里，别人一定以为我是在等什么人，那我就等什么人好了。

我起初以为它会是一家免俗的大厅，它一定不屑于安插吧台赚住客之外的钱，虽然今年大家都有难处，生意清淡，下岗女性增多。但我错了。我坐下来的时候就有总台小姐开始注意我，当她开始认为我可能会坐一段时间以后，她就向我的方向走来了，她像悄无声息的庞然大物那样移动，我猜测她有一双非常轻柔的脚掌，所以当她靠近我的身边时虽然我也在注视着她，很显然地，我还是被她吓了一跳。

“小姐，喝什么？”她俯下身子，诚挚地问，很快地她又说：“红茶好不好？”很快地她又转过身走开了，自始至终我都没有表过态，都是她一个人在自言自语，我注视着她走来走去，她形态欢愉。很快地，我的红茶端来了，同时在下午明亮的光线中，她迅猛地给我上了一根彩烛，而且把圆桌上的新鲜玫瑰换成了更加新鲜的一朵，并且很快地，她们为唯一的顾客放了一盘CD，当然她会把这一切都打进我的账单里。真是一个聪明女人。

如果天天这样就好了，真是一种幸福生活，什么也不用想，而且不要做事情，似乎是空闲的，没有任何安排的一个半天，什么都不用做。领导一定以为我是在开会，但我没有，现在是上班时间，但是我在休息，脑子空空荡荡，喝茶，观察各色人等，等等。

就在这个时候女友甲的讯息出现了，她像以前和我通长途电话那样今天天气哈哈哈，我还以为她在海口，坐在沙滩上穿着很少的服装，头脑发热。然后她告诉我她上午回来了，现在正在洗澡，同时她在热水的浸泡中发出着舒服的哼哼声，如果她不是在对我说她在洗澡，我会误会她正在办别的什么事情。

女友甲的出现必然要让我回忆起女友乙。她们俩几乎会在同时一起出现，这次有些特殊，甲先回来了，也许明天乙也会出现。我们在同一个学校同一个班级朝夕相处了三年，在学校里读书时我们谈论最多的是理想，当然那要比讨论某蠢蠢欲动的小男生和流行话题高尚得多，尽管那个时候琼瑶和席慕蓉很流行，而且早期台湾情歌也开始羞答答地登陆，它们吸引了相当数量的一大批女生。

友甲说她想去做生意，好赚钱买宝马车，女友乙说她要做明星，将来出一本散文集坐在新华书店签名售书，当然我没有太大的野心，我表态说："我只希望明星乙在书店签名售书，富婆甲驾着加长车出现，而你们两个名人都认识我，我会觉得很体面。"就这样。

只是去年我们在一起助养孤儿姗露的问题上发生了争执，女友甲与女友乙因此而彻底决裂，她们互相鄙视，互相诋毁，最后她们甩手一走了之，当然我也没有能力去单独助养姗露，孤儿姗露现在在儿童福利院里。那是另外的一桩事情。

还好，她们一个去了南方，一个去了北方，除了春节，她们不可能再互相见到，女友乙的境遇不如女友甲顺利，她先是在广州发展，但她像很多坚强但运气不好的女性一样被那个城市一脚踢了出来，她含着眼泪灰溜溜地去了北京，住在某个摇滚朋友的房子里。只是到了春节四处奔波的女人们还是要回来的，我是她们中间唯一留守的女人，春节期间我们会见面。

女友乙一直是一个不安分的漂亮女性，学校毕业后她始终在寻寻觅觅，找一份合适的营生，已经过去一年多了，她仍然在寻寻觅觅。

直到第二年的有一天我在一家连锁饲料快餐店里碰上了她，我不得不承认他们为了掩盖把颗粒饲料灌进鸡们喉咙的真相，因此不断地进行各种各样的送礼活动，从纸相册月份牌到蹩脚手表，起先他们是为了骗小学生的钱，但是同时他们也成功地骗到了我的钱，虽然他们目的不在我，他们只是随带便赚点小外快，但是每一次我都没有错过，每一次他们换新花招的时候我也换了一个新情人，我所说的情人其实意义很狭隘，只要他是能够与我谈点什么的，我就可以认可他可以成为我的情人了。快乐的鸡们吃得鼓着眼睛凸着小肚子，飞快地发育着，实际上我们吃的就是饲料，一块又一块。

他们一定没有玩具倾销的许可证，但他们就是骗小孩子的钱，理直气壮。

那是情人节过后的第二天，他们又在举行吃套餐送卡通表的赠礼活动，她就戴了那只手表坐在靠窗的位置上大快朵颐，说是昨天爱慕她的许多男人送了她许多玫瑰，她就放在朋友的花店里寄卖，把卖得的钱用来吃饲料，得意扬扬。

然后女友乙又说，我要去开花店，模样很坚决。我猜测她是想每天都面对美丽的花，每天都过情人节，但那终究还是不牢靠的。

我路过某条街的时候发现了她的小花店，她坐在店子的深处，悠闲地听音乐，有个与她一般年纪的女孩在外面忙碌，插了许多蹩脚的花篮出来迎风招摇。问她生意，她说，赚了点，不多，也还腾得出钱来雇人帮忙。然后又说，平时我都不在店里的，偶然来一次，今天你运气好，碰上了。得意扬扬。

再经过那个地方，却看见她的店铺原址已做了一家面料专卖店，店里的老男人有着一脸暧昧的皱纹。“你问的那个女人不要做生意了，把店盘了一万块钱就不知去向了。”乙应该不会因为他的暧昧而只让他付了万把块钱吧，我想乙不仅仅是一个不安分的女人，她还败家当，当初她要下这店一定不止那一万块钱，她着什么急呢。

几天后乙打来了电话，在电话说，我要结婚了。

就是女友乙让我忽然意识到了那个问题，让我在以后的一年里把时间和精力都放到解决问题上，所以乙虽然不再是我的女友了，我还是要死皮赖脸地感谢她。

乙约我聊聊，对于要结婚的女人来说那自然是要聊她的先生，她的家，还有婚礼筹备什么的。我认为那是一个很轻松的话题，决定会很痛苦，让人朝思暮想，但是决定下来了就会很轻松。

灯光柔和，没有心事，喝茶。乙穿着家常衣服，披散着长直发，像一个贤惠淑静的少妇的模样，讲她的爱，他的爱，她和他的爱，在一瞬间，那个问题就像银色的亮光一样突然出现了，它先是跳出来闪了一闪，我凝神看的时候它却消失不见，但是第二次它又溜近来的时候，我把它牢牢抓住了。

你们上床了？

第一次？

你疼吗？

女友乙当场夺门而去，从此以后她再也没有和我说过一句话。是乙制造了这样可以掏心的好气氛，于是我说了真话，而且我关心她，天地良心，我并不想让她难堪。

我认为她是名正言顺的，而且有什么要忌讳的呢，尽管谁都想做婊子，但不是每一个婊子都要立牌坊的。但是她要跟我翻脸。有什么不妥的，实在没有，我想在这件事上我没有错，我只是问她疼不疼，同时我的神态很关心。如果我是男人，也许她会用尖尖的葱指指着我说我是流氓，但我也是女人。

下流问题。它是一个下流问题吗？我不认为。

后来我才知道她并没有结婚。是女友甲诡秘地告诉了我所有乙的事迹，我怎么也不相信她们曾经那么要好过，但是现在甲却在背后打听乙的隐私和小道消息，然后到处贩卖。最要好的朋友最后必然会成为更危险的敌人，一向如此，我想我应该守口如瓶。

“她居然会相信，谁会那么轻易地为了一个屁事不懂的小丫头离婚呢。”甲是这么说的。我相信，甲尽快地结识了许多生意场上的男人，她现在满嘴脏话，而且真以为自己是个人物。但是他们在交谈的时候也必然会漏出点什么真实情况，我们这个城市并不大，也许她们还会在某一次饭局上相见，各自充当着某个已婚男人的美丽花瓶，应付着场面客套微笑什么的。对付我们这种年纪的女人实在太容易了，他们处在男人最黄金的时段，他们有牢实的经济基础，穿着品牌，出手阔绰，显得气度不凡，知人冷暖，他们懂得怎样攥住年轻女性的心，经验富有的他们一下子就把那些还没有发育好的小公鸡们比下去了。

他们的开头通常都一样。叹气。我的妻子没有文化。我和她没有共同语言。但我为了家为了孩子得把这个家撑下去。她不理解我。我只有努力拼命地工作。我别无他求。我过着单调枯燥的生活。直到你出现了……他们乐此不疲，总之每一年都会有新鲜的小女人出场，她们不谙世事的天真烂漫和自以为是的小聪明让人又怜又爱，新鲜爱情让人青春重来，让人情不自禁地投身进去了。他们真是老道，他们始终都在说和老婆在家里闹离婚，要离了婚与你结婚，直到他们的黄脸河东狮五个手指头已经印到你的脸孔上了，你仍然爱慕着那个男人，并且证实了他是生活在一个多么没有爱情，没有文化底蕴的痛苦中啊。

他们抛弃了我的女友乙，但她一直认为他们是有社会责任感的男人，他们不愿意破坏美满家庭，他们强作欢笑继续那没有爱情的婚姻，痛苦地活下去。他们抓住了她的弱点，她的骨子里是怯弱的，她会饱含着眼泪离开，不改初衷，她会仍然寻寻觅觅。后来她居然寻到京城去了。

外面是冬天，空气潮湿，大厅里却是春天，我看见五颜六色的女人们出入，我是指她们的头发，我们这个小城市里不多见其他种族的女人，从我们城市里出去的男人会因为偶然的出差机会见到了其他皮色的另类女性而心存艳羡。春天还没有来，还没有过春节，我们对于春节的概念比较模糊，我只知道过春节别人很兴奋，而且东西比平常贵，我有一些冲出去搏命的女友会在春节回来，我们交流思想感觉，谈谈心得体会。

女友甲从海口回来的第二件事是请我吃饭，当然她的第一件事是洗澡，我们约定了在一家容易辨认的闹市口餐厅见面。我比约会时间早到了一个小时，自然是因为我不想再在那个大厅里坐下去了，她们的磁卡电话吃了我的一百元电话卡，我早就应该料到的，看看它的样子就该知道它已经老得不成样子了，但我还是信任地把磁卡塞进去，一开始它不收，我还硬塞，于是它就不客气地把卡吞进去了。“这是没有办法的事情。”那个女人漫不经心地移动到电话机前面，说：“它也吃了许多我的卡，我有什么办法呢？”我真不愿意去想她们在我走了以后就会把电话机拆开，取出里面吃掉的卡，也许她们很快就会请邮局来修理，总之她们是要把里面所有的卡都占为己有的。我走了。

我坐着才发现原来里所有的女人都是罗圈着腿走路，年轻的，不年轻的，漂亮的，不漂亮的全部都是，她们因为性生活的频繁和不协调脸上充溢了红苞，她们越发衬出我的双腿是紧密合闭着的，使我看起来忸怩作态。我当然不想一直陷身在众多开足的肥厚花蕊中也成了一朵吐着欲望舌头的花蕊，我决定再出去转一圈，到时间再进来。

那真是一个令人迷惑的问题。

你疼吗？

我的问题里可没有一个脏字，任何下三烂、动物的气息，一点都没有。那要看你的心，你的心里什么都没有它就只是一句平常话，你的心里有了别的意思，那么它什么意思都有。

女友甲和她一年前的模样没什么两样，所以我还认得她，只是她没有化妆，看起来很难让人接受，出浴的女人虽然不比化了妆的好看，但她们自我感觉良好，她们以为自己是很干净的，洗尽铅华（泥垢？）她穿着月白的内衣，我透过重重衣衫从海口回来的女友身上闻到了腐烂的气味，那样的气味从此以后持续不断地出现，从别的女友身上，从我自己的身子上，从周围的空气中。

“我的胸看起来怎么样。”这是女友甲与我老友重逢时所说的第一句话，她是这么说的：“我的胸看起来怎么样。”

“我没有穿文胸。”很快地她又说。

“你可以从安莉芳或者黛安芬的直销手里买，他们会卖得很便宜。”我说，这是我与老友重逢时所说的第一句话，我是这么说的：“他们会卖得很便宜。”女友甲纯情地看我：“我只要纯棉的，除了纯棉的我什么也不用。”

“我这次回来是办酒来的。”她说：“我结婚了。”我想起女友乙来了，她也是这么说的，我要结婚了，结果她却去了北京。

“我们已经办了证。”女友甲说。突然，非常突然。

如果女友甲做了新娘，她一定会把家庭生活搞得有声有色。我应邀去看她的新房，一片漆黑，但是她的房子亮着灯，我在心里面猜测她的先生是个什么人物，但是房间里没有一个人。

“他出去了。”女友甲说：“开着灯是怕我晚上回来看不见锁开门。”

我先是看见了客厅里排放凌乱的各式新潮小零碎，看来所有潮流中的东西女友甲与她的先生都已经买来享受过了。大件家具的基本情调却是不错的，一定是结婚前两个人细密周详后的成果。广口瓶里插满了鲜花，一定是她仍然浪漫的先生买来渲染气氛的，窗帘和桌布也是如同鲜花般灿烂的色系，那也一定是为了讨巧甲的喜好。总之，到现在为止一切都很正常，目前所有的年轻夫妻都是这样的调子。我们微笑，然后坐了下来。

甲利落地扫开桌子上的各式瓶瓶罐罐，捧上一杯浓咖啡。

“很好喝吧。”她坐在旁边，眼神里满是期待。

“好，好。”我含糊应答，冲饮的咖啡通常都一样，它们像红茶一样飘了品牌的黄色标签纸在外面，其实还不如一杯白开水。很好，一勺调配好的咖啡粉末，加糖加伴侣，冲水，几分钟，一杯咖啡。

“你知道我为什么要结婚吗？每次吃过饭以后，我坐在这里，他都会端一杯咖啡给我，我觉得很有家的感觉，很温暖很舒服。”

“就因为他端咖啡给你你就嫁给他了。”

“他会一直这样下去直到我们变老。”

“你不想做生意赚钱了？”

“我最终还是要一个家，一个家就够了。”

甲收拾杯子，捧去厨房洗涮，我跟在后面，盯着那些杯子看，杯子上面甲的手十指尖尖，纤细柔嫩，很快地，我听到了玻璃破碎的声音，但是甲镇定自若地把破了的杯子随手扔进垃圾袋里，好像什么也没有发生。

我们的背后是庞大的冰柜，我只看了它一眼，但我记住了以下存放的东西，因为除了这些再也没有什么了。它们是各式速冻水饺馄饨，速冻小笼包刀切馒头，速冻汤圆藕粉圆，速冻牛排猪排羊肉串，等等，等等，除了铺天盖地多的速冻还有各式搭配好了的净菜，它们挤在一起使冰柜看起来很有货色。

然后我参观卫生间餐厅阳台和卧室，那个房间的四周围都是镜子，中央是一张显眼的恒温水床。

“他花费了一年时间才离了婚。”女友甲说。这是例外。我真不愿意相信她居然嫁了一个有妇之夫，而且他真的为她离成了婚。

“他的妻子很漂亮，比我漂亮，高挑的个子，年纪也不大，二十七岁，起初她还打电话去海口哭着求我放手，后来她不吵也不闹就离了。”女友甲说。我可一句话都没说，甲因为和我要好，所以告诉我真相。

“我觉得我欠了他的，他待我好，我要嫁给他。”甲说。

“这水床很舒服。”我说：“周围又都是镜子。”

“我走了。”我说。

“你送送我吧。”我说。

甲送我，寂静的大街上，我们走走，扶着腰挽着手各自想各自的心事，各自打各自的电话，和各自的朋友说话。

“疼。疼得三天都背不过气来。”女友甲说，我以为她是在和电话里说话，但我别过脸却看见她早就关了机，她这话是对我说的。

一个胖子从我们的后面超过去了，但他频频回头看我们，有什么不对吗？甲没有化妆，我只是穿了一条荧光的短裙子，他会不会突然拦住我们诡秘地问多少钱？我会痛痛快快给他一个耳光的。我的心里面有了这个愿望，这个愿望便越来越强烈，我期望着他能够停下来。停下来吧，停下来吧，但那个胖子走得很快，很快地走，很快地回头看我们，我真想给他一个耳光。

我想起和女友丙在一起的日子来了。

丙是一个腐败的女人，她对生活质量的要求非常高，于是她的房子和她的肉体每时每刻都散发出腐烂的味道。当然和她在一起我也会去过那种腐烂的生活，那真是一段令人难忘的日子。

是这样，我和丙曾经鬼混过很长一段时间，我们一起做了所有女人应该做的事情，比如逛街，买衣服，桑拿，做头发，等等等等。我们出双入对，我们的美丽互相衬托了对方的美丽，所以那一段时间就变得很漫长。

我们轮流付账，那真是一笔不小的开销，于是我为了更多地享受腐败生活而努力延迟了找一个男人的打算，但丙却为了更高的质量而努力加快了找一个男人的进程。但是无论如何我不会因为丙和我要好而否认事实，她的裸体实在是太糟了，虽然在平时她会花费大量心血填充胸部，穿紧身上衣，用金属腰带勒住小肚子，确实那是能蒙骗住大部分男人的，其实也足够了。

在一起的时间太久了。我发现大部分时间丙在房子里什么也不穿，她就光着身子走来走去，给别人打电话，语态自然，坐在沙发上看电视，叉开着的两条美艳长腿就像一朵盛开着的拖鞋兰。她一点也不脸红。总之只要一回到她的房子里她就会很快地脱光衣服，那样有便于她经常停留在镜子前面观赏自己的裸体，一遍又一遍，摆出各式的可人模样。有时候我会随手打开炽热的镜前灯配合她，但我面对丙的裸体实在想不出来有什么可以赞扬的理由。

我闭上眼睛，身子松弛。丙躺在我的旁边，深深深呼吸。

我的脸上沾满了油腻腻的灰尘，小姐用卸妆棉小心翼翼地在我的脸上擦，我很想对她说化妆总是要洗掉的，不需要仔细，但她只会笑一笑，然后一如既往地耐心工作。当然我也不会把这种话也说出来，我仍然把傲慢摆放在脸上。已经过去半个小时了，小姐刚刚把洁面乳（或者叫洁面奶，总之都一样）涂上面孔，真让人心烦意乱。

我喜欢小姐们柔软的手，她们都穿着花色的布鞋，不施粉黛的面孔，我放心地把脸交给她们，觉得她们是属于赏心悦目的一种。

大厅里仍然回旋着你情我爱的音乐，唱得声嘶力竭的，丙喜欢，她会因为听音乐而心情舒畅，于是她们就理所当然地认为所有的客户都会喜欢。我很想把她们的老板叫过来，让他把唱片换一换，我这一辈子最不想听的就是那种东西，但每一次她们都要翻来覆去地唱，让我想起阿姨们跳舞时的陶醉来，她们弯曲着两条腿，像一只只螃蟹那样横行八道。

但是脸上的面膜已经开始硬起来了，动一动，它们会裂开，裂成细碎的纵横交错，那样全部的护理也许就会因为这小小的一点动全部失败。眼睛闭起来的时候，唯一敏锐的就是听觉，它们像监视器那样把所有发生的一切都记录下来，什么都逃不过去。

听得出来，已经放完了一遍，应该是从头再开始唱，但是这一次不知哪位小姐忘了按下循环的键，音乐便戛然而止，整个房间里忽然都寂静了，寂静中我便很清晰地听到了丙那头已经传来了甜蜜的鼾声，我可从来也不会在美容椅上睡过去，真让人丢脸。

隐隐约约中我还听见她们的老板在隔壁的房间里教训员工，咕咕噜噜，像一个孤独的老太婆那样口齿含糊不清。

“做促销你去吗，你去吗？”

“我不去。”小姐坚决地回答。

“你那个柜台做了一个星期了，只做了两万，别人一天就做到这么多了。”

小姐大声嚷嚷：“你说说，我跟了你这么久，拿了你什么好处，你还给我一点面子吧。”

……

小姐重重地摔东西，夺门而去。

我闭着眼睛耐心听，小姐的话里有些什么意思呢，总之是有点意思的，我跟了你这么久，跟是什么，什么是跟，跟的具体含义是什么？我跟你你跟我跟跟你我跟跟，都算了吧。

面膜的清香飘散开来，所谓的营养也应该从毛孔里钻进去了，它们无孔不入，为皮肤的姣美做出一点贡献。

现在没有什么可怕的事情，不做这份工还有另一份工做，每个人都是很自由的，除了公务员，他们大概都是要兢兢业业地拿那份稳定的薪水，我其实很向往那种有茶喝有报纸看的清闲日子，但也许也有人会向往我的生活，也许吧。

我缓慢地睁眼，眼睛很娇嫩，它们被柔软的湿棉条敷着，我伸手把它们拿掉，侧过身子，在镜子里我发现自己有一张深绿色的脸，小姐垂手坐在旁边，眼神呆滞，但她马上就回复到现实中来了，向我俯下了身子:“海藻面膜海藻……极品。”我涂了绿色面膜的脸显现不出欢喜或者愤怒，即使要表示不满意，目前我也没有什么心情，其实新的东西也很好，我重新躺稳了，面朝上，睁着眼睛。我猜想是丙要换新花样，她一直在抱怨水晶蜜蜡是骗人的鬼东西，但是海藻会有什么用，减肥吗，大概海藻是能减肥。天花板上也是镜子，于是我看见了一个狰狞的绿色面孔，那张面孔一直在看我。

甜蜜的鼾声已经开始收敛，那位手脚麻利的小姐已经洗去了丙的面膜，此刻正想努力把珍珠粉揉进她的皮肤里，丙的皮肤仍然很糟糕，拍了收缩水，毛孔仍然嚣张地张扬着，色泽枯黑。

一切都在顺其自然地发生，但是几秒钟后丙忽然尖叫起来，我立即坐了起来，突然的惊吓和担心让我一时间目眩神迷。“她，她居然给我……珍珠粉……珍珠！！”丙气得语无伦次，身子颤抖。

当然丙是我的女友，站在女友的立场上我当然会指责小姐。

“你会做什么？你做了什么？看你做了什么？珍珠粉能这样往死里揉吗？”

我想大概我凶狠起来的模样还是很吓人的，小姐的眼泪水都要出来了，这也不是我的错，我也不想这么说话，但我看看丙，丙满脸委屈，她用面棉纸拼命地擦脸，嘴里嘀嘀咕咕。于是我更凶狠地扫视了一遍小姐的眼睛。

丙开口说话了，她语态平常地对我说：“我文玫瑰红的唇纹会好看吧。”丙居然轻巧地把刚才发生的事件忽略过去了，真见鬼，现在是我最难堪了，小姐正鼓着眼睛看着我而不是她。

“不，不，你化妆的时候画几笔就行了，不要去文。”我回答，如果我鼓励她去做，而且效果碰巧很显著的话，接下来她一定会去染红乳晕，其实她就是想把文唇线做铺垫，丙向往着那种像红樱桃般润泽的乳头已经很长时间了。

其实最重要的是我不敢把丙交给这家美容院，我是隐瞒了许多事实真相带丙上这儿来的。当这家美容院还是草台班的时候，事迹就已经很著名了。老板有着一张讨巧的精致面孔，当时他把业务的重点都放在给小姐们化妆那一项上，他把化妆盒和各样瓶瓶罐罐摆放在客户的胸上，那自然是为了取用方便，手指动情地在客户脸上勾绘，很无奈地，他会碰到客户的胸，但那样的碰是很把握分寸的，所以客户不会觉得他是一个流氓，而是喜欢上了那种轻柔的挑撩芳心的若际若离的碰。时间久了，喜欢上手指调情的徐娘就会自投罗网，但是她们苦恼地发现，他的要价是越来越昂贵了。当然他就是因为这项化妆的专长而结识了现在的他的表姐，这位表姐给了他相当大的一部分资金让她拓展事业，当然她是表姐，表姐而已。

当丙再一次光着身子欣赏自己的时候，我觉得时候到了。那是有一点难度的，因为在这之前我从来都没有关心过丙的私人生活，但我想慢慢来。

“你的生活中间好像没有男人。”我说。

沉默。丙继续照镜子。

“你不觉得那很奇怪吗？”我又说。

沉默。丙继续照镜子。

“没有一个男人爱上你？”我再次说。

“你要干什么？”她终于缓过神来了，警惕地看着我。

当然我也不想再拐弯抹角下去了，我想把我的问题很流畅地说出来。“我只是想问你你疼不疼？很简单。”

“什么？”

“我是问你第一次那个疼不疼？”

“哦。”丙又转过身子继续照镜子。

我耐心地等待着，眼睛和耳朵紧张地盯牢丙的每一处细节。

“不，不，一点也不疼。”她终于说。

“你在说谎。”我说：“你骗我是没有什么意思的，我们很要好是吧，你不应该骗你的女友。”

“我骗你干什么。”女友丙诡秘地说：“爱情的力量是很巨大的，你会忽略那种疼的，相信我，一点也不疼。”

“你没有觉得那是很伤害你的吗，你不觉得是侵略吗？”我说。

丙吃惊地看我。“不，不，我很愿意，感觉良好。”她走近我的身边，伸出粗糙的手指想抚摸我的长发，但我很怕疼地缩到另一边去了。

“我想你是有障碍，没关系，你会好起来的。”她宽容地说，眼神和善。

其实我猜测丙是想告诉我本能冲动的力量是很巨大的，所以没有疼。但我想丙实在不适合再做我的女友了，虽然她在其他方面与我很投合，我想我应该很快从丙的生活中退出去，让她尽早地去过那种一点也不疼的生活。

然后我把注意力放到我的第四位女友丁身上，我之所以把她称作我的女友丁是因为她在我与其他三个女友都结束关系以后才出现，在我们的交情和互相了解的程度上她应该算是最浅直的了，但是现在她是我唯一的希望了，我渴望她能给我答案，正确答案。

我们一起谈论人生，谈论理想，谈论到爱慕她的某男人的时候女友丁的脸上有带了淡淡的红晕，她一定是爱上他了，而且这种爱很热烈。

直到我们已经无话不谈，我们成了很知己的知己。目前只有两条路给我选择，一种是我又不得不再与女友丁决裂，一种是我不再考虑这个愚蠢的问题了。我还是不太想放弃掉我一直想要弄明白的问题，即使让我失去最后一个女友。我在一个合适的时机和场合提出了这个已经让我失去很多要好女友的问题。我会像一个粗鲁小子那样把一切都搞糟的，但我控制不了自己。

“我记不得了。”她说。

“不会吧，这是大事情，你会忘记掉？”我提示她。

“不，不是那种忘记，而是在当时的状况下我头疼、胸闷，所以我只觉得自己什么也不记得了。”

“我只是问你疼不疼，而不是问你细节，难道你连疼痛都不记得了？”

丁摇头。

“那好吧，有血吗？”我恼怒起来，觉得自己碰上了一个笨女人。

丁大概觉得自己是受到羞辱了，她忧伤地看我，叹了口气。

“有。”

我知道自己自私贪婪，不近人情，但这是唯一的机会了，我用严峻的眼神望着那个可怜的小女人在我的面前一点一点萎缩下去。

“是，是很疼，但那种疼是一种在梦中的疼，像在天空中飘一样，它不实在。”然后女友丁哭了，出乎意料，她是第一个在与我谈到这个问题时哭的女人。为什么呢。

“你应该是知道那是很疼的，但是你为什么不因为它会疼而放弃，你居然还是去实现。”

“因为那一天我喝了很多酒，我喝醉了，我神志不清，身子瘫软，然后事情发生了。”

“你是爱他吗？如果你真是爱他，为什么不和他结婚呢。”

“我不想结婚。”女友丁说。

“……”我说。

“提他做什么呢，总之，现在我们已经没有任何关系了，他已经不存在了，你明白吗，好了，不要再提了。”

“……”我说。

“你怕疼，是吗？”丁说：“但你又想要那种体验，那确实很诱惑人。也只有把自己灌醉了，神经麻木了你就没有痛觉了。没别的办法，不然你承受不了那么疼。”

我从镜子里看自己的脸，脸因为苦痛扭曲，我打开炽热的镜前灯，我试着想脱光了衣服观赏自己的裸体，但我下不了手，我看自己的脸，脸扭曲。我开始怀疑我死死攥住这个问题不放的原因，我需要责问我自己为什么我要这个答案。

我向往么？但是我怕疼。她们是一群有着坚实腹部的成熟女人。她们不要结婚。她们疼。她们不疼。她们都是坚强勇敢的女性。去她们的。

我从来都没有喝醉过，过去将来我都不会喝醉，天生如此，第一次考试得了不及格后我就曾想把自己灌醉，但我直着脖子喝下去了一公斤高度白酒头脑还异常的清醒，不然我不会清楚地记得我是喝了一公斤酒，还是白酒，除了胃，没有什么不舒服的，但我很清醒。清醒的时候我对于疼痛会很灵敏，而且观念上我一直认为那种疼是撕裂般疼的，会疼得让你一辈子也忘不了。

总之我不能因为要知道疼不疼而去亲身体验，虽然我们都是年轻女人，我们崇尚潮流，家境富足，没有生理缺陷，她们做的我也应该能够做到，但是目前我有别的事情要做，它们很重要。

各种下流观念无时无刻地不在影响着我们，但我只想着把疼不疼留到以后再说，心甘情愿，心情放松。今年我二十一岁，那至少是要再过五年以后的事情了，我一定代表了很大一部分年轻女人的真实想法。如果你嘲笑我，我也会坦然地接受。

我只是为了要一个真实的答案，这个答案对我来说很重要。但我失败了。你疼吗吗疼你你你疼疼疼你吗。呵呵。

到南京去

我厌倦我现在的生活，我想我应该去南京，没有人会认识我，我也不认识任何人，我像一张白纸，一切重新开始，我换一个名字，我换一种方言说话，除了面孔和身子我什么都换，让我去吧。

我不要穿时尚衣裳，让我就披着这件旧棉袄去那个城市吧，我站在广场上，像所有饱含激情的男女们一样，先拿眼睛茫然地看一眼那个城市的模糊轮廓，然后慌慌张张地裹紧我的棉袄，深入到它的静脉里去，动脉里去，血液里去，我什么都不想带，我只要进去，进去，进去就好了。

现在我情绪低落，一夜歌舞升平让我情绪低落。

“我们去南京，现在就走。”他们原先是讨论另一个问题的，但是他们发生了争执，他们面孔潮红地从各自的圈椅里挣脱出来，摇晃着保养良好的头脑挪动到门口，好像立刻就要打开门跳上车去了。我坐在那里，柔软的椅子让我安静，我望着他们，打了个呵欠，我们的城市里充满了开发区的小老板，每个人都很年轻。

“我们走吧，从高速公路上走，我们开车，让我们在里面扭动。”他们喝酒，快活。

他们和我在一起是为了什么，我知道，我唱得好，并且我弹一手好钢琴，我不知道我是怎么认识他们的，我一直在懵懵懂懂地过日子，不愁吃穿，追逐潮流，他们就像是突然从地底里冒出来一样成了我的朋友。我是家里的独生女，我的父母想让我在音乐上有所建树，他们给我买钢琴，但我弹了二十年，最后我只能够在一个小学里做音乐老师。现在的小孩子们真是坏，我第一天上班，那些圆滚滚的小家伙居然就紧紧缠住了我的手和我的脚，他们天生就有社交的能力，他们好像什么都见过了，一点儿也不怕生，他们是那样的弱小和天真，他们讨好我，站在我的面前絮絮地诉说他心里面的心事，我情不自禁怜惜他们，疼爱他们，我第一次上他们的音乐课，那个英俊的小男孩就很大声地对我说：“老师，你怎么这么漂亮啊？”真是一个坏小子。

母亲把我反锁在房间里，我尖叫，声嘶力竭。

放我出来，放我出来。放我出来！

我的母亲眼泪流了一脸。

他们想什么你会不知道？你也不小了，你不要和他们往来，他们都是流氓。

是的我知道，他们都是流氓，有几个钱的流氓罢了，我可以和他们断绝关系，我装作不认识他们，从来也没有见过他们。好了吧。

但是我要给女友过生日，我们校庆举办餐会，我们老同学聚会，总之我要与学校和同学有关系，我便还可以频频地出去。

我轻盈地飘到了房间的中央，后面的大屏幕上还在演绎着死去活来的爱情故事，女主角披挂三点式骑在美丽的小白驹上，频频回首，男主角就像一只从来没见过大世面的猫那样，披散着凌乱的毛发羞答答地跟随其后。他们的肚子下面闪烁着一条又一条充满错别字的歌词。说你爱我。我们爱吧。就要爱了吗。

站在美丽的地板中央，众多绚丽的灯光照耀了我，然后我坚定地说了那三个字。我要去。

什么？他们吃惊地看我。

现在就去。

我们说什么了？我们有说过什么吗？如果我们说了那我们现在收回。这么冷的天去那地方干什么？

你们把钱拿出来。

好吧好吧，我们每个人给你二千行了吧。外面很冷，我们又不骗你。

我镇定地数清了钱币的数量和质量，放进裙袋里，然后我缓慢地挪动到门的背后，在他们争论第三个问题时，我悄无声息地从散发着温暖和糜烂气息的房间里消失了。

我推开玻璃门，走到外面，我往左边看，我一定是站在风口，而且我必须要站一段时间了，我往右边看，那辆洁白的出租车突然就停在了我的旁边，司机年轻并且憔悴的脸上带了掩饰不住的欣喜。

我到火车站。出租车在坎坷的马路上跳跃，我把棉袄的下摆往旁边往下面拉，我想盖住我裸露着的寒冷的腿，但是它们还没有恢复到有知觉，我就来到了车站，我可什么都没带，真的。

天还没有亮，黑漆漆的一片，车子慢慢地在广场上移动，有很多模糊的影子站在或者蹲在广场的角角落落，他们做出等什么人的模样，同时他们成了阻碍，看见车进来了，就纷纷活泼起来，把身子或者腿拦住车的去向，脸凑近车窗，车子还在行进中，他们就伸出手想要拉住车门，另一辆近来，他们便又反应灵敏地分流出了一部分殷勤地给那辆车开门。

小姐小姐，到哪里到哪里。

我没有理睬他们，我什么也不看，我下车，然后义无反顾地往车站的方向走，我目不斜视，直线快走，他们也很有耐心地一直跟随在我后面，一直跟着我穿越了大半个广场，这段路程快要走完了，我迅速地靠近了随便某一个黄牛，在他的手里我买到了我要的票。南京。给钱。走开。刚才还很热情的男女立即就散开去了，我以为他们应该互相谩骂，或者直接谩骂我好了。但什么都没有发生，他们像开始时突然出现一样，现在又全部突然消失掉了。

我的膝盖开始痛，我想也许我错了，现在是冬天，我可以像一只虫子那样在温暖的洞穴里冬眠，但我居然到了火车站，几分钟后就要坐上去南京的火车。

但现在还有几分钟，让我坐在付了空调费而不得不享用的候车室里吧，我敏锐的身子和皮肤感受着大厅里类似山芋的味道，温暖色泽金黄并且散发出淡淡的臭。我的关节缝里有痒痒的液体滚来滚去，我猜测它们是蓝色的。我坐在那里，举止和表情都很正常，但我发现一个愚蠢的男人正试图掰开玻璃窗喘口气，他的努力有了回报，冰冷的风已经从窗口的缝隙里钻进我的骨头里去了。我站起身来，在面孔潮红的人们面前走过，我绕了一个大弧，但是风也绕了一个大弧，我便只能抬高我的声音对他说，当然我没有对他大声叫嚷，我只是在对他说：我花钱不是来吹冷气的。就这么一句，我可一句话都没有多说。我以为他会恼怒，然后一下子招来几十个同伙给我好看，我正在后悔的时候他马上躲躲闪闪地把窗关上了，大厅里立即又充满了山芋的味道。

“小姐，您是南京人吗？”一个男人突然靠近我。

我看了他一眼，出于对他含糊的长相的尊重，我含糊地点头，或者不点头。然后我站起来，混在众多的人和人中间，往检票的地方挪动。我要走了。

我发现火车的台阶有三级，我一直以为它们有四级，但现在它有三级，我又回过头数了一遍，它还是三级。我的旁边坐着一个英俊的男生，就像我的学生们一样，看上去他很单纯，眼睛安安静静地直视着最前方，抱着一只空荡荡的背包，他的手指像女性那样纤弱，我想我会有一个美丽的旅程，我有一点动心。

我凝视了我的座位许久，上面有一个清晰的鞋印，鞋印的旁边是分布细密的香烟灰和花生皮，车厢里有很多人走来走去，人走动时应该有风，但它们动也不动，好像是被胶水黏在上面了。我俯下身，仔细地看了它们一眼，然后吹气，它们马上滚到缝隙里去了，但是我知道它们马上又会随着车的动一个个逃出来。

我从口袋里摸出面纸，用力擦我的座位。我听见我的背后有男人的声音，我赶忙站直，转身。我弯腰，我的超短裙就会自然地撅起，结果和有人故意把它撩起来一样，甚至糟糕得多。

我发现那个男人又出现在我的面前，他把脸凑近我的同座："对不起，我是她亲戚，我能和您换个座位吗？"他用手指着我，却看也不看我，只是一味地拿眼睛盯牢小男生，车厢里有很多人走来走去，他们的身体和他们的皮箱不停地从他的身子上摩擦来去，但他毫不顾惜，他把脸更加近地靠近男生，眼睛里一定带了恶狠狠的意思。

可怜的英俊男士受到突然袭击般从梦中醒来，他用他水汪汪的大眼睛看了他一眼，又看了我一眼，然后哆哆嗦嗦地站起来，抱紧着他的宝贝包，迅速并且知趣地从我的视线里消失了。

我愕然，望着这一切发生，我不知道最后我怎么把愤怒变化成微笑了，我的微笑摆放在脸上，看上去是表示赞同的意思，也许我还在心里面想这有什么呢，把英俊男生换成献殷勤的绅士也没什么不好。

车子动起来了，绅士像第一回乘火车一样，不停地在我的旁边扭来扭去。

"小姐，您热吗？如果热的话您可以把大衣脱掉挂起来。"

我确实热，我顺从地想脱去我的外套。我坐在座位上，绷直身子脱衣服，当我的两只手臂屈辱地从狭小的空间伸展时，我听到一声细碎的声音，然后我的胸一下子也伸展开来了，我知道文胸的搭扣已经从后面断开了。

他没有看出来吧，我希望每个人都不知道是怎么一回事，我把背躬起来，至少现在我一定要把胸掩藏起来，他马上把他的密码箱放在肮脏的车厢地板上，双手捧过我的旧棉袄，踮着脚尖把它慎重地挂上去。他小心翼翼，生怕把棉袄弄疼了。

我坐着，表示感谢。然后我想闭上眼睛，但他开始说话。

“我总是在全国各地跑来跑去。”

“我在每个风景秀丽的地方都有一幢房子。”

我很礼貌，我的礼貌完全可以维持两个小时，我脸上一直带着微笑，我的眼睛在他和他的附近游离，但我眼神的游离好像助长了他的志向，他那宽阔并且显得十分油水的大嘴巴居然再也停不下了。

“每一幢房子的摆设都很精美。”

“我给每一幢房子的女人都配置了她最想要的东西。”

火车闪电般移动，很快地它将把我带到另外一个地方，我将在那里下车，然后回来，或者不回来了。总之我要消费掉他们给我的所有人民币，我要买我最想要的东西，随心所欲。但我说不出的沮丧，我的裙袋里有足够我用的钱，但我沮丧。

“你好像有心事？”

“想这么多做什么，我可以让你高兴起来，让你高兴得不得了，我讲最新鲜的事给你听，你听都没有听过，想都不敢想，你想不想听，我知道你想听，你怎么不说话，我讲给你听了，我现在就开始讲。”

我只想把我的身子尽量缩小，小到他再也看不见为止，他会啊啊地叫，神色惶恐音色沙哑，然后夺门而去，当然火车的外面是铁轨，铁轨的外面是菜地，我只希望他的臃肿的身子穿越过铁轨然后到达菜地，我希望这样，我希望我马上消失，马上，就现在。

我的眼神越过了他的脸，脸的后面是厕所，我盯着厕所看，现在它的门口只蹲着三个女人了。火车上的女人很古怪，她们不用照镜子，她们从皱巴巴的皮革包里摸出一支颜色晦暗的蹩脚口红，在火车左右摇晃的行进中，在众多男人的注视下，撅着嘴，把那管颜料往厚嘴唇上一抹，上下唇合拢飞快抿一抿，发出“啪”的响亮的声音，那红色就留在嘴唇上了，她们没有照镜子，但是颜色并没有涂到人中下巴以及其他除嘴唇外的部位上，一点儿都没有，其老练和准确程度真令人吃惊。

只要再过几分钟，她们就会一个个走开，她们走了我才可以去，我不愿意与她们站在一起，现在她们正在互相观察着对方的颈、胸、小肚子、腿，彼此心照不宣地微笑，自我感觉良好，添一个我，会影响她们的感觉，千真万确。我只想进厕所处理一下我断开的服饰，虽然从表面上看没有什么不妥，但我心神不宁。

厕所的上方闪着红色的光。里面有人，而且这个人把门关牢了，屏幕上就会显示有人的字样，但是里面有人，但这个人不知道如何把门关牢，那么听信电子显示仪却会看见一张蹲在那里吃惊而且恼怒的脸。里面有人。里面没有人。多不好，太直露了，我仿佛清晰地看见里面的女人（或者男人？）蹲在地面上艰难地捆绑他们的裤腰。

列车员走来走去，两个小时的路程中，他们向我们推销通讯录，时刻表，新民晚报，牛奶咖啡，谋杀案强奸案居多的花色杂志。当意料之中的第一辆售货车出现的刹那，他一把逮住了推着车的列车员，他把脸探出去看，货车里永远盛满了包装精美但味道怪异的各类食物，一边扭过头来问我：“你喜欢吃什么？”我可什么都没说，他的手便很动情地往车子里面掏东西，就像暴发户花点小钱买了一书架世界名著那样，他大概是想用世界名著来打动我吧，他不停地拿，一边拿一边看我的脸色，我可什么都没有表示，但是东西放在我的面前了就可以吃，是吧。列车员还没有走开我就开始吃。

为什么不吃？有什么道理不吃？

我故意吃得很难看，我伸展着我的双手，我弹钢琴的美丽的手此刻就像五爪龙那样青筋毕现。我修长的指甲里立即嵌满了碎肉，它们发出了咯吱咯吱的肥皂水的声音。我左手拿着鸡，右手拿着火腿肠，我没有把它们嚼烂就咽下去，它们挤在我的喉咙里上不去又下不来，我的眼珠子很快就鼓起来了，但我继续，我撕咬它们，龇牙咧嘴，同时我聚精会神地注视着桌子上的其他肉类和饮料。

他失望地住了手，用爱怜的眼神在我的身子上和我满呈饥饿的脸孔上游走。

同时他的手开始动，在我的身体的侧面缓慢移动，我的背和我的座位贴得很紧，他的手可怜地动来动去，不得要领，但他始终不愿意放弃。我坚持，我更加紧张地贴紧了靠背，但同时我要让他看到我吃起来有多难看。一心不能两用，首先是我累了，我腰酸背痛，我想我应该放松，我在心里面想他一定是要到后面去拿什么东西，总之我是这么想的，他要到后面去拿东西。我很配合地把背往前面伸出一些，那手很迅速地游到后面去了，它摸索着爬上了一个瘦弱的肩头，颤抖的手说："我终于得逞了！让我狂喜吧！"但我利索地抖落了那只底气不足的狂喜的手。

我知道我的小手指很有力，干燥皮肤的短暂接触发出了清脆的声响，他怅然地观察自己的手，上面有美丽的红印，他怅然地环顾四周，他真忘记掉还有别人了，对面的那个女人从一开始就注意着我们，她坐在那里两个小时都悄无声息，甚至动都没有动一下，但她一定在私下里窃笑。我没什么顾虑，我无所谓，我谁也不认识，也不打算再认识谁，我并不想去仔细看别人的脸，我只知道我的旁边是一个男人，我的对面是一个女人，他们的脸长得什么样我不知道。然后我干脆就趴到桌子上去了，好了吧，我让你好了吧。

没趣。

他开始摸出他的手机打电话，他和电话的那头说了许多话，他昂着头，很幸福的模样。他大概还想玩些别的花招，用手提电话或者其他有钱的标志再来打动我一次，重新开始，但现在他应该后悔，火车就要到站了，很多人从座位上站起来，伸懒腰，踢腿，跳起来抓行李，一片混乱，我想乘着混乱走开，我站起身，想从他的腿脚间跨过去，但他乘着

混乱一把抓住了我的手

“和我一起走，跟着我吧。”

“再见。”这是我与他说的第一句话，我是这么说的：“再见。”

“那，我们是不是可以吻别？”他说，然后很自信地把脸凑过来了，我笑了笑，身子往后仰，我带着妩媚的微笑斜靠在我的座位上，我缩到座位的角落里，脸上带了陶醉的红晕，我缓慢地从棉袄口袋里摸出一瓶液体，看上去它很洁净，没有杂质混迹于中，一点都没有，我凝视了这个瓶许久，把它支撑在我的膝盖上，然后缓慢地把瓶盖拧开，我的手腕只是轻轻地抖动了一下，液体便配合着我的心意泼上了他厚颜无耻的皱脸，在液体到达他脸部皮肤的那个瞬间，他的喉咙里发出了低沉的动物般浑厚的嘟哝，他的表情很吃惊，五秒钟后他居然发出了惊天动地的咆哮声。

所有的人都看见她了，现在是凌晨四点钟，去南京的火车还有十分钟才到，我坐在这里已经有个把钟头了，除了有些乏我没什么不满意的，我喜欢上这种冬天的火车味道了，多坐坐，而且坐的时间长了，就会感到有温烘烘的气流周身走了一遍，真是舒服。每年冬天我都会出来跑一趟，靠着这一趟赚笔钱再把自己养一年。今年好像不怎么顺，我总是不顺，我操心的事太多了，我没精力再把心思放到其他事情上，我想着这次尽快把事儿办了就回来，也没什么盼头，也就这样了。

但她一进来就不同了，我第一眼就注意到了她，她是一个年轻女人，非常年轻，出乎意料的年轻，但她穿着廉价的厚棉袄，清水脸，她大概知道，不用化妆她也很漂亮，比化了妆的漂亮十倍，或者她根本就不知道世界上还有化妆这回事，她也定是没钱买衣裳，看她居然披着那么一件棉袄。

她是一个雏儿，一定是，怎么一个人跑出来了，一定是有什么心事吧，闹了什么事儿了，看她那垂头丧气的模样。现在她看着自己的脚尖发呆，那上面套着一双沾满灰尘的皮靴。她好像坐立不安，她站起身来，从我的面前走过，从很多人的面前走过，我一直在关注她，她居然绕了一个大圈子又回来了，她背对着我，但她的身子离我很近，我闻得见她身上有淡淡的水果香，是的水果香，真是个招惹人的小东西。她的身段从后面看也很好，她迟疑地一会，然后下定了决心的样子，冲着对面喊了这么一句话：我花钱不是来吹冷气的。虽然她的声音清脆而且有穿透力，但是除了我大概没有人再会听到她说什么了，可惜我在她的后面，如果在前面，我会看见她的表情。她的声音并不高，但她好像马上就后悔了，她开始为自己刚才说的话为难，面孔和耳朵马上就红起来了，她重重地坐了下来，纤细的手指恼怒地绞在了一起，她一定很恼怒，但那也只是很孩子气的恼怒，如果不是她的身段和面孔告诉我她是一个年轻女人，我真还以为她只是个孩子呢。我想笑，她很有个性，什么都不怕，真是没经历过什么事儿，调教调教就会好起来的。

我缓慢地靠近她，我并不想让她大吃一惊，第一印象很重要，我想我要温柔地出现，但我不知道跟她说什么好，好吧，她是去南京，但她没有南京女人的脸，但无论如何我得跟她说话，还得与南京有关系。

“小姐，您是南京人吗？”我说，我期待着她很快就会像一只受伤的鸟那样依傍上来，我会有一个难忘的旅程。

好吧，她看了我一眼，她的长睫毛上有水珠，眼神很暧昧，然后她微微地动了动她精致小巧的脑袋……这个表里不一的妞，她居然又站起来，混在众多的人和人中间，往检票的地方去了。我的笑僵持在脸上就很难看，我还俯着身子，我迅速地看周围，幸亏旁人都没有注意到我出丑，即使见了听了也没什么关系，他们又不认识我。现在我们一个挨一个，紧靠在一起，头往上昂，眼睛死死地盯牢前面人的后脑勺，我想我能够靠近她，与她一边走路一边说话，可是一转眼，她可是去哪儿了呀？我直着脖子看前面，除了黑压压的一片我可什么也看不到，她的娇小身子一定是藏在里面，我再看后面，她根本就不可能在后面，我还是看了好一会儿。

我终于望见了，她正在上车，她居然还回过头来看，但她很怕羞，她不敢做出想张望什么人的样子，就低着头装作是看火车台阶，台阶有什么好看的，她是看什么人吧。我试着跳跃了几步，我发现其实我跑起来还挺灵敏，我终于赶上了她的那节车厢。

我很快就看见她的背影了，她正低着头擦什么，一眼就知道她是不经常出门的，出来惯了的，谁还去擦那地方呢？要擦又怎么擦得干净呢？

只是，她的旁边已经坐了一个男人，那小子眼睛似闭未闭的，一定是想好好睡一会儿，让他坐那儿可不是太浪费了？我可以走开，找到属于我的位子坐，但我并不想放弃，我一直就是个不达目的不罢休的人。我微笑着又一次俯下身子，我的眼睛诚恳地看着他："对不起，我是她亲戚，我能和您换个座位吗？"这个时候我可不想看她，她一定目瞪口呆，我只是用手指了她一下，强调了我说的话。我知道有很多人从我的密码箱上面跨过去，他们粗糙的皮肤一定刮花了箱子，但我现在顾不了，我更加诚恳地看着他，满含期盼。

他犹豫、思考、观察，最后终于相信了，他看了她一眼，她在微笑，他看了我一眼，我很诚恳。他走了。

她坐在那里，一直微笑，脸上还没有什么别的表情，我想她一定是赞同，有戏。

火车开始启动，火车站往后面退去，我抱着我的箱子，我心神不宁，我想不出来我应该和她说什么话才好，我心神不宁，我终于说了："小姐，您热吗？如果热的话您可以把大衣脱掉挂起来。"

她微笑着赞同，然后迅速地脱她的棉袄，我发现她实际上穿得很时鲜，而且脱去棉袄的身材更显丰腴，一时间我手忙脚乱，我马上就站了起来，主动地探出手去，接过她的棉袄帮她挂了上去。

她微笑，但是一直满腹心事的样子，真不知道她在想什么，我想我应该趁着这机会再说些什么：

"我总是在全国各地跑来跑去。"

"我在每个风景秀丽的地方都有一幢房子。"

我知道我在吹牛，但是我并没有脸红，我小心翼翼，察言观色，如果她漠然，那么我应该谈些别的，但是她微笑，我想我应该直奔主题，两个小时并不长，于是我继续说：

“每一幢房子的摆设都很精美。”

“我给每一幢房子的女人都配置了她最想要的东西。”

真让我扫兴，效果并不如前几次的好，我已经有一年多没有出来跑了，我不知道今年流行其他的一些什么了，她居然纹丝不动，像她这样涉世不深的女孩子听了这话应该是眼睛闪闪发亮的，而她居然没有显出一丝一点感兴趣的意思，她从一开始就没有听进去我的话，她麻木不仁地盯着某一个地方看，什么都没有听进去。

我想我应该让她注意到我说的一切都与她有关，我关心地说：

“你好像有心事？”

“想这么多做什么，我可以让你高兴起来，让你高兴得不得了，我讲最新鲜的事给你听，你听都没有听过，想都不敢想，你想不想听，我知道你想听，你怎么不说话，我讲给你听了，我现在就开始讲。”

她好像仍然不把我的话放在心上，看什么呢？我不知道她要看什么，她一定是不敢看男人的脸，现在冷场。

我到处看，我看上边，上边都是行李架，我看下边，地板上很脏，我看左边，左边是她，我看右边，右边是过道，我终于看见列车员缓慢地从走道的那一头走进来了，我想这次我可要抓住时机，我拦住售货车，

然后讨好地问她：“你喜欢吃什么？”

她仍然什么都不放在心上的样子，这个没心没肺的妞，我只能自己

从车里拿东西，我随便拿，这样那样，这个那个，我甚至每拿一样都回头看她的脸色，我很快就被自己吓了一跳，我可很久没有花心思在女人身上了，我觉得此刻我就像一只献媚的狗，盼望着她的反应。

我付钱，转过脸来，我吃惊地张大了嘴巴，我以为她一定是个很有内涵的女孩子，但她居然马上就吃了起来，她甚至没有跟我客气，她的吃相真是难看，而且发出响亮的咂嘴声音，她抓着那些肉食，撕裂，咀嚼，她的小嘴此刻正塞得像一只变形了的梨子。她的眼睛中终于有了光彩，那些光彩笼罩住了桌上所有的吃食，她模样很警惕，我真不知道我应该说什么，我在心里面想，真是个小可怜。

我想轻轻地抚摸她的肩膀，它们在悄悄动，很煽情地嚅嚅不语，我只想在她绷直着的身子上游走一遍，真的，我在上面动，她在下面动，我也没多的想法，我们认识不到两个小时，但我关心她，请她吃东西，而我只是想能抚摸一下她的肩，我从来没这么纯洁过，真的，从来没有。

我的手开始动，但我不想很粗鲁，我只是在缓慢地动，她马上就感到背后的动静了，真聪明。她很为难，好像并不想放下手里吃的东西，但又想抵住我的手，我还是让她紧张了，真过意不去，但她终于还是决定了，她的后背马上就全部空出来了，我的手准确并且迅速地游上了她的肩，我都不敢相信，那是我的手，我的手在颤抖，好像不敢相信花费了近两个小时才只得到她的肩，手在颤抖，饱含激情，甚至很投入。

很快地我的手上吃了一记重，我真不愿意相信她居然这么反应激烈，她很有力道，我的手上居然还留下了她的红指印，而且那声脆响一定会影响车厢里的气氛，别人都注意到这一声异响了，他们都伸长了脖子看看到底出了什么新鲜事，又让我出丑，这一路上她不断地让我出丑，好的好的我可没什么耐心了，你以为我一直是怜香惜玉吗，把我弄乏了可要你好看。我还是有些顾虑，我不想太张扬，如果不是在火车上，如果不是有那么多人，我真希望火车经过一个隧道，让我们的火车进隧道吧，但是这一段铁路没有隧道，想都不要想。

没趣。

我想暂时休息一下，我累了，好吧我累了，真是个难对付的妞。除了打电话我想不出我还要做什么，我开始打电话，但火车到站了，我应该很熟悉这段路的，我应该知道火车是这个时候到站，我赶忙收线，关注着她接下来要干什么，她终于也有点忙乱，她站起身，又坐下去，又再一次站起身，这一次她下定决心想要走开，但我准确地一把抓住了她的手，这可是最后一次机会了，这次再不能让她动心可真要白费了。

“和我一起走，跟着我吧。”我再一次诚挚地说，眼睛热切地看她。我一直想再次听到她清脆的说话声音，我盼望着她说话，说一句也好，她终于说了:“再见。”这是她对我说的第一句话，仍然很清脆，其实我料到她会这么说的，但我没有想到她出口就是这两个字，我想尽量地捞回一些什么，我就要下车了，可我很倒霉，什么都没得到。

“那，我们是不是可以吻别？”我说，我想我应该破釜沉舟，最后再试着捞一把，不然我就真亏了，搭了工夫又自讨没趣。她终于笑了，笑得很灿烂，并且脸两侧也飞上了红云，我满含着欣喜看着她的胸一下子大起来好多，动心了吧，妞，其实对付你这么个屁事不懂的小丫头真太容易了。我也笑，看着她转过身子，低着头好像酝酿情绪似的，但她转过来的时候手里就多了一个玻璃瓶子，我奇怪地看着她和她的玻璃瓶，我不太明白她拿瓶子出来干什么，她的漂亮大眼睛一直看着我，含着笑，同时她的手很快地就把瓶盖拧开了，我闭上眼睛时的那一瞬间只是看到

她扬起手，那液体像要飞起来一般满天洒落，然后它们和我能看到的所有一切都变得晶晶闪闪了，我的感觉告诉我它们都飞上了我的脸、我的脖子、我的外套，她把什么泼上来了，怎么我的脸一片冰凉，应该不会是硫酸吧。不会是硫酸吧？不会是硫酸吧！我的心好像一下子蹦到舌尖来了，舌头震惊地出入喉咙发出了低沉的动物般浑厚的嘟哝，我的表情很吃惊，五秒钟后我居然发出了惊天动地的咆哮声。

那个女孩子没有任何表情地坐在我的对面，没有笑意也不悲伤，她的看似陈旧的棉缕下面，裸露着两条裹丝绒长袜的腿，她柔弱得就像一朵花似的。很显然，她并不是生意场上的厉害女人，她的柔弱带了许多雅致的意思在里面，她坐在那里，不说一个字，眼神也不忙忙碌碌地看四周，她是那么安静的一个女孩儿，我注视着她，我的心里面只想着能早些去办了事早些回家，女儿还睡在床上，女儿也像她这么大了，我可不会让我的女儿在早晨四点钟的时间就出来赶火车。

她的旁边坐着那个男人，看起来也是个文质彬彬的人，却一直黏着她，说些没道理的话，她大概脾性很好，她只是耐心地听，傻呵呵

地微笑，

他大概也是有顾虑的，总是很担心地看我，担心什么呢？我又不认识你们，我也没有多的闲心来管别人的事情，我只当做是什么都不知道了。

只是他买东西的时候我对她说，在外面怎么能乱吃人家东西呢？我是教会我女儿不要在外面受别人的吃别人的，没什么好，这话也不好说，我也只是在心里面说说。她却毫不在乎地大吃起来，真是个毛糙的孩子，我真为你担心。

火车快要到站了，我想我能够来得及在一天内把事情办完然后当天就赶回来，我的心情就很好，我够得着我的行李架，我从上面拖下了我的包，我甚至都不知道在我拿包的时候发生了什么事，一切都好好的，我能看到的就是她泼了他一脸，水泼上脸的同时，他闭上了眼睛，身子恐慌地往后面退了半步。

我站在他们的对面，我看见水珠从他的脸孔上滴落下来，我听见他的喉咙里发出了低沉的动物般浑厚的嘟哝，他的表情很吃惊，五秒钟后他居然发出了惊天动地的咆哮声。

怎么了？他居然像一只野兽那样嚷嚷，她只是把一杯水泼在了他的脸上嘛。作怪。

我们干点什么吧

我心情不错，因为我的女友梅茜从海口回来了。我惊喜地看着那个和我一起长大的女人一切安好，表面上看没有丝毫损坏，于是我就很愉快。

女友梅茜终于回家来了，并且这回她痛下决心是无论如何也不要再出去了。她转道上海、广州，买了很多时尚衣裳，但是我仍然觉得她穿得实在是太可笑了，那么一件翠绿桃红相夹杂的衣裳穿在她的身上就像农村上来的一样，当然如果给我穿，效果会好得多，我只是没钱罢了，这件衣裳相当于我一个月收入的两倍？三倍？

她回来的那天我正在开一个非常重要的会，虽然我只想睡过去，但是电视台的摄影机一直在我的面前转来转去，我猜想我一定很上镜，并且我的领导和同事都会在今天的晚间新闻里看到我，他们会因为看到了一张熟面孔而激动不已、指指点点，于是我不得不精神抖擞地坐着，我的眼神跟随着摄影机转来转去，目光炯炯。

“我在肯德基等你，来吧。”梅茜是这么召唤我的。

“难道海口没有肯德基吗？”我说：“你回来就为了吃肯德基？”

“没有，真的没有。”她说。

那是为什么，我们的小城市里还分布着两家连锁店，海口会没有，那是为什么。我不知道。

“我都有两年没有吃到炸鸡翅了！”女友梅茜说：“我想它都想得发疯了。”

“你想想，你生活在一个陌生地方，你不得不卷着舌头说普通话，你竖直着耳朵你也不明白他们在说些什么，天气闷热，周围的男人又黑又瘦，而且你怎么可以想象，那么辣那么呛的东西居然是绿色的，那是芥末，你想想，我每次想出去吃顿好的，我就得吃芥末。”

“你不想念我做的菜吗？”我说，说完了我开始后悔，但是很快地我就为我有了后悔的念头而害臊，梅茜都已经出去两年了，两年里，她给我打了无数个电话，写了成堆的信，她在百忙之中唯一惦念的就是我，我为她的归来麻烦一些，做一次菜又有什么呢？于是我又说了一遍：“你不想念我做的菜吗？”

由于必须要开完会，我回家已经很晚了，黄昏的暮色中我看见盛装的梅茜在我楼下的小区花园中走来走去，就像一朵盛开着的晚香玉，请原谅我用晚香玉这个词汇，请原谅，好吧好吧，她就像一朵盛开着的夜玫瑰。

很奇怪地，她怀抱着一束怪异的花束，花束的最下端一条紫色的缎带飘扬着，就像凤凰的长尾巴。梅茜一看见我就扑上来了，她拥抱着我，差一点就泣不成声了，我们的周围暗香浮动。美丽的梅茜和美丽的我，我们拥抱，给我们的小区花园增添了一道亮丽的风景线。拥抱过后，那束花转移到了我的手中，我埋首其中，种类繁多的花朵让我目眩神迷，这束花中包裹着郁金香，洋兰，天堂鸟，昌兰，勿忘我，红玫瑰，黄玫瑰，康乃馨，风信子，情人草，马蹄莲，拖鞋兰，雏菊，等等，等等。花粉们沾染在我的头发上、脸孔上，衣裳上，但我没有介意，我说，谢谢，谢谢。实际上这束昂贵的花让我为难，我暗暗怨恨，为什么你要送我花呢，为什么不送些实际点的，比如人民币？

我的冰箱里只装着一个星期前我们单位发的十年鸡蛋，一箱咸鸭蛋，两条冰得硬邦邦的冻鲫鱼，我把鲫鱼放在微波炉里，等待它在短时间内软下来，我往电饭锅里装了米和很多水，我们的胃都不太好，我们需要清淡，于是我打算熬一碗白粥。我做了醋熘蛋，炒鸡蛋，煮鸡蛋，鲫鱼炖蛋，咸鸭蛋拼盘，当然喝粥是不用吃汤的，我还是按照程序做了一只蛋汤。

我们坐在餐桌的前面，梅茜的眼泪很快地就流了下来，她说："你还记得在电台的那段日子吗？我们一起值夜班，我们就是拿一只电饭锅熬粥吃，我们问下面的导播吴老师借了一袋甜榨菜……那是我这一辈子吃到的最好吃的东西了。"

"当然记得，我怎么会忘了呢？"我说："第二天一早我们就到对面的小店里去买了榨菜还她。”

那段日子以后，我们各奔东西，梅茜到一家寻呼台做了部门经理，在人事竞争中被迫辞职，她无处可去，又不与朋友说这些事情，我便一直以为她还在那家呼台，过着很滋润的生活。直到有一天，我忽然想起来去想想她，事先我并没有打电话过去，我到了那里，柜台后面只有一个小姐，坐着，冲着每一个人瞪白眼。

“小姐。”我说：“请问梅茜在不在？”

“不在。”她说。

“那么请问她什么时候回来？”我仍然客气地问。

小姐很仔细地看我：“你是她什么人？”

我回答说：“我是她朋友。”

“梅茜早就不是这儿的人了。”

“什么？！”我吃惊，我是她最要好的朋友，她居然什么也没有跟我说。

“她上午不会来，但她中午的时候就会来，中午我们这儿会有一顿免费的午餐，她怎么能错过呢？然后她就会消失，不知道上哪儿去逛了。”小姐的脸孔在那一个瞬间变得恶劣和愚蠢，她嘲笑我最要好的女友，就像嘲笑我一样，如果当时我手里拿着什么的话，我一定会不顾一切地抡过去的。但我没有，我客气地说，谢谢，非常感谢。然后我回转身飞快地走掉，已近中午，我怕我会看见梅茜，她脸色苍白，头发凌乱，她什么人也不理会，她没有任何表情地拿过放在柜台上的那盒饭，她坦然地坐到了角落里，打开盒饭的泡沫盖，她专心致志地吃饭，其他的一切她都不想顾及。我走着，但我的眼泪流下来了，我就那样带着纵横交错的泪痕穿越过我们城市最繁华的商业街，我流着泪，走着。

现在梅茜从海口回来了，我们焚香沐手，促膝长谈。我看着她，说：“你忘掉了吗，以前的那段日子。”我看着那个女人，那个与我最要好的女人，我说，你忘掉了吗，以前的那段日子。她没有说话，我们都是要脸面的女人，我们什么都没有说，但我们彼此心里什么都明白了。

“我们干点什么吧。我们去别人的城市。我现在空闲得很。”她说。

“好。”我说：“但我只有双休日两天的休假，我们只能去近些的地方。”

夜深人静了，我们坐着，冰咖啡被我们的手指捂热，到后来，我们什么都说完了，实在也没有什么好说的了。

“我知道你不喜欢留人在这里过夜。”梅茜终于说：“一直是这样的，是吗？”

我没有说话，我的眼睛看着别处，我什么也没有说。

“好，没关系。我们这个星期就去N市。N市好吗？我走了。”梅茜站起身来。

我送她，但她跟我客气，她坚持只要我送到楼梯口，并且坚持目送着我回房间，把门关上，锁好。但我在窗子的后面看着她，我关心她，我想看着她上了的士才放心。但我看见她从后面的车库里开出了一辆凌志，她开着车，打了个弯儿，像风一样消失了。梅茜你真傻，你为什么不说你是开车来的呢？我又怎么会看不起你呢？我又怎么会怀疑你呢？

虽然你在短短的两年中赚到了一辆凌志，你赚到了手机，你赚到了手提电话电脑，你赚到了那么多的钱，我仍然相信你，我相信你的能力，你的钱是干净的，那只是因为你努力，而不是别的。

我看自己的房间，房间里有我的床，我暂时还不想和别人睡觉。当然我怕黑，我宁愿开着灯好了，即使是女人也不行，我很怕，我们睡在一个被窝里，那个女人温软的身子，没有丝毫戒备地放松，散发着女人才有的味道，那太可怕了。我非常怕和什么人肌肤相亲，即使是与我最要好的女友。

直到星期六的早晨四点钟，我弯曲得就像一只虾米那样睡觉，当然每一次我在噩梦中被人追杀我总是迈不开腿。那个想杀我的人总是不让我看清楚他长得什么样，他逼迫我末路狂奔，最后我找到了自己的家，我站在屋顶上往里面跳，我暂时有了安全感。但是那个想杀我的人也准确地追到了我的房子，他在外面拼命地捶我的玻璃窗口，砰砰砰砰。当我醒来的时候，我听见厨房间的玻璃窗也在被人往死里打，声音就像梦中的一模一样，砰砰砰砰。

我开门，发现是梅茜，她背着旅行袋，穿着牛仔裤，就像要出远门一样。我惊愕地看着她。

“你忘了吗你忘了。”她说，模样有点认真。

“我没有。”我争辩，“只是你太早了。”

在她的一再敦促下，我手忙脚乱地洗脸，整理行李，换衣服，我们都听到了极清脆的一声响，很美丽的一个声音，嘶啦——我知道我最性感的一件软缎睡衣已经从后面绽开了，那种颜色和样式是再也买不到了，我心疼不已，但我不便表现出来，我装着不在乎的样子把睡衣随便地扔到了床上。然后我们来到了街上，当然在凌晨的四点钟你可以看到出租车，但是我们没有招到，一辆车都没有出现，我们慢慢地踱着，在有些凉的风中行走，我脸上没有化妆，这些灰尘和露水会损害我的脸，我心疼不已。

在这个世界上，唯一的不夜城就是每个城市的火车站和汽车站，它们通常集中在一起，灯火辉煌，各种各样光明磊落的和肮脏的事情都在同时发生。

我们从高速公路上走，我们上了车，坐了下来，一切都很顺利。我白着脸，我想化一个妆，但我一直没有，我懒得再动一下，我想在车上再好好地睡一觉。

这次出来我只带了一本书，除了这本书我什么也没有带，这是我目前为止买得最贵的一本书，作者大概是朱文，书名大概是叫作《因为孤独》，请原谅我不能肯定，因为这本书现在在梅茜那里。我只记得书的价格实在是太贵了，如果我只是叫一回出租车，用了十一块钱我也觉得那是很应该的，但是如果一本书也卖那么多实在是太贵了。买它只是因为在我们书籍少得可怜的小城市里它是唯一的一本，我不知道它怎么漏网了，居然跑到我们城市来了，我当时就买下了这个孤本，因为我知道我是我们城市里唯一拥有这本书的人。

我们坐着，我闭着眼睛，车子平稳地行驶着，我差一点又睡过去了，但那个追杀我的男人始终没有再出现。梅茜聚精会神地涂她的脸，涂了一遍又一遍，同时她告诉我她只用名香这个牌子。快到N市的时候，我睁开了眼睛，我拿出了那本书，告诉梅茜说，这本书的作者大概是在N市，因为书里的简介说，他从N市的一所大学毕业，说完了我又闭上了眼睛，不管怎么说我都非常警惕梅茜，她总是会对任何事情都很好奇，我一度想在书的封面上包一张牛皮纸，那样她就会认为那只不过是一本教科书罢了，但梅茜对任何书都很感兴趣，她把书从我的手袋里硬扯了出来，塞到了她的旅行袋里，她告诉我她很空闲，她有很多时间用来看书，当然这本书永远地与我诀别了。

我闭着眼睛，梅茜这时候开始上唇彩，我不知道是怎么一回事，旁边一个男人开始抽烟。就像得到响应一样，车子里的每一个男人都摸出一包烟来开始抽。

这是一辆完全封闭的空调车，你可以想象，在一个完全封闭的房间里，拿有毒害的烟熏你，那是什么滋味。

“真不要脸。”梅茜说，她的声音低弱得只有我听得见，在烟雾缭绕中显得很不真实。“真没有教养。”她又说。

我坐着，不说话，等待这些为了过一次瘾而不不抽烟的男人们抽过一支后就歇手。我真是把男人们看错了，他们永远都是要过瘾的，抽过了一支他们还要抽一支，永远也不会停，我看着他们又点上了第二支。我已经对他们完全失望了，我环顾四周，我发现只有我和梅茜两个人是女人，当然不会有女人早晨六点就乘头班沃尔沃去N市，很少，所以我们的出现就显得很自讨没趣。

我一言不发，我站了起来，走过走道，来到驾驶座的后面，我俯下身子，对司机说，请原谅我拿大家的生命开玩笑，在高速公路上最好是不要与司机讲话，讲话会让他分心，但我讲了，我说："师傅，您看看您后面的那些人，他们都在抽烟。"司机是一个大胡子男人，他转过脸来看我，这一点让我很担心，我不得不为他注视着正前方，他说，他是这么说的："不就是抽烟吗？为什么不可以？再说，我说他们他们也不会听啊？我有什么办法？！"我灰头土脸地回来，所有的男人都窃笑，并且似乎是为了报复我，有人往司机的方向扔过去一根烟，烟准确地落到了驾驶座的前方，司机没有理会，他全神贯注地开会，但我知道他一定也在窃笑。

"怎么办呢，我们也开始抽烟吧。"梅茜说。她故意咳嗽，但没有人理会她。

当然我们没有，我们的手袋里不会有香烟，抽香烟的女人只有三种，一种是欢场女子，一种是女强人，一种是女作家，当然我们不属于那三类人的任何一种，所以我们不抽烟。

从车上下来，我们叫了一部出租车，我们告诉他我们要去N市最著名的电脑一条街，我要为我的打印机买墨盒，由于我超负荷地使用它，它已经不出水了，白纸从后面进去，我听见喷头在唰唰作响，但是吐出来的仍然是白纸。

我看见车子往前开着，没有打弯也没有绕来绕去，于是我就很安心，只是我不明白，为什么要经过一个名字叫作梅花山庄的地方呢？因为它的美丽名字我记住了它，无论如何我们到了，五分钟后我买到了墨盒，那是多么昂贵的一种东西啊，谁都不会相信，那么小小的一个盒子居然要卖 200 元，而我半个月都可以把它们全部用光。在电脑公司，我们被证实了是被出租车司机戏弄了，他带着我们绕了整整半个 N 市。

我们仍然要招的士，但是我现在认为每一个 N 市司机都很可疑，我们上了车，然后告诉司机说我们要去起步价内最好玩的地方，超过部分我们是不会付的，而且我们要在附近找一家酒店住下来。

真是一桩古怪的事情，大概谁也不会像我们这样折腾了，我们不熟悉这个城市，但是我们来了，我们被出租车斩了，我们还要对不认识的出租车司机推心置腹地说，我们要找一个地方住。当然身在其中你会觉得一切都做得很好，要到后来，你回来了，回到自己城市来了，你才会觉得，那是多么可笑的一件事啊。

司机很喜欢与乘客说话，当然他的口语让我们很不明白，所以他的一大半对话其实就只是自言自语了。他告诉我们他可以带我们到一个高档酒店，因为他认识有关酒店方面的缘故，他可以为我们要求打折。这一句我和梅茜都听懂了，我们频频点头。在别人的城市里我们就像两条无助的鱼一样，我们希望我们的运气好，碰上的都是些好心人。他带领我们来到了一个热闹无比的地方，然后又热心地带我们找到了一家酒店，他停车，但是有老太太上来赶他，他嘟嘟哝哝，把车开走，又很快地开回来，三番五次，趁老太太不注意的时候他还是把车停下了，跳下来飞也似的逃进那家店去了。我们坐着，手足无措，他怎么不怕我们会偷了他的东西一走了之呢？即使我们什么也不拿，但我们还没有付车钱，我们完全可以趁着这个时间差溜掉，他为什么不担心呢？

气氛有些紧张，我们谁也不说话，拘谨地坐着，身子却不敢有半分移动座位。为了他的信赖，我们坐着，动也不动。

他回来了，很沮丧的样子，说："他们不打折。"

"没关系。"我们安慰他。

"不然这样，我们再去另一家。"他提议。

"不了。"梅茜坚决地说："就到这儿吧。"

"我们先逛逛？"她扭转头，看着我。

我们下车，在那个故意做成古色古香的街道上走起来，我们大概买了很多东西，很多并不需要的东西，比如一打体恤，两件睡衣，四双皮鞋和一把伞的什么的。我们拎着这些东西在N市的大街上走，就像鼻子贴在商店玻璃橱窗上面的小孩一样，我们手里抱着一只新娃娃，但我们还要。同时我们不停地吃东西，各式各样的小吃，但有一点它们完全相同，它们都要放在油里炸，我们吃了无数炸鸡腿，炸里脊肉，炸香肠，最后我认为我的胃已经变形了，我想如果梅茜再让我吃，即使只是一小杯可乐，我也会断然拒绝，我说，不。

"再吃一串鸡翅膀吧。"梅茜果然说。

"不了。"我说："我什么也吃不下。"

她严肃地看我："你要学会享受生活，谁都不知道自己的明天会怎么样，所以如果今天有什么好吃的好玩的你就要痛痛快快地没有任何顾忌地享受它，也许以后你再也不会有这个机会了。”

“可是我再也吃不了，即使它是一种享受我也吃不下。”

“吃吧吃吧。”梅茜鼓动我。我犹豫，然后下定决心：“好吧，就来一个，只要一个。”摊贩愉快地扔了一只翅膀进去开始炸，梅茜放心走开去，很快地拐了个弯儿，不见了，我有些着急，我怕我们会在陌生城市失散。生翅膀在油锅里吱吱作响，发出心满意足的声响。“好了吗好了吗？”我不停地催促他，往梅茜消失的方向驻足眺望。“怎么还不好，你要把它炸焦了。”我说。

摊贩马上瞪大了眼睛，就像受到屈辱一样。“你看你看。”他说，举起一把钢叉迅猛地叉向那团翅膀，油花四溅，立刻就有很多血水冒出来，我没有想到一只翅膀里会有那么多的血，我吃惊地看着那只瘦弱的鸡翅膀。摊贩嘴里叼着烟，烟灰飞快地洒向鸡翅膀，就像胡椒粉一样，纷纷扬扬。

在我们频繁买东西的同时，我算计着与梅茜轮流付账，那让我很费脑子。虽然她比我有钱，我仍然相信她的钱来得并不容易，不不，你们一定误解我的意思了，我始终认为她的钱是再也干净不过的了，我只是不想白白地用她的辛苦钱。

我们从一个巷子口出来，来到了一个公共汽车站。

“接下来怎么办，我们住哪？”我说。梅茜说：“这样好吧，我们上公共汽车，我们在车上沿途看去，我们看到的第一个饭店是什么，我们就住在那儿。”

我们看到的第一个饭店是N市饭店，于是我们飞奔下车，我们穿越过丛丛人群，我们从车厢的中段来到了后段，我踩了一位N市小姐的鞋，她用N市方言骂我，当然我要下车，我来不及顾及其他，直到我下了车，我看见了那张最典型不过的N市女子的脸，那张脸上最生动的嘴仍然在骂骂咧咧，我仰着头看她，打了个呵欠，等待公共汽车慢慢地启动。旁边的梅茜用最纯正不过的普通话温柔地冲她喊了句：“你这个呆B。”

我吃惊地看着梅茜：“你刚才骂她。”

“是吗，可是她骂你。”梅茜说：“当然我用N市方言回敬她，我的口音有问题？”

我们过马路，我们来到了N市饭店，我们要了一间上房，可以这么说吗？我们要了一间上房。我开始洗澡，我想着下午能睡一觉，但是梅茜坐在另一张床上不停地打电话，我不知道她打了多少时间，我在梅茜发出的娇柔声响中睡去，当我睁开眼睛的时候我发现我们的房间里多了两个陌生人，一男一女。

梅茜介绍我们认识，男子是她的要好同学校，女子是她要好同学的女朋友，名字叫叶，他们是一对。

现在是下午，梅茜要好同学的女朋友叶抱怨说他们还没有吃中午饭，当然我们也没有，但是我们不饿，梅茜提议说我们到一个集市上去逛逛，随便吃点什么吧。上午我们已经把那个集市的角角落落都逛到了，我想提醒梅茜，但我知道梅茜说这话一定有她的想法，她并不蠢，于是我一言不发。

我们四个，又重新地走在了那条街上，已经有很多见过面的店老板微笑着和我们打招呼，我们走着，那一对互相偎依着，一路缠绵，起先梅茜还与她的同学桉说话，后来每次梅茜靠近桉要说话的时候，叶就很温柔地把桉拉了过去，脑袋靠在桉的肩头上，眼睛动情地注视着桉的胸膛。几次三番。

梅茜便不再说话，牵着我的手，拖着我飞快穿行。把他们落在后面很长一段了，梅茜突然说："她这是故意做给我看的。"恨恨的样子，牙齿咬得格格响。

"当然。"我说："她是故意做给你看的。"

"你为什么要遮遮掩掩呢？"我说："一开始你只是介绍说桉是你的同学，其他的我并不知情，但我现在也看得出来了，你和桉一定是有过什么往日情。"

"都是以前的事情了。"梅茜说："以前的事情提它做什么呢？"

梅茜回头张望，叶正拉着桉往一家珠宝行走，诉说着一枚戒指的精致和美艳，眼睛闪闪发亮。

"你看你看，叶是要桉买钻石珠宝，她并不爱他。"梅茜说："我知道这种女人……"梅茜一脸歧视。

我们又站在一家油炸食物摊前，等待他们跟上来，我们看着黑颜色的油，它们受热，在锅里翻滚，香油应该是澄清的，黄金的颜色，但整个N市没有一家的油是清澈的，它们都是一张隔夜面孔。

我们凝视着那对情人互相牵制着缓缓走近。“我要吃炸香肠嘛。”

叶撒娇，连续不断甩桉的手。梅茜微笑着抽出一张五十元的人民币，买下了十串炸香肠。叶幽怨地看桉，后者正甜蜜地望着她，叶翘着小手指，吃了一口，又马上吐出来，说：“不好吃。”

梅茜不动声色，微笑地看着她，说：“不好吃就换别的吧。”

梅茜扭转头，没有再牵我的手，径直往前面走去。我担心，我想我应该赶到她的前面去，为我最要好的女友梅茜擦去隐藏的眼泪。我想对叶说。女人何苦为难女人。当然我没有，因为我与叶不熟，我们初次见面，我注重我的形象，我想给任何陌生人留下好印象，而且我非常惧怕叶会因此与梅茜干脆撕破脸，大吵大闹。我只是为梅茜的宽容感到震惊，但是我们都要面对事实，事实是我正举着庞大的十串香肠，我不知所措，然后我把它们扔进了垃圾箱，我知道我无能为力，我想我把梅茜的钱扔进了垃圾箱，但我无能为力。

我们来到了一家粥店，梅茜一掷千金，她叫了很多小点心，由于种类过于复杂繁多，请原谅我不能一一复述。叶喝了几口鸡汤，然后告诉我们这家粥店的手艺实在令人吃惊。“真是太糟糕了，没有一样是合口的。”叶高挑着眉，神情冷峻。

梅茜微笑，说：“叶你喜欢吃什么？我们另外再买去。”

叶说：“我什么都不想吃。”

桉终于有些生气，桉难过地看着梅茜，很难为情但是无可奈何。梅茜若无其事地咬翡翠汤包，鲜绿色的汁液喷溅出来，就像梅茜的愤怒一样，充溢了晦涩，忧愁，焦虑。

桉伸出手去，把叶面前的鸡翅汤端到自己面前，说：“不吃别浪费了。”

梅茜看着桉。“我结婚了。”她突然说。我吃惊。我不知道怎么回事，梅茜结婚了，但她什么也没有跟我说。“我和我先生三个月前就领了证，还没有办酒。”梅茜说，很镇静。

沉默。没有人说话，然后桉叹气，神色黯淡：“梅茜，你这么早就嫁人。”

叶的神情略有放松，但是很快地，她的眼睛盯牢了我，我不得不整理自己的衣衫，用餐纸抹去口红，并且对着叶温和地笑，尽量与她贴近。

梅茜站起来去结账，桉也站起来，两个人赶到去推让，叶警惕地注视着，脖子像蛇一样不安分地扭动着，我用最和善不过的眼神转移叶的注意力，我说：“嗨，叶，你多大了叶你是哪里人叶你还没有吃饱吧。”

梅茜和桉回到座位上来，大概因为推让梅茜有点费力气，她苍白的脸色染了一丝红色，不多，但是很瑰丽。叶迅猛地扑进桉的怀里，就像一开始一样，他们走到前面去了。

我说：“梅茜你利用刚才的时间与桉说了什么？”

梅茜说：“我对桉说，请你以后不要再吃女人剩下的东西了。”

夜半醒来，我听见他们仍然在交谈，好像是生离死别一样，我翻了个身，我不知道桉是什么意思，现在一定是深更半夜，但是他们在交谈，居然没有人进来打断他们，我多么希望有人来啊，他们破门而入，他们会看见一个男人和三个女人在房间里，那是一幅美丽的场景。

我听见另一张床上的叶也翻了个身，发出了故意娇柔的声音。她是这么发声的，请原谅我模仿得不怎么到位，那是一声长音，就像一只闲适的母牛。“哞——”间有起伏，余音袅袅。没有语言，没有任何一个代表什么意思的具体词汇，但只是这一个字就充满了无数内容，丰富多彩。桉站起来，很快地移到叶的床头去了。“怎么了。”桉俯下身，关切地问。我没有睁眼睛，但是我看见了梅茜阴沉的脸。

早晨起来，我按照固定的时间起来，房间里空空落落，那种絮絮叨叨的谈话声音没有了，一点痕迹都没有留下，一片寂静。梅茜还睡着，桉与叶不知道什么时候走掉了，他们居然没有把我叫醒，没有与我打招呼就走了，就像他们的出现一样。我怀疑我是不是做了一个长梦，梦里有这么两个人，但是事实上他们并不存在。

我坐在椅子上，看着床上的那个年轻女人。梅茜的脸没有任何遮盖地显露着，我注视着那张脸，我从来没见过不经过化妆的女人的脸。我大吃一惊，那是一张老人的脸，布满皱纹和忧愁。一过二十岁，女人的脸就像一块熟猪皮，油渍斑斑。睡梦中的梅茜眉头紧锁，我探出手去，想抹平那沟壑，没有用，手指划过的皮肉是松弛的，过后沟壑仍然存在。

桌上有拆开来的纸包，一大堆的干菊花，无数朵小雏花都拥挤在一起，变了形似的，枝瓣枯干，蒂和瓣都被压扁，惨白的颜色，没有一丁点花的样子。

是梅茜喜欢的东西，一直是这样，她到哪儿都带着那个纸包，她一丝不苟地把菊花放到杯子里，冲进煮沸的水，看着那花被烫了一下，跳了起来，终是没有跳出广口的杯子，便浮在水的上面了，花瓣仍是僵的，木木地平躺着，没有丝毫起色地躺着，像死了似的。直到几分钟以后，它才舒展开来，没有人看见它伸展的模样，我们能看见的就是它重新开放后的样子，谁也不敢相信，已经盛开过的花还有这第二次的怒放。那么张扬，那么丰润，柔软的花瓣浸没在水里面，轻轻地颤动，色泽金黄，美得让人眩目。

梅茜说过："菊花不能多吃，好看是好看，但它是有一点毒的。"

"知道你还吃。"我说。

都是以前的事情了。现在我注视着梅茜的脸，注视着桌上的干菊花。残茶已经变得碧绿了，里面的花还在，都烂掉了，绿得可怕，只是隔了一夜啊。我不知道昨天晚上梅茜和桉怎么能够把这种碧绿的液体都灌到嘴里去，他们不觉得苦吗？

我出去，在对面的商场买了巧克力，她们给了我一只蓝色的气球，气球上印着这种巧克力的名字，就像一朵盛开的花。当梅茜举着这个气球经过N市饭店大厅的时候，气球炸了，声音很响亮，但是没有人表示惊奇，我猜测每天都有人去对面的商场买巧克力，接受那只气球，然后气球固定地在大厅里爆炸，人就握着那支五颜六色的杆子发呆，像一尊表情吃惊的雕塑，每天都出现，大家司空见惯。

我们走了整整一天的路，我忍受着剧烈的脚痛，陪伴着她，梅茜没有脚的问题，她在N市飞快地行走，我紧紧跟随在后面，度日如年。

在N市大学的后门口，梅茜坚持要买花，每一种她都买，尽管那些花搭配在一起并不美观，她自己动手，剪去她认为多余的叶和茎，把花枝扭成一团，紫色玻璃纸，鲜黄色的装饰花，淋上水珠。我在旁边不停地提醒她，玻璃纸紫色，装饰花怎么可能是黄色的呢。梅茜不理会，她是很固执的一个女人，最后她把花交到我手里，说："你在旁边看见的，这是我亲手扎制的，送给你。"

"为什么？"我说，"为什么又要送我花。"

"你是我最好的朋友，除了你我什么也没有。"梅茜说，很有些动情："我珍视你，所以我送给你花。"我也动情，动情的时候我们都有些伤感，说不清道不明的一种伤感，充满了我们的心。

然后梅茜坚持要拍我，我的背景是N市大学后门口的小吃摊，砂锅和烘饼炉占据了很大的版面，梅茜坚持要照，她让我举着那束花，微笑。我照做了。现在这张相片就贴在我的电脑屏幕的右上角，相片上的我是一个美女，脸陷落在一片红艳的花丛中，除了一张脸什么也没有。

梅茜转身，发现了一个烤羊肉串的小摊，她有些兴奋，什么也不说就开始掏钱包，我发现梅茜从海口回来以后就有了这个习惯，她喜欢什么，她做的第一桩事就是掏钱包。现在梅茜坐在羊肉摊旁边的条凳上，举着一大把钢丝，钢丝上串了羊肉片。那是可以入画的一幅图案，年轻女子梅茜神情陶醉，脸部略有些变形，撕咬那些半生不熟的肉，卖羊肉串的老太太有些激动，掩饰不住的满心欢喜，忙不迭地翻弄那些肉串，手指颤抖。

我在旁边的小报亭买下了这个城市出版的所有刊物，N市日报，N市文化周刊，N市生活周刊N市晚报，N市市场导报，N市服饰导报，N市服务导报，N市妇女，N市青年一代，等等，等等。五米远的地方，梅茜在吃羊肉串，羊油从她的嘴角不断地滴下来，淅淅沥沥地流淌在她的蜜雪儿衬衫上面。

我走过去，坐在梅茜的旁边，现在好了，我们面对着大街吃灰，两个时髦女子，我们的脸越来越黑，谁也不想再动一下。我翻看那些报纸杂志，梅茜还是在吃，好像要一直这样吃下去似的。

我们都没有抬头，各自专心致志地干各自的事情。零零碎碎地说话。

“梅茜，你的衣裳前襟上粘了油。”

“我知道。”

“很难洗的。”

“我知道。”

“我们回去吧，有什么意思，这里我们谁也不认识。”

“我们早就应该回去了，真是无聊透顶了。”

“我们为什么要来呢，梅茜你来是要做什么，是要了结你的那段感情吗？”

“我结婚了。”

“梅茜你怎么不开你的车呢，我知道你有车。”

“不是我的车，那是我先生的车。”

“先生的车不就是你的车吗？”

“不是。他的就是他的了，永远只是他的，我只是问他借，我是在借罢了。”

“你结婚我都不知道，我可以原谅，你怎么现在还不把你先生带出来让我见见呢，我们又是很要好的朋友。”

“他长得不好，我又是要面子的。”

“你都嫁了他了，还嫌他长得好不好什么呀。”

“……”

“梅茜你现在算是稳定下来了，有家有老公，明儿就会有孩子了，你家先生又是有钱的，经济上也宽松，又不要出去上班，日子真是舒坦得不得了了。”

“其实，现在我什么也没有，我仍然像以前一样两手空空，我想抓住些什么，但我什么也没有抓住，钱，风光，都像水一样从我的手里流出去了，我过着很优雅的生活，但我的骨头是烂的，烂得一塌糊涂。”

“我们曾经想过要干点什么的吧。”

“我们是想干点什么的，但我们什么也干不了。我们只是坐在这里吃羊肉串，一串又一串。”

熄灯做伴

罢了罢了

夏天，我在一家音乐电台做排行榜节目的 DJ。有一位来自京城的美丽女子来到了我们的城市，准备召开她的歌迷见面会，承办这会的是经济电台，当然那帮鸟人是干不出什么好事来的，我盼望着他们把一切都搞砸。果然，一切都如我愿，在那个下三烂的歌舞厅，见面会进行到一半的时候，美丽女子与她的忠实歌迷们就被赶了出来，这都是后来的事情了，我只是有些不明白，作为承制全部事件的经济电台著名热档节目主持人，这样的事情是不应该发生的，但是当时的情形有些混乱，名牌和非名牌的各色人等都在混乱中被一并哄了出来，我摇头，叹息，即使只是衔接上的事故，这个错误也实在是太大了，我猜测从此以后经济电台要与京城，与所有的原创音乐网决裂，我不禁有些欣喜，我打算尽快回台里打长途电话，把这里发生的一切都散布开来。

小妖喜欢在电话里与其他的DJ们聊天，与歌手聊天，我不喜欢，即使他们都认可了我的那档原创音乐排行榜举足轻重的地位，他们认可了我是他们中间的一分子，我们互寄榜单，交流思想感情，在事过境迁的张弛事件上我们站到了一起，小妖的情绪更加激扬一些：我们是不是应该把全部的责任都推卸给传媒而忽略了归根结底的问题是出在表里不一的艺人身上？无论如何，我仍然认为我与他们中间隔了很长的一大段，我不是一个十分投入的DJ，我与调音台与所有一切与音乐有关的东西都格格不入，有时候我坐在调音台前面会头晕，而且我厌恶所有从人的嘴里发出来的声音，我始终认为那是世界上最难听的声音，不知道是什么，我并不想一直这样下去，我们只有两条出路，一是做播音一直做下去，起初是热档，然后是去播新闻，播天气预告，最后去做导播。二是与某个前景看好的歌手及公司拉好关系，由于他（她）的非常赏识，义无反顾地跟随着他（她）去做企宣，然后是制作人，最后是赚很多很多的钱。

我与小妖多少次谈过这个问题，小妖明明白白地告诉我，她以后是要做音乐人的，现在的做电台DJ只是因为每个音乐人都必须走过这条路罢了。而我却迟疑，犹豫不决，我在两条船之间徘徊，很快地，在小妖去广州的第二天，我就栽到水里去了，我没有在电台一直待到老，也没有追随上某个歌手，两条船分别启动，我毫无防备，一头栽到了水里，差一点淹死。

我并不会因为小妖与我是多年的老朋友而对经济电台的看法有所改

变，尽管小妖隶属于经济电台，我仍然无比歧视他们，我知道小妖的节目受到很多压制，很多她想说的话却不能说出来，于是她往往在直播节目中语无伦次，她的节目和说话显得颠倒是非支离破碎，我想小妖后来的远走他乡一定是被这样恶劣的环境压迫所致。

小妖诚邀我去观看他们组织的那场歌迷见面会，我去了。我看见京城的美丽女子抱着一把木吉他，她是这么唱的："小小子，坐门槛，想什么，想媳妇，想媳妇做什么呀？"唱到这里的时候，她把话筒伸向离她最近的一个年轻男人，她微微地笑，向他欠着娇小身子。他坐在台阶上，英气逼人，说："点灯说话，熄灯做伴。"哄堂大笑。他的名字叫景鹏，每个人都知道他与小妖谈恋爱，都是三年前的事情了，回忆往事让我心碎不已。紫色灯光，环境优雅，充满了温柔和浪漫。

但是有一个胆大包天的老家伙率先叫了起来，我们来不是要听你们唱歌的，我们要跳舞我们要跳舞，老家伙和老女人们都挥舞着拳头向我们年轻的DJ和歌手示威，我看见那个娇小女人艳妆下的憔悴，黑眼袋从厚重的粉后面显露出来了，她无助地望着她的音乐总监，那是个看上去忠厚的中年男子，鼻子很富贵，他皱着眉，望着这一切，而小妖正在四处寻找这家舞厅的老板，小妖一直在嘟哝为什么还要卖票为什么还要卖舞票出去，明知道我们这个活动的。但舞厅老板不知道什么时候消失不见了。

大家都落荒而去，我无地自容，我们的城市总是给我丢脸，如果要解释现在我为什么总有这样的念头：我要走，要永远离开这个地方。念头就是从那个时候开始的，因为这个城市总是给我们丢脸。

乘电梯，舞客们大吵大闹的声音盘旋而下，充满了电梯的窄小空间，没有一个人说话，我与他们带过来的另外两个歌手挤在一起，他们都有一米九吧，站在他们的旁边，他们看着我，很温柔地看着我。我不知道他们在别处是不是也一样呢，还是只有我们这个城市，我们的电台给了他们难以忘怀的这次经历。

直到两年以后，我与景鹏不期而遇，那是在一家名字叫作老房子的酒吧里，事隔多年，舞厅和卡拉OK成了过去式，酒吧和广场像啤酒花一样冒了出来。老房子是一个地下室，里面除了霉陈气什么也没有，虽然他们做的比萨和乡下浓汤味道很不错我仍然这么说。我背对着舞台，歌手上台，寥寥落落地鼓掌，然后他开始唱，他唱的是《罢了》，在吉他的间歇中我听到了一丝熟悉的喘气声音，在那个瞬间，我转过头去，我看见了一个长发男人，他蓄了长发他仍然是景鹏。

我想起了两年前的那个晚上，我，景鹏，小妖，歌手小雷，小雷的女朋友，还有若干男人，女人，我们都聚集在一起，景鹏扛了一箱啤酒坐到了青年广场的上面，有人弹琵琶，是个女人，长直发，手指修长，然后每个人都唱那首歌，小妖说，这是景鹏为我写的歌，我便斜了头听，景鹏一直在嘟哝，我只是清晰地听见在歌的最后，单调的拨弦的声音后面，大家一起和声，他们是这么唱的：罢了罢了。罢了罢了。罢了，罢了，罢了。我看小雨的脸，那是一张幸福的脸，光滑、年轻，像一朵被灌溉的花。

人在水中

在新一轮的争夺编制战事以后，我被电台辞退了，在这之前，电台一直没有编制，要等着定编的文件下来，要等着那帮老家伙们全身以退后才有空闲的编制，我并不想在做节目的同时再去花费心思忙别的什么事情，事实证明我实在是个蠢货。我真后悔，在我离开电台的前一个星期我还为它无偿干了两件事情。

一是三八妇女节的大合唱，电台组织我们排成了一支庞大的队伍，去参加什么合唱比赛，我深切地记住了那首歌曲：向前进，向前进，向前进。四次排练我去了，彩排我也去了，正式演出的时候我也去了，我低声下气地顺从着，但最后我什么也没有了。然后是创建全国卫生城市，我们被指派清理广电中心四周的那片荒地，我站在茂密的草丛中拔草，一额汗。我之所以要牢固地记得这两个日子，是因为我认为这是电台欠我的，他们并不把我当作一个优秀的节目主持人，他们把我当作体力劳动者来使唤，他们的态度使我元气大伤，在很长的一段时间内都没有恢复过来。

这是我的一贯做派，每一次我都表现得与众不同，但不会是因为你的节目受听众的欢迎，你就能捧着这个饭碗稳稳当当地一直这样下去，更多的还需要些别的原因。我为领导着想，领导总有领导的理由：那么一个不长进的女人，一个从来都不把指标放在眼里，厚着脸皮来来去去的女人，整天只知道上节目，不想着出去拉广告，还留着她干什么？

我与我们稳重的女领导之间的裂痕已经明明白白呈现过多少回了，就像神话一样，我就从电台里出来了。当然也没有什么可遗憾的，小妖不也从经济电台里出来了，她的档案和人事关系连她自己都说不清楚在哪儿了。

一封信

到广州了，一切安好。

任唱片六部企宣，负责歌手 ××× 的一切事宜。

广州的天空很蓝，你来吗？

雨季即将来临，又是不堪憔悴的一季。

我住一室一厅，５００元，有厨房。

谢谢你来送我。

想念你。

小妖

1996. 3. 2

房子没有了

我从来也没有想过有那么一天，我会一无所有。我站在大街上，身无分文，除了包裹我身体的那一层薄布我什么也没有。我从小到大就住在这幢房子里，我根本就不会想有一天它居然不再是我的了。我是父亲的独女，他的所有一切都是我的。恐惧从四面袭来，侵蚀到我的骨子里去了。我一直就很放心，我没有为自己存下一分钱，我很自在地胡乱花钱，就像一只漏斗，无数钱从我的手里过了一遍，最后像水一样，都消失不见了。

现在我的父亲坐在沙发上，恶狠狠地瞪着我："你知道吗，你不能让我失望，总之，你要结婚。"我不知道，我只有二十二岁，但我的父亲好像已经知道了我的将来一样。"总之，你要结婚，你明白吗，你一定要结婚，不管他是谁，即使他是苏北人，当然我们居住在苏南，我们歧视苏北，但是他们很聪明，我发现现在有很大一部分精英都是苏北人，你这么看我干什么，你最好正常地找一个可以结婚的男朋友。"

我看着父亲的眼睛，那是一双布满了忧愁的眼睛，那双眼睛流露了父亲的真正心事，他烦恼、怯弱、担心、怨恨、他面无表情，但他的眼神却忐忑不安地注视着我。

"如果你不好好地过下去的话，我什么也不会给你的，嫁妆，家具，首饰，电器，房子……"在听到"房子"那两个字的时候我明显地颤抖了一下，我沉默，忍气吞声，我知道没有地方住意味着什么，虽然我并不想结婚。

准确地说我并没有谈过恋爱，但我已经固执地认为男人是没有一个靠得住的，在我以后的撰稿生涯中，我写出了无数以女性自立为主题的系列文章，它们分别刊登在了《女性天地》《女性大世界》《女友》《女人》《少女》《妇女博览》《妇女文摘》《妇女之友》《今日女性》等时尚刊物上面，在一家名叫《服饰导报》的报纸诚约的命题作文《女人永远少一件衣裳》中，我作了以下的陈述：女人穿什么都是为着他会怎么想，只是男人的口味天天在变，今天喜欢你穿旗袍了明儿又喜欢你穿皮短裙了，他喜欢你就得不断地更衣，于是就永远地少一件衣裳穿，但女人幸福不已，骨子里是憎恨那裙的，身不由己地要去穿它，只是因为他喜欢呀，他说漂亮呀。

女人终还是要自立的好。不爱抽烟便不要抽去，何苦捡支烟夹在指间做出青涩的风尘让男人玩味呢。终是女人的不长进，不爱喝酒，并且坚持着不喝酒下去，也没有什么男人硬迫着你喝下去，就像衣裳一样，外面流行那种青绿的古怪颜色了，男人们都叫好，你也巴巴地去买了穿，就是最大的不长进。

没有爱的男人，也没有男人来爱你，那是最轻松不过的生活方式了，单身女子，过着优雅的生活，化精致的妆，穿戴美艳的服饰。这样的衣裳永远少一件只是为着太喜欢自己的身体罢了，要不断地更换，让自己永远裹在时尚和制作精良的织物里面。单身女子总是走在了潮流的前面，没有男人来牵制她，让她作不了自己的主。这种永远少一件衣裳与那种永远少一件衣裳是截然不同的，看那女子也一般地平实，贵族气却从她的骨子里面渗出来了。

女人终还是太善良了，还没有见过哪个家庭主妇苛求过自己的衣服的，难得地要找一件衣服穿出去见人，看看衣柜里都是结婚时的陈旧货色了，不由悲从心来。虽然每个女人都怀着浪漫的梦想，都时常埋怨着永远没有一件可穿的衣服，结了婚年纪大起来了，钱都费在米油的去处了，哪里还腾得出闲钱去把玩什么时鲜的衣服呢，美不美总归都是给自己的先生看嘛，这样想着，便这样忍气吞声地过下去，一直这样下去。

其实，标榜只爱惜自己身子的单身女子，那样频频地更换衣裳，是最简单的一种勾引男人的方式了。

谁都看得出来最后一句是那么急切地要把上面走得有些远的意思拉回来，我是走得有些远了，我太投入了，投入的时候我就会不知道自己在说什么，我恍然大悟以后想尽量衔接它们，以便于迎合读者，我想把这篇写了有半个小时的文章顺利地发出去，它意味着五十元人民币以上的现金，虽然我的立场已经全然改变了。那又怎么样。

父亲把他所有的精力都放在这屋子里，房子很干净，纤尘不染，而且很富丽，他带了很多名贵东西回来，把它们藏在了这个房子的角角落落，房子已经远远超过了它本身的价值。

父亲暂时还掌管着他们单位的电脑房和复印机，老头子退居二线了，什么实权也没有，度过心理承受适应期后，他不再频繁地到处乱走，发表意见了。他开始耐心地把报纸放在复印机上复印，随便什么报纸，随便那张报纸上有着什么内容，然后把那些花色一一剪下来，他每天晚上都到我的书房里来转一圈，然后询问我，有什么要复印的吗？于是我不得不每天都写点什么出来，好让我的父亲第二天充实地带到电脑房里去复印，当然我的父亲从来不看我的东西，他始终固执地认为，那是一团糟，不看比看了好，看了会把脑子搞得一团糟。

父亲的态度让我成了一个自由撰稿人，我每天都写点什么，即使我的脑子里空空荡荡，我还是坚持着每天要写的数量。在我写作（写作？）的同时，我的父亲坐在我的后面，目不转睛地看着我，他的手指紧张地悬在喷墨打印机上空，等待着它把涂满了黑色字迹的纸吐出来。

在我从事新职业的三个月以后，有很多人都来告诉我，著名的某某某说你的散文写得很狗屁，当然写小说要牛B得多。请原谅我动用这些词汇时的直接和笨拙，这些是很流行的N市语言，我不知道为什么，有几个月他们都在说“滋润”这个词，我还没有来得及把它说得顺嘴，居然现在他们又都在说“暧昧”了，天啊，暧昧，我决不会追随潮流，如果它在我的小说中出现，即使只出现一次，我就把它吃下去。

著名的某某某大概忘记了他下的定义，他的注意力还没有完全集中到我的身上，但我记着，我抓紧了每一次开会的机会，我知道只要有这种会，他就会出现，他一出现，我马上就贴近了他，我直奔主题，我问他，你不是不说过我的散文写得很糟？他说，是的是的……然后他什么也没有说，我不知道他为什么要飞快地离开我，大概是因为我的鞋跟太高了，或者是别的什么原因，或者是他还没有喝点酒。

你不要再写散文了好吧。

写小说是生孩子，写诗是做爱，写散文只是手淫罢了。我不知道这是谁对我说的这句话，总之我把它记下来了，我想也许是某个作家发明了，然后及时地运用在他的小说里，或者还没有及时地运用在他的小说里，那么我就先借来用用了，当然这不是我的想法，我没有那么精辟和老道的见解。它只是作为一句名言从无数人嘴里传诵开来，当然我也会称职地把它又重新地在我们的小城市里传扬开来，直到我们都认可它已经过时了为止。

好了好了，让我们生孩子吧，孩子会长大，而且很健康，她长得像我，我耐心地看着她，她实现了我无法实现的愿望，我就很满足。孩子红润的脸，丰厚的嘴，当我老得不成样子了，我在暮夜里凝视着我的孩子，用最温柔的眼神，她们存在，白纸黑字，天真并且单纯，我会很满足。

长了一张我们城市的脸

我站在N城的闹市口，用盛气凌人的外地人的口气说，你们这个城市所有的鸡都有鸭的味道，当然我指的是纯粹的鸡和鸭，我厌倦现在普遍的把人物语化，我不知道怎么称呼人和动物，他们经常会搅和在一起。

我很熟悉N城的商业街，因为我每次到N城，我都要沿着街走，我像N城的女人一样，熟练地用手指在各种各样的东西游走一遍，当然我并不想买它们，我不需要。但我长了一张我们城市的脸，也许你没有来过我的城市，但是我们的女人，我们的脸都一样，真的。我起先是不知道的，我想我们怎么可能一样呢，我们不一样，她的脸我的脸怎么可能，鼻子不一样，腰身也不一样，但是事实摆在眼前，我碰到了我们城市出去的女子，我们一起开会，但是开会的第二天早晨，我无所事事，我出去闲逛，我发现一个面目慈祥地老太太向我招手，我吃惊，但我顺从地走了过去，她问我：“你先生呢？”我不知道。我说，我还没有结婚。

啊！她吃惊地盯着我的脸看，然后很及时地，旁边有人提醒她，她不是，你搞错了。我单身一人，来到了N城，我什么人也不认识，所以吃饭的时候有很多人和我打招呼，我都很受宠若惊，我猜想我的同乡一定很烦恼，因为她比我漂亮一些，而且她的先生很著名，我没有先生，即使将来有了，一定没有她的著名。

写歌

在广州的小妖写了无数首歌词，每一次她都告诉我那歌是要给周艳泓唱的，于是我始终关注着周艳泓，从《又见茉莉花》到《红顶屋的故事》，我没有找到小妖的名字，我猜测小妖大概出于秘不示人的原因运用了笔名。

至今为止她只寄给了我一首她亲笔写的歌词。

今天早上炎热我读一首诗，

诗里有一句这世上有一个孩子，

我特别地想念她我泣不成声。

一个疯老头从街那头走过来，

笑嘻嘻地一条胳臂动，

另一条胳臂不动，

一条伤感的狗夹着尾巴跑拐了个弯不见了。

我回信，告诉小妖，即使你是我最要好的朋友，我也不得不说实话，小妖其实那是一首诗，那不是歌词，但即使它是一首诗，它也实在是太烂了，我很难肯定周艳泓会唱这首歌。

与N城千丝万缕的关系

我看着父亲，他的头顶闪闪发亮，父亲已经五十四岁了，他的头发日渐稀疏，即使他只用温水拍打头部，用最昂贵的洗发水，头发仍然在减少。我目睹了这个英俊的有着茂密黑发的年轻男子在短暂的二十年里变成了一个挺着小肚子并且有点秃的中年男人。整个过程，我无比失望。

在我的少女时代我曾经爱慕过一个男人，并且特意跑到N市去，只为着见他一面，与此同时另一个男人对我说，那有什么好看，他是一个秃头。但他在骗我，我终于见到了他，那是一个很英俊的男人，头自然是不秃的，而且有着极黑极长的头发，头发束起来，在他的漂亮脑袋后面扎成了一个小辫子。他身材高大，风度翩翩，面对着他我万分沮丧，我从没有这么失策过，我在一个要好女友的撺掇下买了一件闪光的碧绿的短上衣，我就穿着那件难看衣服见到了我爱慕的男人，我穿戴得灯红酒绿，就像小野店的老板娘一样。我懊恼、皱眉，我的脸皱起来就会很不美，但什么也无法改变了。

这是N城给我留下的唯一印象，面对着它我永远就像一块透明的立体玻璃，在艳华横溢的同时，每个人都一眼看明白了藏在角角落落里的污垢，我无法再去爱N城的任何一个男人，这是注定了的事情。

我经常出入N城，参加各种各样的会议，即使没有会议我也经常待在N城，我认为总有那么一天我会永远地待在那个城市，就像小妖去了广州一样。我们无法爱我们的城市，它就像一个怪僻的老男人，任何一个女人都只在它的身上走一遭，然后消失。无关紧要，城市里总会有新鲜美丽的年轻天真的女孩子出现，她们心甘情愿，把贞操放心地交给这个爱慕已久的城市，然后大哭一场，然后成熟，每天都出现，无穷无尽。

我眼睛不大好，当然我可以戴眼镜，但是我不戴，和所有的近视眼不同，我因为看不清楚而睁大了眼睛，我不明白为什么近视眼看不清楚就要把眼睛眯起来，不清楚就是不清楚，并不会因为眼睛眯起来了就能清楚。一个站在大街上眯眼睛的女人是很丑陋的，如果你看电视，你就会记得那个广告片。（约会，女子与男子含情脉脉，铁板端上来，一阵雾气，女子慌乱，拭镜片，一脸蠢笨，第二次约会，女子衣裳光鲜，不再戴眼镜，模样俏丽，对方被她美貌倾倒，女子羞涩，眼波流转道，嗨，怎么了？）就像广告片演绎的一样，戴眼镜的女人一脸蠢笨，我不戴，什么也不戴我才会显得很美，眼神迷离，在无数张脸上游动。我只是看见他穿着不知道什么质料的衣服，现在那件可怜的衣服正被一双纤细的手扯动着，拉出去很远，又反弹了回去，一遍又一遍，在他们的对面，我目睹了这一切的发生，我目瞪口呆，我的心隐隐作痛，我是那么的尊敬他，仰慕他，现在那个我尊敬并且仰慕的男人已经喝下去了四两白酒，他脸色红润，魅力四射，但他的上衣正在被一个女人扯动着，那个女人戴了一副最拙劣的眼镜。

已经十一点钟了，尽管我经常待在N市，但事实上在这个城市我谁也不认识，谁也不认识我，我只能对着司机说，载我到N大旁边的小酒吧去吧。我们知道在一个陌生城市当我们没有地方可去，我们就应该回到我们的学校，它们以城市名为校名，但我没有想到他会问我，你N大的前门还是后门，还是其他的什么门。我镇静地回答，当然哪个门最近就去哪个门好了。

我来到了那个酒吧，只有我一个人，我坐着，叫了一杯菊花茶，我从夜晚的十一点坐到了第二天的凌晨五点，我续了一回水，抽了一整包名字叫作绿叶的淡烟，我想投入进去，但是N城从骨子里排斥了我。

茧居时代

小妖在广州的事业开始如鱼得水，那一段时间我每天都接到她的电话，收到她寄来的信件和由她主编的名字叫作《每月报告》的画报，《每月报告》由电脑制作，配图和字体惊艳无比，这份自称非商业动机的地下刊物代表了岭南音乐界的真实想法，那是一份权威的刊物，然而它的主编是我昔时好友，一个月前的晚上我们还坐在肯德基的露天餐座抽一种名字叫作皮尔卡丹的薄荷香烟。

我嫉恨小妖，她的那种生活，虽然我知道，在那里，她孤身一人，她经常地打电话回来就是因为她寂寞，但我嫉妒她。

小妖是一个坚强的女性。我如果要走，那意味着我与父亲的决裂。在我们这样的年龄，我们这个时代，我们不知道兄弟和姐妹是什么，那会是怎样的一种感情，我不知道，我们都小到大都是孤身一人，我们冷漠，但那不是我们的错，那是政策问题，我们无法亲身体味到那种姐妹般的情感，我们不知道什么才是像姐妹那样亲密无间地去爱别人，每个人都不相干，我们彼此都是皮肉隔离的个体，我们互相漠视，在必要的时候才互相需要和互相仇视，但是那样的接触也是异常短暂的。

父亲和母亲是维系我们与人类的唯一途径，对于我和小妖来说，我们的亲人就是父亲和母亲，再也没有其他人了。所以决裂是一种比死还要痛苦的折磨。小妖是一个坚强的女性，我们走上了两条决然不同的道路，她一咬牙离家出走，在那个瞬间她的血蜂拥而出，像瀑布那样一泻千里，但很快地她的伤口愈合结了疤，伤痕在夜深人静的时候才会痛，时间久远的伤痕就再也不会痛了。而我直到现在还在这里，吃在这里，睡在这里，最后死在这里，永远在这里，我的血一滴一滴地流尽，但我麻木不仁，直到枯竭。我与小妖还是完全不同的两类女人，虽然我们都有着丰富的内心，但她是一个真正自主的女人，虽然那样的自主需要深重的代价，比如和父亲决裂。

送小妖走是在一个再凄凉不过的夜，她的黑色塑料袋里装着几十袋康师傅方便面，庞大的一个塑料袋，她孤身一人，从她走，到广州去，到了广州她还是孤身一人，我们执手无语，夜是那样的黑，我们都知道这是生离死别，我的懦弱注定了我将一直在这里，死在这里，而小妖就要走出去了，与我相比她的生活问题金钱问题以及恋爱问题都是那么的出神入化，在这一点上我嫉恨她，而在我的恋爱问题上，我也将像每个人都预知的那样，在一棵树上吊死，我知道，所以我并不想结婚，一丝一点的念头都没有，与其要吊死，还不如就这么过着，单身一人。

小妖提着她的大塑料袋，而我提着她的皮箱，我们凝视着对方，眼波流转。她迟迟不上车，她还在等什么呢？在某个时刻，小妖的眼眸里甚至闪出了耀眼的光芒，但什么也没有发生，那眸子又黯淡下来。那个小妖假想中的人终是没有出现，我不知道那个人会是谁？我一度猜测他可能是景鹏，但是第二天景鹏的消失让我取消了这种想法，那个小妖始终企盼着的男人是她的父亲。小妖就那样挣扎着上了火车，她靠近着窗口朝远处张望，她的父亲终于没有出现，车厢的黑色夹缝中间，黑色塑料袋的袋口，康师傅丰富的商标纸在夜幕下闪闪发亮。

可以这么说，小妖抛弃了她的父亲，生她养她的父亲，为了养育这个唯一的女儿父亲花费了全部心血，她就那样轻松地甩手而去，父亲花费的钱和情就像扔进了水里，响也没有的，沉到了底，消失不见了。而小妖始终认为是父亲抛弃了她，让她无路可去，就像一个身无分文的村姑那样狼狈不堪地流落在广州的街头。事实并不是这样，在小妖到达广州的一个小时以后，小妖成了岭南音乐界最活泼的企宣，她并不是一个没有头脑的女人，她在电台的岗位上已经把她的退路以及所有的一切都安排好了，我的境遇要坏得多，现在我没有出路，没有一条路可以给我走，我什么地方也不能出去，我只能待在家里，直到我意识到我还可以做点别的什么。与此同时，我的父亲时时刻刻都让我感受着我是在他庇荫下吃闲饭的一个废物。

我还是可以干点别的什么的。但是由于母亲的溺爱，我什么也干不了，做饭，洗衣服……母亲不让我动手，她爱惜我超过了爱惜她自己，于是我就成了一个废物。父亲把这一切都看在眼里，他骂骂咧咧，让我尽快改头换脸。

在某一个清晨，我醒来的时候，我又听见他们在他们的房间里窃窃私语，这是他们的方式，在我面前他们装着互相很冷漠，他们谁也懒得和对方说话，这个家就像所有的中国家庭一样，平实但是健康。在我睡着了以后，他们才开始交谈，他们的声音就像年轻男女那样娇柔和动听。这个发现是在我的初中二年级，那个晚上情窦初开的少女第一次失眠，她爱上了来自香港的一个歌手，为他朝思暮想，想入非非，七年以后，谁也没有想到只是短暂的七年时间，我做音乐节目 DJ 的第一年，在一个合适的机会里，我电话采访了那位已是过气了的歌手，在我的节目中他就像一个老太婆那样絮絮叨叨，他妄想再次以小生的做派征服听众，就像小妖事隔多年陈述她对张学友的爱一样：那终究是一段尘缘，歌还是继续听，演唱会还会继续去看，但我已以一种平常心，去迎送这无迹可寻的缘起缘灭。

我无法想象我会爱上这个男人，在我十四岁的那年夏天，我为他失眠。

那个夜晚，失眠的十四岁少女听到父母房间里断断续续传来了讲话的声音，每天我去睡的时候，我看一眼他们的房间，房间里面他们虽然在一张床上，但是背对着背，母亲专注在她的编织手艺上，父亲痴迷并且动情地望着电视机，他们互不相干，互不干扰。但是在夜深人静的时候，他们开始交流，用语言交流。父亲与母亲的谈话是一本书，内容丰富多彩，单位，某领导，职称问题，还有关系我的教育问题。每天晚上，一个十四岁的少女就静静地躺在床上，等待着那个时刻的到来，她屏住呼吸竖着耳朵，仔细倾听着隔壁房间传来的声音，由于夜，那隐秘的声音听来清晰无比，他们是一对知识渊博的男女，他们什么都谈，在我父亲四十四岁那年，他为我四十二岁的母亲写了一首诗，某一个晚上他把那首诗背诵了出来。

我不知道为什么我要那么做，在他们都不在家的时候，我翻他们的床头柜，我发现了一札缎带捆绑的旧信封，旁边是他们的结婚证书，下面是独生子女证，照片上的我是个卷毛，我的脑袋埋在一大束塑料的马蹄莲中间，甜蜜地微笑。我没有找到那首诗。整个柜子里都散发出了纸张霉烂的气味，所有的纸张都在潮湿、发黄。

但是在我睡着后，房门就关上了，上了保险，所有的一切我都不知道，如果不是我十四岁的那次失眠，直到现在我仍然不知道。

我害怕黑暗和孤独，我需要爱抚，我离不开母亲，在黑暗中我仍然会准确地找到她的胳臂、腿，然后爬上她的床，偎依在她的旁边。

直到现在，我二十一岁了，我仍然这么渴望着，但我一如既往地害怕。凌晨三时我醒来，我照例在房间里走一遍，客厅、厨房、书房、餐厅、洗手间、阳台，每一个房间，我都走一遍。我始终没有走进过父母的房间，他们的房门紧锁，铜把手闪闪发亮。我已经习以为常。从十四岁到现在，我总是被噩梦缠绕，我睁眼，醒来时我的房间里漂游着幽灵和鬼魅，我从床上滚到了地板上，然后爬到父母的房间门口，我发现不知道什么时候房门关上了，我旋铜把手，我嘴里叫唤着妈妈，妈妈。房门没有开，里面没有丝毫声音，我焦虑、声音发颤，妈妈妈妈。我急促地轻声尖叫，我不敢大声，我的头和脖子紧紧贴在门上面，我睁大着眼睛，不敢看我的背后。

在第二天的晚上，在我用心地旋那个铜把手的时候，门突然开了，父亲站在我的面前，他高大，满脸怒气。我仰着头，望着父亲，父亲抬起手来，很响亮的一个耳光，“啪”的一声。

从我十四岁到二十一岁，我始终被失眠和鬼魅困扰，我不敢再去找母亲，那记耳光，刻骨铭心。我在被子的后面，嗦嗦发抖，想象中的鬼魅伸出血红的长舌头舔我披散在枕间的长发，那是我拥有的最漂亮的东西，乌黑茂密的长直发，鬼魅每天晚上都舔着它。有时候我的魂也会跑出来，和它们交谈。我不敢发出任何声音，我的牙咬住了柔软的嘴唇，很用力地撕咬，鲜血却从牙缝间涌出来，源源不断。

我寂寞，我再也不想独自一人睡在床上了，但我并不要结婚，像父亲和母亲那样，夜半交谈，白天又装作互相漠视。

这种观念在我的脑子里生根发芽，我始终处于一种边缘的状况，尤其是在对待男人的态度上面，我时刻标榜我是要过单身生活的，即使我还没有恋爱过，生活还没有开始。当我的心像季节一样萌动的时候，我的魂就从身子里跑出来，与另一个魂交谈，我看不见她的模样，但我们很默契，只有我们两个人，我们经常在一起交谈，夜凉如水的时候，我们都是那样的孤单。

这是一个繁华的世界，时尚是一个穿着晚礼服的半老徐娘，她每天都换一副新行头，风韵犹存，但她发出了浓烈的臭，脂粉后面、衣服里面已经全部腐蚀掉了。所有的东西都在诱惑我们，同时我们心底里的欲望也时刻勾引着我们，让我们不得安宁。

我看到一间房子，一灯如豆，与我爱的男人躺在床上，静静地看书，讲讲话，什么都不做，只是感受着他在旁边，抚摸着他的身子，心若止水，什么都不做，只要这样。

如果你想笑，你就笑吧。其实很美，不是所有女人都能这么想，这是一种优雅的生活方式，太会享受的物质女人需要的只是每天都要，要，要，很普遍，但她们代表不了全部，所有的，全部。

这是我的秘密，我知道在什么时候他们会交谈，爱情需要交谈，这是在我从事撰稿事业以后，我开始专注文本实验，在一本名字叫作《爱情中的交谈》的书中我得到了证实。

错过这个时候他们就会像白天一样，冷酷，面无表情。有时候他们会谈论到我，我上上下下的考试成绩，我不爱说话，我斜着眼睛看所有的人，我日渐圆润的手臂和腿，各种各样，我仔细地听着，我有了心理准备，才可以从容地对付他们，但是他们并不知道他们的招数早已经被我识破，他们仍然每天在固定的时间交谈，商讨关于我的问题。

我听见父亲对母亲说，这是你的责任，你要好好地教导她，她必须在半年之内学会做菜和收拾房间。父亲重重地叹息，这么多年了，她什么也不会，再这样下去，她就嫁不出去了。母亲唯唯诺诺，他们一直在算计我，从小到大，都是父亲做的主，母亲是个应声虫。

我尝试与母亲沟通，我想让她明白，她是一个独立的女人。我真是一个蠢货，习惯已经形成了，并且根深蒂固了几十年几百年几千年，我又怎么能改变得了呢？男人父亲已经完全征服了她，从上到下，从里到外，所有的一切，全部。母亲是一个美女，但她是一个怯懦的美女，就像我一样，我发牢骚，但我在父亲面前总是低眉顺眼。母亲自信地说，作为一个女人，那种一哭二闹三上吊的手段是最低劣的，我知道怎么对付男人，那就是沉默和撒娇。我看着母亲的脸，那张脸和我一模一样，惨白，空空荡荡，并且愚蠢，但是我们自己并不知道。

落英缤纷

曾经最爱喝的红茶，在广州已品不出当初的闲情和醇美。这是你的异乡，我不断地告诉自己。然而，我知道，草坪那边的超市里，可以买到家乡的萝卜干，北京南的那条小巷里，卖着全城最好吃的牛腩粉，从广东音像出版社出来，过天桥，穿过一条大马路，就是广东电视台，普利的川菜又比以前贵了一些，那里的担担面很难下咽……

是的，这是我向往的城市，虽然它让我没有归属感；这里有我的事业虽然它让我举步艰难；这里给予我海阔天空，虽然它让我归心似箭。

这个七月，认识了很多新朋友，他们漂流在四面八方，为着同一个目标默默无闻地奋斗，大多生活得不太如意。他们之中，有的是 DJ，有的是歌手，有的是企宣，有的是音乐人。不论是成名的或是未成名的，他们都曾为大陆流行音乐的起步和发展做出过并继续在做着不可磨灭的贡献。一棵大树，枝繁叶茂，他们只是一斜枝或是一片叶，他们为花开努力伸展，为结果遮风挡雨。当花美果硕的时候，他们一无所获也一无所有地断去老去，无人怜惜也无人在乎。

也有怨言，也有后悔，也有人放弃了。可是，仍然有更多的人执着不移。我常常扪心自问：是否，我也能一如他们？但我相信，我们的心愿如初，果实归你，落叶归己。

在这一期的《每月报告》中，小妖还写下了如下的文字。

我想起了一个远方的好友，她的节目在我们的城市拥有最响亮的知名度，可是，很少会有人知道她曾经受过的伤害，直到今天，虽然她已成为电台的一个不可缺少的人，但是，她仍然没有正式的编制，仍然拿着一个月为数不多的稿费，笑里带泪地生活。这是机制和观念，我们弱小，我们改变不了它，我只想对她说，一切都只是时间问题，你总会得到你所想要的，只要你执着。

我捧着这份《每月报告》，我泣不成声。我写了一封信给小妖。她再也不会笑里带泪地生活了，永远也不会了，她没有执着下去，但她终于可以蔑视机制和观念。

女人何苦为难女人

失眠，一直睁大着眼，睡也睡不着，心绪却是静的，只是睡不着，看着天色暗了又亮了，然后阳光出来了，又要去上班了。

很奇怪，整幢楼里没有一个人，门一关上，一片漆黑，死一样的寂静。我怎么又回来了？我早已经不做那档节目了呀，那是一段短暂的时光，夜间十一时到十二时的谈心节目，领导把我们换来换去，我们需要经常地变幻风格，适应各类迥异的情调，我们适应。我怎么又要做呢？上个月我不是已经调到专题部了吗？我怎么又回来了？

空调坏了，炎热，我在狭长的走廊上缓慢地走，我的长裙飘扬着，像一只丰厚的手掌，抚摸两边墙壁的脸，我走着，但是总也走不到头，前面有水流的声音，环形楼梯的中间就是喷泉，那是喷泉的声音，但我只是听见声音，我看不见它。

恐惧从四周围涌现出来，我走着，前面有走近来的脚步声，后面有走近来的脚步声，不分明的声音从各处向我逼近来，缓慢但阴森，恐惧渗进了我的骨头里，我已经满脸冷汗。我不敢回头，我怕吹灭了灯它就能跳上我的肩头，它温柔地对我说：我们一起走吧。我发现那是一张老女人的脸，轮廓分明。她移动起来很迅速，我望着她，我发现她的长袍子下面是一片空白，但她移动得很快。

那是已经过去了的事情，我不知道我的领导为什么要安排我做这档节目，我是一个懦弱的女人，她知道，她也是女人，她怎么不知道女人晚上一个人走夜路的恐怖呢？她怎么不知道呢？但她要我去做，小组例会上她只要坚决地挥一挥手，事情就这么定下来了。

我取出上面一档节目的盒带，他们是录播，他们只需要花费几个小时就可以把一个星期的节目都做完，我却要直播，在深夜十一点的时候，我的节目是直播。我把广告带插进卡座，配乐放进CD机，话筒要下来些，桉叶总是喜欢仰着头说话，每次我都要调下来些。我怎么想到桉叶了？这是怎么回事？桉叶住在医院里啊？她怎么又来做节目了？

导播像往常一样已经睡去了，他躺在旁边的小房间里，房间里有一台旧电视，他总是盯着电视看，其他的他什么也不想管，自从我做这档节目，我取消了热线，我不想听那些夜晚时分还亢奋无比的人胡言乱语，我不想和他们对话，任何人。我不知道别人的谈心节目是什么，那是经济电台的名牌节目，我的谈心节目就是自言自语，我一个人，美文，音乐，我一个人。

我按下键，推上话筒。没有声音，什么声音也没有。我定了定话筒的插头。仍然没有声音，怎么了，怎么会没有声音？这是事故，在我的节目中出现了事故，对面的电子钟跳动着，已经过去五分钟了，我不安，焦虑，这是要受处分的事故，我想避免错误，但我不知道怎么做。调音台沉默着，话筒沉默着，没有任何声音，死一样的寂静。透过玻璃窗我看见外面的导播间多了一个陌生女人，她的脸贴在透明玻璃上，她目不转睛地看着我，她是走廊里的那个女人，她径直来到了播音房。现在只有我一个人，孤单单的一个人，我要直面她，她有一双绿色的眼睛，眼睛闪闪发亮。

我做了一个梦，像往常一样，我做了一个噩梦。

肌肉开始松弛，我在床上，我现在是一个自由撰稿人，我再也不用赶时间赶节目，我再也不用在夜半时分去做那档狗屁的谈心节目。

我走的那天辛晓琪的《女人何苦为难女人》已经连续蝉联三周了，那是一首一下子爬升六格的歌，在小妖的金曲雅韵榜上它永远只在前三甲的位置上徘徊，这是一个引导的问题，我喜欢这首歌的歌名，听众会因为主持人的明确引导寄来榜单。

男人靠不住，女人也是靠不住的，没有谁可以靠得住，连你自己也靠不住，你不知道多少次欺骗了你自己，有时候一个人的彻底崩溃只是因为自己的欺骗。

我又想起桉叶来了。每个人都知道她为什么会在医院里，在我们中间自杀早已经不是一个新名词了，当然桉叶并不是自杀，那是最明白不过的迫害所致，为了避免对号入座，请原谅我不能复述这件事情。那是由于过度的受恐吓，桉叶是一个高中生，与我们相比她是一个什么事都不懂的女孩儿，但这是一个公平的世界，并不会因为你年纪小你就可以例外，所以她受到了惊吓。人的神经是一根纤细的弦，过度的松懈会使它逐渐痴呆，但过度的紧绷会使它有压力，有时候这根弦就没有任何预示地绷断了。我只记得领导带领我们节目部的全体同事一起去探望她，她坐在病床上，她认得我们，她激动万分，伸出手，十指尖尖，她指着我们的脸，发出了粗重的吭吭的声音，但她说不了一个完整的词。

歌手小雷的样带

看见景鹏的脸我很惊奇，小妖去广州的第二天他也同时失踪了，我们都猜测他去了星海音乐学院，景鹏需要正规的进修和磨炼，他一直在等待。现在他们都在同一个城市里，那是一个陌生城市，谁也没见过他们的脸，谁也不知道他们的过去，那是一件好事情。

然后我在半坡村酒吧又一次见到了景鹏，那不是著名陈染那篇著名《私人生活》里的半坡村，也不是N城的半坡村，这是我们城市的半坡村，那是一个抢手的名字，但它们是截然不同的三个地方。

九七年一月小妖已经到达了北京，她打电话来，她的声音嘶哑并且疲惫，她问我：“你喜欢天地人这个名字，还是喜欢新星生产社这个名字？”

"天地人。"我说。

"好吧，我就去天地人。"小妖说。

这是小妖与我最后的联系，从此她再也没有出现过，已经是六月了，小妖就像从这个地球上蒸发了一样，无影无踪。

直到现在，我看见了景鹏，我问他："有小妖的消息吗？"

"没有。"景鹏说："我们在两年前就分手了，小妖没跟你说吗？"

景鹏看着我，那是一张幸福的脸，没有因为受伤而留下痕迹，他提到了以前恋人的名字，但他神情自若，于是我怀疑他所说的话。

"没有，小妖只告诉我她在发展的事业，别的她什么也不说。"

"我下个月去北京，我的背包里有一盘小雷的小样，你要听吗？"

"小雷？小雷是谁？"我觉得这个名字很熟悉，但我想不起来了，自从我离开电台，我始终在过一种深居简出的生活，我的电话和传呼都成了摆设，我没有再去结交什么新朋友，同时我的老朋友都在一个个地消失，成为灰尘和粉末。

景鹏微笑。"我将和小雷一起去，小雷带着他的小样，我们一起走，你真的不想听吗，那歌的名字叫作《罢了罢了》，你听过的，你还记得吗？那是我为小妖写的一首歌。"

"哦不了，我不再听歌了，我的意思是我再也不用听歌了，对不起景鹏，我要先走了。哦，对了，要不要送你们，我知道那班车很晚，真的，我可以来送你们，你们路上吃什么，带些康师傅碗面吧，我来送你们。"

飞

她在枕头下面放了一只玩具飞机，她母亲问她那是为什么，她说：每天晚上，我都要坐着我的飞机在天上飞。

五岁时候的初恋情人

我有一张黑白照片，我始终认为照片上的我是个美女。那个时候我五岁，是一个卷毛，穿着蕾丝小背心，百褶裙，手里攥着一根洁白的塑料马蹄莲。

五岁以后我有了我的第一个情人，那是个瘦弱的小男孩，清秀木讷，但英俊。就像《青梅竹马》的第四句歌词，林黛玉爱上贾宝玉。

我出生的那一年，我想那应该是一个特殊的年份，非常特殊，在那一年里发生了很多事情，比如平地涌现出了无数地震棚，现在我的父母多少次对我说："知道吗，在你刚出生的时候，一有动静，我们马上就抱着你逃出来。"

比如我目睹了一场审判，我坐在父母的中间，除了我，每个人的表情都很凝重，我直视前方，在黑白电视机里有一个着黑框眼镜的女人，她站着，回答问题，有人问她，她就回答，老气横秋，那大概是一场审判。我很吃惊，不断地提问，那是什么，为什么她站着，黑框眼镜一闪一闪？没有人回答我，他们的表情仍然非常凝重。我想我没有弄错吧，我出生于大地震的那一年，在审判发生的时候我是不是已经有了非凡的记忆力，或者那场审判已经是录播了，或者转播？

比如我赶上了中国电影的恢复萌动时期，他们开始羞答答地表现爱情题材，那是些多么好看的电影啊。有一个画面，在一大片油菜花（油菜花？）地里，一个穿着乡气的红绒线衫，扎着乡气的小辫，手里挥舞着一条乡气的红纱巾的姑娘，朝着不知名的前方奔跑。（慢镜头）她跑啊跑啊，脸上溢着健康的红晕，却总是跑不到头。我实在不知道这部电影的名字，如果你知道，麻烦你打个电话告诉我，对于那个景头我有着非常的好感，我希望能够找到它再次重温一遍。

青梅竹马的瘦弱男孩和我在江南小城的弄堂间穿行，我们是邻居，我们从小就待在一块儿，同时我们有一大帮玩伴，每天晚饭后放出来玩的人数维持在五到十个不等。通常我们的游戏是掩蒙蒙，这个名字比捉强盗好多了，显得文雅并且寓意深刻，一个蒙着眼睛，其余的掩起来，蒙眼睛的数过了十就开始找，和捉强盗决然不同的是，这是一个智力游戏，关键在于藏在哪儿，而不是谁跑得快的问题。江南地方好就好在弄堂错综复杂，拐弯抹角，藏到哪儿都很容易，但是规矩严格，看见了你你就被逮住了。我不知道现在的孩子怎么玩，他们一定不适合这个游戏，他们会赖，口说无凭，你怎么说你看见我了，你有什么证据，大不了不欢而散，各自回家去玩各自的电子宠物鸡。

我比别人聪明得多，我知道最危险的地方就是最安全的地方，那个时候我五岁，所以我认为我从小就很聪明。他趴在大墙上，数数，我在离他两米远的地方注视着他，那是一个阴暗浓密的葡萄架，在他动身去找人的时候，我到达了大墙下面，然后我就赢了。

第一个发现我的秘密的就是他，他真是一个聪明的男孩子，所以我认为这么一大帮孩子中间，美的俊的黑的白的，只有他才有资格做我的情人。

这都是很久以前的事情了，回忆往事让我想入非非。

看见一部惊险片

我站在九楼的窗口往下看，我看见一辆红色出租车和三辆漂亮的白鲨摩托车，它们停留在我居住的楼房下面，发出巨大的声响。我始终没有离开窗户，尽管我非常想去端一杯茶来，以便于舒服地等待好戏开场。夜晚的好戏与白天的好戏有明显的不同，白天会有很多人围观，众多充满求知欲和惊喜的脸会影响当事人的情绪，于是事情就不能顺其自然地持续下去，而夜晚，每个窗口后面都有人，这些脸躲藏在厚窗帘布的后面，你看不见它们，你可以认为他们不存在，于是你歇斯底里地发作，不计后果。道理就和谈恋爱一样，男人和女人在白天多是含蓄地款款对视，可一到天黑就什么都干得出来了。

我端坐在软沙发上，房间里关着灯，我从高处往低处看，明亮路灯下面的所有就会看得很真切，我不妨碍他们自由地发挥。

我听见出租车内有尖利的女人声音，她是这么叫的："救命啊！"我并没有夸张或者编造故事，当然我也不是在诉说治安问题，那个女人的确是这么叫的："救命啊！"她的声音让我想起了梅茜，我的女友梅茜有着与她类似的高音部分，由于她们声音的接近，我开始关注那个车子里的女人，我不知道她为什么要叫救命，我可以拨"110"，这个号码并不收电话费，我一直想拨通它，现在有了个好机会。遗憾的是她叫过那一声后再也没有发声，我屏息倾听，仍然是没有声音，除了机器发动的轰鸣和尾部腾出的臭气。我厌恶汽油，即使它变成了气体。

形势已经很分明了，三辆摩托车分别挡在出租车的前部、后部和侧面，它们包围了出租车，让它没有去处也没有退路。司机是个胆小鬼，他完全可以把横在车头的那辆摩托车撞飞，然后绝尘而去，可惜的是全场他没有任何表现，而且他有些惊慌，他打开了所有的车灯，结果那些炫目的灯光吸引了所有的人。由于我的迟到，我到场时它们就已经停在那里安静地对峙了，我猜测在此之前有过一段摩托追汽车的惊险片，可惜我错过了。我看到的只是一辆普通夏利，三辆洁白的摩托车，车手们有着美丽的黑发，在星夜的暖风中飘扬开来，像水一样柔顺。但是我对她们的好印象并没有持续很久，因为她们始终在反反复复地高声骂着。

我开始同情那个躲在车子里面不敢出来的女性，谁都可以预知到，如果司机没有良心，他怕招惹是非，他就会把那个可怜的小女人一把推出车去，然后一走了之。事实上他已经有了这种倾向，他正在往车窗外面探头探脑，忍受着摩托的臭气，向长发车手们摆出一脸讨好的笑容，准备随时逃之夭夭。如果他这么做了，那个小女人就会被那三个长发车手一把扯住头发，踩在脚底下，脸部和某些重要部位受到重要的表皮创伤，那样的话我就可以立即实现拨打“ 110”的愿望，我不动声色地观看接下来会怎么样。

出乎意料的是有个女人开始号啕大哭，而声音却来自占尽优势的三人帮众中间。如果是男人，这样的痛哭多半是因为钱财的损失或者别的什么，而女人这么哭只会是因为男人。

撕心裂肺的哭声迷惑了我，我不知道谁是真正的受害者。哭者的同伙恼怒地对她说：“哭什么，你真是不争气。”她们往出租车里扔了几句威胁的话后飞驰而去，唯一剩下的女人显得势单力薄，她停止了哭泣，追随她们而去，我听见了她说的最后一句话：“臭不要脸的，你真是看上他的人吗？你还不是要钱！”

出租车在原地待了一会儿，缓慢地往前行驶了一段，车子里下来了一个短发女子，她的短裙和高跟鞋闪闪发亮。从夜晚九楼的高度上看她就是我的女友梅茜，然而她不是，我的女友们都是正派女人，她们从来也不会被满口脏话的老女人一路追杀，她们知道怎样优雅地生活下去。

我看着她走向小区花园中央的投币电话亭，她开始拨电话，与此同时，电话铃响，我离开窗口去接电话，电话那头是梅茜的声音："我是梅茜，我在你楼下。"

一个梦

一个孩子，站在我面前，絮絮叨叨地说话，我坐在椅子上，左手撑头，身心疲惫，但我微笑，我只能微笑。孩子仍然在絮絮叨叨。"我要吃肯德基。"他说："妈妈，我要吃肯德基。"

很奇怪，我跟一个陌生男人结了婚，那是个面目模糊的男人，穿着灰色衣服，然后我就有了一个孩子，现在这个孩子要我带他去吃肯德基。

这有什么意思呢，结婚，居然一眨眼我就结婚了，我都不敢相信这是真的。

梅茜坐在我的旁边，我看不见她的脸，只有她的声音："这有什么意思呢，你现在最好是离婚。"离婚两个字就像瞬间的光亮那样撕开了云雾，我一阵冲动，我说："离婚。"然而我看见我的腹部已经鼓了起来，我看见自己分明就是一个臃肿并且惨不忍睹的女人了，然后我听见自己的声音："我都这样了，还想怎么样呢？"

醒过来后，我坐在床上发了会呆。很多年前，当我是个孩子的时候，我曾经在梦里哭了，我紧闭着眼睛，但是眼泪真实地流了出来。后来我再也没有因为一个梦哭过，就像现在，我只是坐在那里，发了会呆。

一个从来没有结过婚没有真正恋爱过的女人怎么会做这个梦？就像在这之前我总是梦见赶不上火车，那是因为我总是怕被淘汰出局，然后我总是梦见我被人追杀，那是因为我担心遭人暗算，然后我有长达一周没有睡得着觉，那是因为我想得实在是太多了，我的神经始终很亢奋，不得安宁。现在我做这个梦，那是因为什么，原来我对未来的婚姻怀有这么极端的恐惧，我周围发生的所有故事让我认为，婚姻是一场自虐。我说过，与其在一棵树上吊死，还不如就这么一个人过。

梅茜去海南前是一家寻呼台的部门经理，她曾从呼台的电脑上抄录了一份客户的资料，那是违法的，她把那个客户的寻呼内容都打印了下来。那个女人整整一个晚上都在传呼她的丈夫，但是她的丈夫没有回一个电话。我和梅茜都认识她，我们曾是一所中学高二（３）班的同班同学，学校指望我们考上名牌大学为校争光，但她高中毕业后马上结婚，嫁给了我们城市一个名人的儿子，她是个漂亮女人，隆重婚礼上她是焦点，依偎在男人的身边，灿烂无比，很快她为他生了个儿子，然后她消失了，没有任何她的消息。

那是很醒目的一串字符：

晚了，该回家了。妻。

也该打个电话回家呀。妻。

孩子醒了，你怎么还不回家呢。妻。

请回电话，请回电话，请回电话。

……

梅茜走出机房和值夜班的小姐聊天，小姐说："那个女人每天晚上都要打这个传呼，每天打来的时候都泣不成声，她要我帮她打十个，二十个，打到他回家为止。"

小姐笑了笑，说："他把手提电话关了呼机关了，就是打一千个一万个又有什么用呢。"

同样一段文字对于不同女人的影响也是不同的，这份东西是梅茜发现的，然后拿给我看，我们面对同班同学现在的生活状态唏嘘不已，但是她很快结婚，很快就投入到婚姻状态中去了，而我仍然认为那是靠不住的，我仍然像以往那样生活，每天都一样。

在电视里寻找自己的面孔

我不认为梅茜在被人追打的时候赶到我这儿来是个好主意，如果那三个车手杀了个回马枪，如果她们一直跟踪她来到了我的家，事情就会变得更糟糕。现在梅茜坐在窗前镇静地喝茶，几分钟前，我还在那个位置上听见她叫出了"救命啊"那三个字，可现在她却装得什么都没有发生。

"那个时候我还在海口，她整天就打电话来，软硬兼施，让我放手。

可以说他们的关系其实都是坏在她手里了，景鹏本来就不爱她，现在更添了不爱她的理由。我说，我们并没有什么的，你看我都在海南呢，但是不管我说什么她都不听，她像一只疯狗那样咬住你不放。她每天都打电话到我海南的公司来，还赶到海南来，要找我的领导谈……离婚的时候她要了三十万，够狠的吧，直到我和景鹏结了婚，你看，她仍然死盯住我口口声声说要杀我，离都离了，她还想怎么样呢……”

我想起来我应该看今天的晚新闻，有我的镜头。我花费了一整天的时间开会，我生活的大部分时间就用来开会，我坐在领导的近旁，小鸟依人。我看见领导坐在最高处，面朝大众，那是一张暧昧并且亲切的脸。我把他微笑脸孔后不明显的数次皱眉尽收眼底，我知道窥看领导的隐私不好，但我看见了别人看不见的东西。做什么都不容易，包括做领导，我厌恶座谈会，厌恶传达精神的所有会议，我一看见有人煞有其事地掏出事先写好的演讲稿来就头晕，但是领导不会，他的神态饱含着鼓励和深情，他用眼神示意，念下去念下去。

新闻结束，没有那段报道，我不知道电视台那帮人都干什么去了，他们的灯光打得所有人都燥热不安，却拍摄了一组无用的镜头。我很想从电视里看见自己的脸，真的。那会是怎样的一张脸，轮廓有些变形？油彩在白炽光下五彩缤纷？但是什么也没有。我很沮丧。

我把注意力放回到梅茜身上。她很安静，从一开始她就很安静，她打电话上来，镇静的声音，她上楼梯，缓慢地走路，她走进我的房间，优雅地坐了下来，即使她在叙述那段故事，她仍然不紧不慢，一切都很正常。现在我怀疑我看到的一切。

“你相信吗？我在海南的那段日子，他每天都打电话来，我握紧了话筒不敢放松，我都怕换一个耳朵听电话，我怕我只轻轻一动他就挂断了电话。我的手心里都是汗水，我站着听电话，一个小时，两个小时，我却没有觉得累。

其实并不存在这样那样的问题，他前妻长得比我好，年纪也只比我大几岁，他们确实是不再相爱了。你在听我说吗？”

“梅茜，你真的以为你年轻美貌你就可以为所欲为了？”我说。

梅茜吃惊地看着我：“你怎么这么想，我们是真心相爱的。真的。”

女人间的友谊

我们曾经是最要好的朋友，我、梅茜，还有小妖。我们曾经很穷，在最穷的那段日子里，我们从冰箱里只找到了几只鸡蛋，仅有几只鸡蛋，我把它们放进锅里，煮熟，梅茜和小妖在旁边搅拌酱油麻油和盐，我们就着白水鸡蛋蘸酱吃，那是一餐美食，我们相视而笑，眼睛里有泪。

在梅茜去了寻呼台以后，有一天深夜我去看望她，那个晚上我们拥有一个电饭锅和一点白米，我们煮了一锅粥，粥在电饭锅里冒泡，散发出诱人的香味。我下楼去寻呼台对面的小店买榨菜，我发现有一个高大的男子正企图爬上呼台的围墙，他攥着一束红花，花外面的玻璃纸在夜风中哗哗作响，他的车停留在外面的广场上，那是一辆漂亮的奥迪。我很想告诉他完全可以从正门进去，只需要在门卫签一张明明白白的会客单。寻呼台是一幢陈旧建筑，下面是一家广播电台，有时候会有迷恋夜间谈心节目主持人的听众等候在门口，送上一瓶饮料，或者鲜花。我以为他只是一个有些出格的崇拜者。

我没有想到这个名字叫景鹏的男人后来成了梅茜合法的丈夫，而我见他的第一面他却在墙上。这是没有发育好的小男生才会做的事情，但他做了，那年他已经二十八岁了，他在那样的年纪挣到车子和房子说明他的智商并没有问题。同班同学的婚姻没有给梅茜留下任何印象，也许梅茜坚信人是不同的，身份的相似并不意味着心也相似。

他并没有翻过那道墙，门卫老头儿义无反顾地喊出了声。

一切都像神话一样，第二天一早，经理就走进了机房，经理喜欢给小姐们看手相，他总是抓着小姐细柔的小手细细地观察，告诉她们未来的命运，小姐们便捂着小嘴儿吃吃地笑，娇羞并且妩媚，但是梅茜没有给她的经理这个机会，梅茜说我对我未来的命运没有兴趣。梅茜正在冲一杯豆奶粉当早饭，但她把热豆汁淋了她的经理一身，然后夺门而去。

我不知道她要逃避什么而去了海南，如果是为了赚钱她应该去深圳，如果是为了事业她应该去北京，但她去了海南，海南没有园林和温润的气候，也没有加蟹小笼汤包，但她去了，在那里待了整整两年。

同一个月内，小妖也走了，去了北京。她们都出去了，只有我还在，我向体制和传统和规矩和所有的一切妥协，我每天只把时间消磨在吃饭和睡觉上面。我开始察觉出自己的不长进，我怨恨自己就像一条虫子一样，寄养在机构的身上，我周围的观念就是我们要纠缠组织，组织负责我们结婚，离婚，分房子，我老婆的工作问题，当我每个月拿到固定工资的时候我就会想我是多么可耻啊，但我周围所有的人都和我一样，我们喝茶，看报纸，开会，我们清闲但我们永远也不会没有饭吃，于是我得到了承认和平衡，我们的脸皮越来越厚。

我浑浑噩噩地过日子，我把每个月的薪水都交给我妈，然后心安理得地坐享其成。心是热闹的，在哪里都热闹，一个人住时热闹，在家时仍然是热闹。我父母爸妈就生了我一个孩子，我们生下来就是太阳，热热闹闹。一切都是自我的，心里的冷清和孤单会因为环境的变化失去水分，成为坚硬的石头，旁人看那几块石头就是孤独，但是我们自己不知道，我们以为我们热闹。我们都是幸福的独生子女，在丰衣足食以后再说孤独这个字眼就是作怪。

一个名做景鹏的男人

梅茜回来的那天我才收到她的信，飞机比信件还早了几个小时，信是十天前写的，由公司统一发的邮件，寄到已经是十天以后了，在这十天里，梅茜和景鹏做了所有的准备，拍照，登记，领结婚证。我不知道这一切都已经实实在在地发生了，过后，我送了梅茜一本新娘备忘录，尽管那本东西已经失去了时效性。梅茜说过在这个城市里我没有朋友，即使结婚也只是双方的父母吃了一顿饭，就这样。

然后我才看到了那封信。我珍藏了梅茜的所有信件，当我没有事情可做的时候我就会把它们翻出来再看一遍，回味里面真实的痛苦和快乐，尽管那是别人的痛苦和快乐。

……

怎样向你表达我此刻的心情呢，就像濒临一场无止境的灾难一样，甚至在给你写信的时候手都在颤抖。景鹏的妻子又打电话来，她问我为什么会这样，我只是回答不知道，脑子里一片空白。她说："要不要我过来一趟？"我还是仍旧说："不知道。"我一再解释我们之间是清白的，从来没有发生过什么，完全是一场误会，她说她不管，她说她不相信，她不相信景鹏的喜怒哀乐全是因为我，她更不敢相信景鹏居然三天两头地打长途给我，直到她去查了电话单，可平时，他和他的朋友，和她都从未有过超出十句话的交谈。她说电话里你们都说些什么，让他舍不下你，恨不得冲到海口来？我还是不知道。她像是一个原告，不停地责问，不停地哭诉，我像个傻瓜，一个劲地回答不知道，脸上淌满了泪水，却哭不出声来。她说她不会善罢甘休，她说为什么我不能放过景鹏。她不住地发问，既无助又神气，无助的是她仿佛要失去他一般，神气的是现在我是"罪犯"，她是"法官"，只有我这个被告，在电话的这头任凭泪水流淌，却不知该如何回答她的提问，所有的答案都是"不知道"，我交了白卷，在与她的对话中，我得了零分。现在我知道什么叫作真正的无助，就像我现在的样子，靠在沙发上连站起来的力气都没有，拿电话听筒的手都在发抖。景鹏很快就打电话来，他显然知道她打过电话给我了，他说："对不起，你别往心里去，事情很快就会解决，你要保重。"我不想再听下去了，匆匆挂断了电话。我也不知道怎么会这样，这些都是我不愿意面对的，我早就预料到我们之间会发生一些事，所以我决定离开，走得越远越好，就让我过一段安静的日子吧，但她不给我安宁，她仍然一次又一次打这样的电话来，伤害我，现在我觉得天底下的事没有什么不可能的，没有什么不可以做的，我要做些事情了……

我从来没见过哪个第三者像梅茜那么盛气凌人和振振有词，似乎第三者们都很委屈，而所有的一切都是别人的错，虽然梅茜是我最要好的女友我仍然这么说。但我相信那是爱情。一个一贯沉默寡言的男人突然就会变得很反常，他居然每天都打电话给他爱的女人，像个老太婆那样唠唠叨叨，这大概就是爱情。

我从来也没有见过景鹏的脸，他给我的印象只是一个痴情男子，爬在墙上，玻璃纸哗哗地响。

惊险事件过后不久，有一天傍晚梅茜又来了，她只穿着丝薄睡衣，披着一件长衬衣。"我们刚吃过饭，两个人兴致很好，就只穿着拖鞋随便出来逛逛，逛逛就逛到你这来了，我就上来喝杯茶。"

"景鹏呢？"我说："他不上来吗？"

"他穿着拖鞋就不上来了。"

"那有什么关系，你怎么不让他上楼来呢，你打他电话让他上来吧。"

梅茜笑笑："我们老夫老妻了，也没什么了，我喝口茶就走，不要很长时间。"

两个人趴在窗口的沙发上，茶杯放在窗台上，冒着热气。我往下面看，那是个高大的男人，趿着拖鞋，坐在楼下一辆三轮车上。眼睛往上面看，我知道他什么也看不清楚，他只知道他的老婆在楼上，他等待她喝完了茶下来与他一起回家去。

我说："你偷偷摸摸结婚倒也算了，现在连丈夫也不让人看又算是什么呢？"梅茜说："什么时候让他打扮齐整了再上来见人吧。"

然后我送梅茜下楼，把她交回到她的丈夫手里。我至今没有见过景鹏的脸，我第一次见他他正爬在墙上，而第二次见他却隔着一排茂密的树林，梅茜穿过那个小花园，走向她的丈夫，我上了几步楼梯，回头，那对老夫老妻正在相依相偎往回走，有点冷，景鹏拿他的外套披在梅茜的肩上，梅茜的娇小身子就像被景鹏包住了似的。就像电影的闪回一样，我的眼睛里就有了我五岁时候的小情人，他穿着一件风衣，像风一样，手指拂过我的脸，然后，消失了。

选择了硕大的椰子

小妖的左边是一个老太太，右边是个小男孩。男孩一言不发，小妖客气地冲他笑，小妖是一个美女，笑起来很有感染力，但他严肃地看了小妖一眼，又把头扭了回去，仍然一言不发。男孩的胸口挂着漂亮的纸牌，写着“无人陪伴儿童”的红色大字，小妖很恼火地看他，他镇静地坐着，双手老练地交叉在胸前，什么也不看。

还有两个小时就要到海口了，小妖在飞机上非常饥饿，小妖始终不吃任何飞机上提供的东西，以前吃过，但是真难吃，从此以后她就什么也不吃。小妖到达海口做的第一件事情就是吃，她吃的第一件特产是一只青皮椰子，椰子迷惑了小妖，她看见了两种椰子，一种是电视上见过的范本，另外一种形状古怪，而且比范本椰子要小得多，但它们价钱一样，既然价钱一样小妖就毫不犹豫地选择了那种大的。当然最后总是会真相大白，它们分别是一只椰子和一只椰子的内芯，椰汁的味道不会受形状的影响，而且内芯要轻巧些，小妖捧着没有经过处理的硕大椰子行走了一整条街，累得要死。

小妖和我一样，我们出生在江南，从来没有见过椰子。在小妖去海口之前，我再三关照她带一只榴莲回来，当然我并不是为了吃它，我只是想见见它长什么样，小妖最后带了一袋芒果回来糊弄我，小妖向我解释说榴莲实在是太臭了，带上飞机会招人骂，我试着品尝新鲜的芒果，我发现其实芒果也很臭。

女人和女人就是不一样，就像梅茜，她在海口待了两年，最后还是嫁回来了，而小妖只在海口度过了她十五天的年度休假，就想要永远地嫁到海口去了，海口是那么特殊的一个城市吗？为什么她们都要去那里。

我是一根线

小妖和梅茜已经互相仇视了两年，两年前她们在助养孤儿姗露事件上翻脸，小妖认为我们随便拿点小钱出来就可以养活福利院一个名字叫姗露的孤儿，而梅茜认为小妖简直是痴人说梦。我夹在中间，没有来得及作任何表态。梅茜从来就不喜欢孩子，谁也没有想到两年以后梅茜飞快地结了婚，飞快地肚子里就有了一个孩子。

然后她们相继离开了我。梅茜去海口，小妖去了北京，住在一个摇滚朋友的家里，如果她们一直这样住下去，我就会认为她们即将拥有海口户口和北京户口，但她们回来了。

事过境迁，三个曾经发誓老死不相往来的女人又聚集在了一起，我们坐在一家名字叫作半坡村的酒吧里。我叫了一杯牛奶，小妖是一杯冰水，梅茜要的是一种屈臣氏牌子的什么水，从我们的饮料中间你可以看得出来，我从来就没有离开过我的城市，我小心谨慎，从来也不知道除了牛奶之外还有什么新品种，而另外两个出去转了一大圈的女人开始喜欢和别人不一样的东西，比如纯粹的水，还有屈臣氏。尽管小妖告诉我可以把冰水抹在头发上，效果和啫喱水相似，但我并不想在酒吧里用冰水洗头皮。

我是牵系小妖和梅茜的一根线，如果没有我，她们永远也不会再相见，有很多次，当远在北京的小妖因为寂寞而挂热线电话来时，我试探着想告诉她梅茜的电话和住址，但小妖婉约地扭转了话题，而那个时候还在海南的梅茜虽然记录下了小妖所有一切可以联系上的号码，但她说她一辈子也不会摁那几个数字。

小妖坐在原木公告牌的后面，染着一头红颜色。推开门的时候，我一眼就识别出了小妖的那丛红色，不知道为什么，我想我要哭了。我向小妖走去，我的心都要跳出来了，那种感觉就像和初恋情人的约会一样，我激动不已。

“你好。”小妖看见了我，说。

我的心一下子安稳了，我微笑着握住了小妖的手。我们没有像意料中的那样拥抱，然后流泪，我们平静地坐了下来。酒吧里有很多年轻的男女，背着双肩包，肆无忌惮地调情，一杯接一杯地喝啤酒。

“他们多么年轻啊。”小妖说。

“难道我们不年轻吗？我们都只有二十二岁。”

“我怎么觉得我很老了，你看，那些十六七岁的孩子们，他们那么活泼，是的，真活泼啊。他们没有心事，但他们给我压力，我一直在想只要我一放松，他们就会从我的后面飞过去，超过我，他们会回过头来嘲笑我。我想我再也跟不上潮流了，我已经老了。”

“我知道你在外面很难。”我说：“我还是希望你回来。”

“我并没有打算回到这个小城市来。”小妖说：“我去了一次海口，我想我要嫁到海口去了。”

“好吧……梅茜结婚了，见见她吗？”

小妖吃惊，然后犹豫，然后说：“随便。”

我知道小妖是想见梅茜的，只是她需要一个高贵的台阶。

梅茜在接到电话后的五分钟内赶到了现场，这是奇迹，即使梅茜是我要好的女朋友我仍然这么说。两年前梅茜还是一个没有任何时间概念的女人，她和小妖有过一次约会，但那天下雨了，当小妖冒雨赶到的时候，梅茜却因为下雨而不想出来，她并没有直截了当说她不想来了，她指使别人打电话给小妖，说她喝醉了连路都走不了。这是一件小事情，我和我的女朋友们经常会犯错，我们互相原谅对方的错误，很多年了，我们彼此了解得那么深入。

这次梅茜难得的迅速说明她看重与小妖的会面。起初她们有些不自然，互相审视对方，小妖红发，左耳戴了一只耳钉，右耳廓扎了五六个耳洞，梅茜慎重地穿了一件软缎旗袍，蝴蝶盘纽，镶蓝滚边。梅茜的脸有些肿，我猜测她的孩子大概有两个半月了，虽然旗袍下面她的身材仍然显得娇小。即使我猜错了也要原谅我，我在孩子方面的知识很贫乏。

那是一副很难看的场景，三个形象迥异的女子坐在一起，拘谨地互相询问近况，几分钟后她们开始回忆一些过去了的往事，她们抽烟，神情伤感，仿佛生离死别过后又相逢的好友。旁人一点也看不出来红发女子小妖曾经说过："梅茜是一个非常狠恶，并且自私的女人。"而梅茜叹着气说："小妖还是个幼稚的小女人，追求理想和浪漫，于是很冲动。"

前嫌尽释。女人们在经历过很多事情以后，比如结婚，比如事业的飞黄，成熟了的女人会忘记掉年轻时候干过的蠢事，怨恨过的人，她们并没有传说中的那么会记恨。

小妖叙述过无人陪伴儿童和飞机上的饥饿以后，告诉我和梅茜，一个月之内她把手里的事情全部了结了就走，同时她羞答答地把她天涯海角前的照片拿给我们看，梅茜曾寄过相同的照片给我，她们都穿着纯棉的体恤，A字短裙，艳若桃花地站在大太阳下面。

就像一个著名女人所说的那样，小妖的心是一所公寓房子。她走来走去，总是安分不下来，即使回家，她也只在我们的城市里待一小会儿，然后她就去了梅茜曾经去过的城市，而且不打算再回来了。

把钱都扔给了邮电局

夜深人静了，我和小妖从酒吧回来，我的父母还坐在沙发上强撑着眼皮看电视，灯光暗淡，他们没有看清楚小妖头发的颜色，发色的异样会让他们大吃一惊。我们坐到书房里去，小妖对我说：“在酒吧里时他打我的传呼，我让他半小时后打到你这儿来，好吧。”

“我已经打完了我所有的磁卡，我的钱都扔给了电话费，我们曾尝试各种节省电话费的方法，在呼机上留言，深夜时分通话，投币电话，IC卡，智能卡，我们改变不了，邮电局很精明，他们总是能赚到我们的钱，不管我们用什么电话。”

我说：“你们为什么不写信呢。”

“信不真实，我要听他抽烟和喘气的声音，有时候烟味儿透过电话线到我的房间，满满一屋子都是他的烟草味道。”小妖说。

我吃惊地看着小妖，我猜测她的脑子有些坏了。我不明白两个人，男人和女人，怎么会有那么多的话可讲，讲足足一个晚上。迪斯科广场的大量出现说明现在我们并不需要语言，巨大的噪声中间我们只看见对方的嘴唇在蠕动，但我们不知道对方在说什么，我们也不需要知道，我们只要牵扯着对方的手，到广场的中央去扭屁股，很多男人和女人就是那样，他们不需要语言，他们也会谈恋爱。

谁会相信，在这个世界上有一些女人，她赚的钱她所拥有的全部都扔给了电话局和飞机票，她们居然在自己的城市里找不到可以爱的男人，她们在别人的国家别人的城市里才找得到好男人。梅茜是个例外，我们都以为她去了海口就会消失掉，无影无踪，谁知道千里之外她现在的丈夫扔了足够多的电话费后她又义无反顾地飞了回来。

小妖坐了很长时间，直到她实在没有什么话可跟我说。我送她到楼梯口，小妖说："如果电话来，说我走了。"我点头，让她放心。

那个电话很快就来了，他很有礼貌："对不起请问小妖在吗？"

"您是海南的长途吗？"

"是。"

"小妖刚走……"

他打断我："她怎么走了，什么时候走的？"

"就在刚才，她一直在等您的电话，等了很久，她刚刚走，大概只有两分钟。"

"谢谢。"他挂断了电话。

我只和那个男人说了二句半话，我没有见过他，我不知道他是一个什么样的男人，高的矮的，脾气温和的，暴躁的，一个我一无所知的神秘男人，我交往多年的女友却要去和他生活在一起，我担心，但是我的担心是没有道理的，我了解小妖，小妖的前一个情人在日本，至今仍在日本，小妖始终没有下决心去日本，尽管那是有些难的，但她没有用心，这个世界上没有什么办不到的事情，于是她错过了那次恋爱。现在无论如何她也不会再错过了，即使那个男人远在千里之外。

小妖走的那天我只是送她上国旅社的机场车，机场车像个孩子那样笨拙，挪动着胖腿缓慢地移动，载着小妖和她的希望离开。我不去想小妖以后的生活还会有什么波动，我知道小妖很爱他，非常爱他，我愿意相信他会对小妖负责，毕竟他是一个有礼貌的男人。小妖和我说的最后一句话是：“是生活选择了我们，还是我们选择了生活。”我猜测那是一句歌词。这一次大概真的是生离死别了。

没有发展好的爱情

接到桉叶的第一个电话是在夏天，那一天的气温高达36.5度，当然我们有空调，空调的好处是让我有优越感，我在想每个人都很热，头顶冒烟，而我却很凉快，于是我就很满意。夏天的下午三点钟我在空调下面翻一本名字叫作《黄金时代》的书，那是一本紧俏的书，我在我们城市的先锋书店预约了第二次才拿到了那一整套书，虽然对于我来说它实在是太贵了，我仍然毫不犹豫地买下了它。好了好了，我正在看一本书，电话铃响了，我想我发了会儿呆，今天是星期天，天气炎热，别人都在睡午觉，而且睡得很投入。但是我的电话铃响了，我没有让它响很久，我从凉席上爬起来，穿越客厅和餐厅，拎起了话筒，我赤着脚，穿着软缎吊带裙。

那是桉叶和我的第一个电话，我们都很小心，我们说了一些不着边际的话，一时无语，我恋恋不舍地挂断了电话，我不知道桉叶的感受，总之，这个电话以后我的心情久久不能平静，我没有再做别的什么，我发了会呆。

我至今还记得我和桉叶的第三个电话，在以后的一个月时间，我时时回味着那段对话，所以现在我把它完整地复述出来就很容易。

“我要出一趟差。”

“去哪儿？”

“北京。”

“去干吗？”

“实验话剧。和一个朋友一块走。”

“什么时候回来？”

“一个月吧。”

“你吃晚饭了吗？”

“吃了，刚刚吃完。”

“你在抽烟？”

"是啊，你怎么知道了？"

嘟嘟嘟

"我有电话进来，就这样吧好吗。一路顺风。"

"……"

我没有听见他说的最后一句话，我把电话挂掉了，然后我很后悔。我很想再说点什么。真的。

我已经背叛了我说过的话，我曾经说过我永远也不再相信恋爱，甚至做梦我都在逃避婚姻，我恐慌，惧怕，担心，我只想一个人过，自由自在，没有人牵制我，让我分心。我怕受到约束，我只要单独地做我要做的事情，但我又是那么的懦弱，当爱情汹涌而来的时候，我自己就先崩溃了。

我相信在桉叶去了北京以后，我开始思念他，我从来没有那么数着手指计算时间，我始终认为时间对于我来说过得实在是太快了，昨天我还是个十七八岁的青春少女，一闭眼的工夫，我居然已经二十二了，我知道再一闭眼，我的年纪就要飞起来了，所以我过了二十二岁就从来没有闭过眼睛，我的每一天都过得非常充分，我从来不把昨天的事留到今天来做，相反地，我把明天的事赶到今天就全部做完了。

所以我看见年轻女人浪费时间就很反感，我怎么也不明白，她们会去打保龄球，那种玩意除了让你出丑和腰肌拉伤什么用处也没有，还有跳老迪，有了起舞的兴致你可以在午夜的音乐声中独自发挥，在下饺子般繁忙的迪斯科广场中央捶地板是非常丑恶的行径。

现在我觉得时间过得真慢，怎么桉叶还不回来呢他怎么不要回来呢？在北京的桉叶一定不知道我是在思念他，因为至今为止，我还没有见过他，他的声音就像一个四十岁的老头儿那样，没有丝毫魅力可言。我曾经成功地担当了三个月之久的业余主持人，在那三个月里，我与全国各地的音乐人、歌手和DJ们打交道，如果没有柔美的音色和娴熟的语言基础，江南味道的普通话会影响我与他们的交流，同时在我的身边嗓子美艳面孔却平淡无奇的男人比比皆是，所以我从来就没有苛求过男人的声音，那不是最重要的。

现在是逼近世纪末的夏天，现在谁也不会因为通了几个电话而爱上对方，但我爱上他了，就像神话一样。

在他去北京的第二个星期，我去了南京。因为在南京他有一大帮的哥儿们，我可以和他们聊点什么，虽然他们很奇怪，谁都知道夏天的南京是全中国最热的地方，南京的土著们纷纷在夏天到来的时候出去避暑，或者窝起来夏眠，我却在它最热的时候赶到了那里。

我是一个重感情的女人，真的。我可以因为爱一个人而把身体上的受苦撇到一边去，我坐在桉叶的朋友们对面就好像坐在桉叶的对面一样，他们很相似，但是没有一个人能像桉叶那样让我动心。在此之前，我经历过无数情人一场，那些事件都像玩儿似的，彼此都没有留下深刻的印象。

只是我习惯于记述每一件事情的经过，当我重新翻看它们的时候，那些深深浅浅刻画我的真情实感，那些陈旧的字迹，它们会让我回忆起年轻时候的往事。虽然我一度身陷其中，他们都已经把我卖了，我还在检讨自己的错误。

……

告别，留下唇印，印在他的脸上。

一路奔忙，在车上，哭了。读了一个故事，一个女人怀上了孩子，她期望奇迹，但奇迹照例没有发生，他让她把孩子打掉，很不以为然地，挥挥手。结局美满。丁天要说什么我不明白。

我泣不成声。

……

谁都能看出来这些显然摘自于日记，那么真实的感觉，绝不会是临时编造出来的谎言。当然我只是随手把日记拿过来抄几段，而这几段都不是我写得最好的段落。

事实就像我所说的那样。一切都结束以后，我回自己的城市，我坐在车上，捧着一本杂志，上面有一篇丁天的《门》，我泣不成声，当然这和作者并没有多大的关系，我只是看了一篇文章，然后泣不成声。

留了一幢房子给我

两年了。程东去新加坡前把他的房子留给我照看，于是我满怀希望，我相信一个男人离开前他留下什么他一定会回来拿，但是我错了，我因为热爱程东而热爱那个名字叫作新加坡的城市，但并不是热爱什么就一定能得到它的，程东并没有回来取他遗留的东西，那幢房子，照片，书籍，还有我。

他爸妈给他买的房子很快就又回到了他的爸妈手里，我忍受了很多次屈辱帮他的（或许将来是我们的？）房子交水电费，每次我去，我只在晚上去，我拉开窗帘，让房间透半个小时的气，然后我就离开。我在一楼开信箱取单子的同时，住在对面的那对小夫妻就会用歧视的目光打量我，他们的眼睛锐利并且刻薄，直到把你的身体钻痛，钻穿。

女人是个漂亮女人，始终抱着个白胖孩子，她让我想起了我的同班同学，第一次看见她我觉得她亲切并且温和，那天我穿着蓝印花布的长裙，程东牵着我走路，我的手绻曲在程东的手心里，就像一个文静的淑女，程东一去新加坡，她却明目张胆地与她的男人高声交谈："你看你看，她又来了。"那是很伤人的事情，我穿是并不时尚也不暴露，原因只是每次我都是一个人去，每次都是晚上，我大概是太诡秘了，我不想让别人知道那是怎么一回事，我又算是什么，我为什么要去，确实如此，我的身份很模糊，我都不知道我是什么。

我盼望着一次正面交锋，我像往常那样开信箱，取水电煤气通知单，我摸了个空，信箱里什么也没有，于是我不得不敲那个我憎恨的门，我告诉自己我是在为桉叶敲门，只有男人在家，我说："请问这个月的水电单有没有到……"女人却突然从里间跳了出来，她把男人推进了房间，然后把门用力地关上了，她没有跟我说一句话，我确实很想说些什么的，但她连这个机会都没有给我。

我发现这房子并不只是属于程东和我的，好像还有人来走动，我拥有的只是一把钥匙而已，只要他们一不开心，随时就会把锁换掉。这是程东撒的第一个谎，他说过这房子只有我们俩，但事实却是他的父母就住在附近，他们会在晚饭后有事没事就过来看看。

他给了我一把钥匙，只是那一把钥匙就征服了我，让我服服帖帖地等着，死心塌地。

程东的电话很少，但是清晰，他打电话来好像他就在我的隔壁房间一样，听着他的声音，听见他在电话那头抽烟的声音，我真的以为他就站在外面，当我一开门，他就真实地出现在我的面前，面带笑容。我放下电话，我把每个房间都走了一遭，我的心才安静下来。

我一度对程东很失望，我对自己说，算了吧。但是大半年以后他又回来了，他对我说："我带你去看牛车水。"

我信了，这是他最后一次说谎，直到现在，他再也没有回来过。但是我们没有决裂，我们只是一天一天地渐远，渐淡，也许到最后，连痕迹都没有留下，虽然我留恋那幢房子，但我什么也没有，我有的只是一把钥匙，现在那把钥匙也不知道放到哪儿去了。

非常长时间的联想

我终于见到了桉叶，他来到了我居住的这个城市。还是在炎热的夏天，故事总是发生在夏天，虽然夏天会让人出汗，浑身湿漉漉，年轻女人的干粉末陆续从油脸上滚到脖弯里，纵横交错，年轻男人就像枯萎了的猫那样，躬着背低眉顺眼地贴着墙根走路。当然我并不是指望他们像春天的猫那样生机盎然，我很宽容，毕竟他们是人，不是猫。

八月里，我们的城市却在下雨，下得没完没了。电话铃响，我接电话，电话那头是桉叶温柔的声音："你猜我在哪儿？"

我想我发了会呆，我说："你不是在北京吗？"

他在那边笑，说："我回来了，现在我在这儿，在你的城市里。"

我吃惊，抓牢了话筒："真的？！"

挂了电话以后我非常紧张，我跑到衣架前面去翻我的衣服，一件一件地试过，又跑到亮处去化妆，然后又去试衣服，然后又想到应该把头发打湿。最后我穿着一件旧式的旗袍出去了，我忘了涂口红。

我们相约在一家名字叫作半坡村的茶馆里，我们一见钟情。我肯定一见钟情这个字眼，我认为这个词汇对老鬼们来说大概不大合适，而我们的年纪运用它就很恰当。他是整个茶坊里最英俊的男人，因为他高大，匀称，鼻眼都不像江南小男人，充满了奶油气。而我是最美丽的女人，像我这样的女人到处都是，大家都长得差不多，但在桉叶的眼里我就是一个柔美的江南女子，穿着旗袍，朴素优雅，不搽口红，只戴一个耳钉，有一种颓废的美。最英俊的男人应该和最美丽的女人在一起，这是大家公认的道理。我们没有傻乎乎地互相询问、自我介绍，像拙劣的相亲一样，我们很自然地握手，而桉叶就像做戏那样掏了一支玫瑰送我。我四下张望，确信没有熟人在场才坦然地接受，在这方面我是一个小人，我怕被人嘲笑。

现在我仔细观察桉叶，从上到下，我曾经向他的南京朋友们打探过他的模样，看来事实有些出入，他们都说他长得不怎么样，又很胖。但我眼里的他刚刚好，胖当然是不胖，而且很端正，我说的是他的五官，像男孩子那样的精神和健康，我不明白为什么他的男朋友们要诋毁他的长相，即使他长得很不怎么样，我也不会放弃他而去爱一个南京男人。

我叫了一杯菊花茶，我知道很多男人都不喜欢菊花，认为它有一种古怪气味，桉叶也是，他在皱眉，于是我马上就发誓我再也不会喜欢菊花茶了，我从来都没有这么迁就过一个男人，但是如果我爱他就另当别论。桉叶温柔地往我的杯子里加糖，一遍又一遍，每次他举起勺子来的同时，我就得客气，说谢谢，他加得菊花茶没有了本来的滋味，深色的糖颗沉淀在杯底里，像水的污垢。

桉叶说："那是什么声音？"

我的左手腕上套着一只梅花玉镯，一只景泰蓝圆镯和一只扁镯，当我端起茶杯的时候它们就互相碰撞，散发出莹蓝的颜色和清脆的声音。

桉叶要了镯子去看，我很快就把它们都从手臂上褪了下来，镯子在他的手里，被他的眼睛凝视，再回到手腕上就带了温润。"我知道你喜欢镯子。"桉叶说，然后又像做戏那样，他掏了只镯子出来，瑰丽的颜色，像是泥土烧制成的，上面有奇异的花纹，变化了的人形和草木，我没有丝毫犹豫地就把原先手上套着的一切环佩叮当都扔到了桌子上面，我饱含深情地套上了我的新镯子。

我们的旁边，有人叫了热气腾腾的比萨饼，洋葱圈的气息洋溢在我和桉叶的周围，桉叶又一次皱眉，看起来桉叶不仅仅讨厌菊花，他也很讨厌洋葱，我喜欢这样的挑剔。

“我们找个地方吃饭。”桉叶温柔地挽起我的手，带我走到外面，一切都很自然，他不留痕迹地牵制住了我的手，他熟练地走动，就像是在他的城市而不是在我的城市，我们很快就拐出了那条小巷子。

前面是一个菜市场，蔫巴巴的落市菜们聚集在一起，无精打采，但我看见它们却怦然心动。我的手腕上悬着新镯子，它就像一只亮晶晶的手铐那样约束着我的手，但我心甘情愿，我的另一只手始终绻曲在桉叶的手心里，它有些紧张，微微地颤动。我们缓慢地穿越菜市场，就像一对吃过了下午茶出来闲逛的小两口，偶尔我在某个菜摊前面蹲了下来，耐心并且细致地挑拣了几根黄瓜，桉叶就在旁边付钱，然后我们仍然缓慢地一起朝前面走，我的小手指上勾着一只塑料袋，里面是可以做一盘拌凉粉的粉条，几只番茄，三四只土豆。很显然，我们对蔬菜还没有足够的认识，而且我们很有钱，于是这个菜场里所有的菜贩子们都心安理得地漫天开价，我们没有介意，我们的手牵在一起，不紧不慢地走路，我们在前面的熟食部买了几样熟菜，这些东西有点沉，桉叶把塑料袋抓在手里，同时把我手里的菜也接了过去，我看着他，满怀柔情，我觉得自己多年来飘游的心和身子都找到了一个停靠的地方，我幸福无比。

我们走过无数街道，穿越了无数弄堂，在此期间，我和所有我熟识的人打招呼，我和桉叶的手始终牵在一起，而我的熟人们却装做什么也没看见，他们的眼睛在我和桉叶的脸上扫过一遍，然后像往常那样平淡地消失。我开始怀疑，我侧着头看了桉叶一眼，他很镇静，面容祥和，但现在确实是桉叶带领着我走路，而不是我带领着他。

天色有些暗了，我把东西拎进厨房，开始火急火燎地洗菜，我并不是一个手脚麻利的女人，在我的单身生涯中，我从来也没有为自己做过什么好菜，但这次我痛下决心要让自己换个新面孔，这是一件冒风险的事情，切土豆条的时候我把左手中指的大半个指甲也一起切了下来，我忍住了疼，眼泪沉默地流。趁着间隙，我想出去和桉叶说几句话，不要冷落了他，但我看见他安静地坐在沙发上，手里拿着一张报纸投入地看，并且自觉地换了拖鞋，CD机里也放了我喜欢的音乐，我就很放心，而且觉得温暖，贴近到心里面的温暖。

我把拼制得美观大方的冷盘端上餐桌，招呼沙发上的桉叶过来吃晚饭，但直到我诚邀了有三四回了，他才姗姗来迟，慢慢地踱到餐桌前面，手里还抓着那张日报，这是桉叶唯一给我留下不悦的事情，但这是小事情，我们每个人都会犯错，我并不会因为他这次的随心所欲而开始不爱他。

桉叶坐在我的对面，与此同时我的中指开始疼，血从创可贴处渗了出来，做事的时候不察觉，流水把血不断地冲走，停下来手指的疼痛就会钻心那样分明，中指是一个醒目的手指，但桉叶没有看见，我不知道他的注意力都放到哪儿去了，我想告诉他，但那实在是小女人才做的事情，我像忍住那一刀那样忍耐着，等待桉叶发现，然后心疼不已。这也是小事情，我并不会因为我爱的男人忽略了这些细节而开始不爱他。我曾经说过，我是一个重感情的女人，真的，我可以因为爱一个人而把身体上的受苦撇到一边去。

就像大家预知的那样，吃过了晚饭，我收拾桌子，去厨房洗碗，而桉叶捧着他的报纸又回到了沙发，我们没有像刚见面那样有说不完的话，我洗碗，他看报纸，我把一切都整理好了以后，坐到了桉叶的旁边，桉叶已经不看报纸了，他的手里拿着电视遥控器，每隔三分钟他就换一个频道，我从来就不喜欢电视，但是桉叶看起来很喜欢，我想我应该培养起对电视的兴趣，我百无聊赖地坐着，等待远道而来的桉叶与我说些什么，还要说些什么呢？早在电话里他就说过我爱你这个字眼了，还要说些什么呢？我想桉叶的想法和我一样，我们还要说些什么呢？

我很想回房里做自己的事情，但我始终没有，我想我不能这样对待桉叶，我应该陪伴着他，含着微笑娇媚地偎依在他的身边。

然后我睡着了。

幸而我只是又做了一个梦，我并不知道桉叶长什么样，也没有和他发生什么故事。一切都没有发生，一切都只是我的联想罢了。我希望他不要出现，真的，我只需要在心里保存着那么一个美好的男人，它只是想象而已。

仍然是夏天，天气炎热，我做了一回梦，这个梦在现实中并不存在，请原谅我说谎了。我道歉。爱情有什么意思呢，和所有的爱情一样，到最后都会一样，他们牵制了我的手，让我没完没了地做饭洗衣服，再也干不了别的什么，让我死心塌地慢慢地老去，一直到死。

电话响了，是桉叶。

“桉叶你在哪儿？”

“我在北京啊，你怎么了？”桉叶说。

“没什么没有什么，就这样了，我挂电话了。”我说。

“怎么了？你还好吧，真让我担心，究竟是怎么了？”

“好吧桉叶，我不想分心，我还有很多事情要做，我的后面有很多孩子，他们比我勤奋得多，他们给我压力，让我不能分心，大大咧咧地过下去。是的，我从来就没有轻松过，我的年纪成了我的障碍，非常大的障碍。而且我没有时间，每天我都做同一个梦，梦里我拥有了最多最多的时间，天啊，这么多的时间我怎么支配它们呢？在梦里我笑出声来了。我终于可以在最充足的时间里做我最想做的事情了。五岁时，我在枕头下面放了一只玩具飞机，我妈妈问我那是为什么，我说：每天晚上，我都要坐着我的飞机在天上飞。好了，桉叶，我要挂电话了，我说得太多了。再见桉叶。”

突然发现一个真理

我一直以为，再过五年，顶多五年，那些比我们大十年以上的男男女女就应该退休，把一切都拱手相让，找一个安静的地方颐养天年。我错了，当我还沉迷于对自己的年纪沾沾自喜时，有一群孩子迅速地飞到了我们的前面，他们天真烂漫地招摇过市，给我们留下了难以磨灭的印象。同时六十年代并没有老得很彻底，他们还在精力旺盛地到处表现，这是一个让他们盛开的年代。然后我才知道，有些事情和你的年纪没有任何关系。

坐在三毛茶楼

早晨就下了一场雨，青石板路有些滑，一个老太太在生炉子，青烟缭绕。我住在周庄的街上，已经不是从前的周庄了，东西都非常贵，仍然有很多游客趋之若鹜。

三毛茶楼的门板还没有卸下来，只留着个小门，给一个人出入，里面有一只壶，灌满了水，在炉上响。我喝了一杯茉莉花茶，我看见墙上还留着两年前我和程东写下的字迹：“我们来过了。”程东的名字签得极大，我的名字仍然局促地缩在旁边，字迹有些陈旧了，又因为潮湿，墨水化开了，我相信很快就会有人在上面签上新的名字，所有的一切都会被完完全全地覆盖掉。好像是一种仪式，我到处查阅我留下的任何痕迹，试图擦洗掉它们，似乎就擦洗掉了所有我过去的记忆。

收录机里齐豫永远都在唱那首经典的《橄榄树》。

现在是淡季，茶楼里除了那个老头和我就再也没有人了，老头儿似乎觉得有些对不住我，他一直尝试与我交谈。“是不是三毛的声音？”他故意问我，老头儿大概怎么也不明白三毛是个什么样的女人，她为什么会那么火，在她死了那么多年以后，仍然有很多人到这个茶楼来凑热闹，于是老头天真地问我：“是不是那个名字叫作三毛的女人在唱歌？”

齐豫还唱过一首歌，名字叫《风花》。我的爸爸从前警告过我，不要去靠近风花，那种古老的风花，一旦靠近了就会离不开它，就会时时追逐它，使自己痛苦，但是我没有听话，果然，我如今再也离不开它了。

十月，一个名字叫H的男人和我的爱情从天上掉下来了。我不得不接受这场恋爱，尽管他远在京城。最初我很被动，后来我才知道，原来我从来就没有恋爱过，青梅竹马的小情人，程东，桉叶，他们都像必须出场的教练一样，教会我一点什么，让我逐渐明白一些东西，我可以拒绝，拒绝无数回，但到最后，安排给我的我必须接受，我生活在这里，并非生活在空气里。我向所有的一切妥协，我和小妖不一样，小妖放弃了整个城市，她什么都能放弃掉，而我只是一个不合格的小公务员，我什么也放不下。我和小妖有那么多的不同，小妖有一个弟弟，她的弟弟留在父母的身边，而我是我父母唯一的孩子，我需要永远留在父母的身边，什么也放不下来，没有去处也没有退路。至今为止，公务员是最好的职业，至今为止，我爱我的父亲和母亲。

对于我来说，这是一件没有结果的事情，我想大哭一场。但我不想象小妖那样错过，这世界上没有什么办不到的事情，只要你用心，但是有些事情谁也改变不了，我一直以为我是在做自己的主，我选择了生活，事实的真相却是生活在选择我。

我和H耗费了我们所有的积蓄，我们把钱都扔给了邮电局和航空公司，一个星期内，我们交谈了31个小时，天呐，我们怎么有那么多话可话，31个小时，等于我们不停不止地连续说了31个小时的话。我们在恋爱。是吗？恋爱需要交谈，一直到那一天，已经没有什么可说了，互相凝视着，彼此绝望。言语是有限的，可以一次一次地支取，全部都支取完了会怎么样呢？

角色扮演

我是一个懒得出去走动的人。我很懒惰，是的，我宁愿独自在家里待着，玩一些经典的策略、战略类的游戏，很少有女人喜欢这种类型的游戏，首先很少有女人喜欢电脑，即使喜欢，她们只是用它来打字，管理一些简单的档案和打印工资表，但是当她们知道电脑游戏的好处后，比如RPG角色扮演游戏，她们就会身陷其中，不得安宁。

现在我讲这些话明显有点心虚，因为我曾经是一个深陷于角色扮演游戏的女人，当然这只是过程而已，我只是在里面待了一个月，然后就出来了。尽管在那个月我没有写一个字，没有读一本书，我把时间都送给了它。

它是我买的第一张游戏光盘，我随手把它从众多CD唱片和小影碟堆里捡了出来，因为我对自己太有信心了，我相信我虽然还不是玩家，但我可以比别人要快些时间完成它，我很自信地坐在电脑前面，投入到它的剧情里去，但我发现自己陷进去了。

深夜，我坐在电脑前面给H打电话，我告诉他我无能为力，到现在我还没有完成，它是那么的庞大，波澜四起，无数机关和情报源源不断地出现，我心急、焦虑、恼怒，想把它们一网打尽，但是很难，我得动脑子，不停地动脑子。我头痛欲裂，我什么事也干不了，我只是坐在那里，眼睛盯牢着屏幕，里面有很多花色的道具和药丸，我把它们都搞到手，有一种实现愿望的痛快。我欲罢不能。

H是一个电脑盲，他和很多写手一样，只用电脑来写字，他们浪费了这种珍贵的资源。当我说到光盘游戏的时候，H很吃惊，同时他发誓说从此以后他再也不把他的软盘插进我的电脑里来了，他怕病毒。在我刚刚认识H的时候，H曾经羞答答地询问过我是不是在电脑上观看影碟和使用百科全书光盘会使电脑感染上病毒，我说H你不是和那个写《侠客英雄传》的男人很熟吗，你可以去问问他，当他书写《侠客英雄传》时是不是感染到了病毒。

我们的城市里有很多网吧，我们去到那里，叫了啤酒或者咖啡，然后我们就进入到电脑里去了，我们不知道外面发生了什么事，我们的鼻子紧贴着电脑的脸，我们伸展着毛孔，接纳它放射出来的气雾，心满意足。

这个夜晚，夜已经很深了，我还是没有完成它，今天我又走了一遍庞大的地图，我头晕眼花，除了电脑中的我功力有些增强，我没有任何长进，而且现实的我身子疲软，站起来的那一瞬间我什么也看不见了。

我撩起窗帘，楼下面的俱乐部还亮着灯，衣香鬓影，散发着诱惑人的气息。我们都一样，我们陷进去了，我们无法拒绝，我们热爱惊险和娱乐，起初我们认为它只是游戏而已，但我们被游戏戏弄了。人是那么的脆弱，尽管我们有很多阅历，而且我们有感情，那个名字叫作深蓝的电脑还是下赢了那盘棋，我很担忧，为电脑的聪明。

出去

我向所有的人抱怨，我总觉得闷气，我总想在单位里大叫几声，但我只是想想而已，只要我发出略大些的声音，我就会把自己吓一大跳。

我曾经说过我是一个懒得出去走动的女人，但有一天我心血来潮，我想出去走走，去一个能让我大声说话的地方。我去了海口，我没有找到小妖，和意料中的一模一样，小妖消失了，无影无踪，我只能等在原地，等她来找寻我，我不知道那是在哪一天。

电脑吃了 H

难道你需要我拼却一生休，尽君一日欢?

位置

我知道 H 一直在考虑，他考虑得很辛苦。在认识我之前，他是这么认为的：小说第一，爸妈第二，足球第三。认识了我以后，H 说，你第一，小说第二，爸妈第三，他把足球放到第四去了。

尽管如此，我并没有感受到 H 对我的爱，我还是担心，我担心他像我所有过去的恋爱那样无疾而终。直到一个月以后我们第一次争吵，H 说：“去你的。”天啊，他说，去你的。虽然随后他说了无数个对不起，但是我深深地记住了那三个字。去你的。我热爱这句话。

“H 我不想和你吵，因为我们都是刺猬，两只刺猬，浑身长满了刺，即使在冬天它们也不敢靠在一起，因为利刺会刺进对方的身体，它们会感受到比寒冷更难以承受的痛苦，所以它们很孤独，它们永远都只能在原地待着，忍受寂寞和寒冷”。

“那是因为它们还没有找到合适的位置。”H 说。

“它们永远都不会有位置，刺猬生来就是要孤单的。”

“它们肚子靠着肚子，就会很安全也很温暖，它们的刺会一致朝外。”

“我认为你说这话很下流。”

“好了好了，我们为什么要争吵呢，伤害你就是伤害我自己，我们的压力又是那么大。”

“H 你有什么压力呢，你只有二十六岁，对很多男人来说那是一个好年纪，而我已经二十二岁了，可我到现在还没有写出花季雨季那样的小说，而且以后也不会写得出来了，真可惜。我很快就会老了……我想我还是一个人勤奋地写下去吧，我不想分心。我曾经说过，我知道我将来会怎么样，就像每个人都预知的那样，在一棵树上吊死，我知道，所以我并不想结婚，一丝一点的念头都没有，与其要吊死，还不如就这么过着，单身一人。”

“难道我不是吗，所有的人都知道我从来就惧怕恋爱，结婚，但我现在居然要来负担你，负担你的将来，负担你的压力，我一直就是回避这些东西的，但我现在认为要对你负责任。你怎么还不明白呢？”

“你没有觉得你也在分心吗？你已经有很长时间没有写一个字了，我有一种感觉，我想我应该从现在开始缩小，越来越小，最后消失，起初你会痛苦，很快你就会冷静了，恢复到了原来的状态……好了，该挂电话了，我们已经说了很长时间，还有什么吗？”

“我想了很久了……还是小说第一吧，你第二？”

硬塞给我一个情人

我在外面待了一个星期，然后我还是回来了。主要原因是他们的自来水出人意料的冰冰凉，当我的手指接触到水的时候，我发觉有一股寒冷一直冲到了我的腋窝下面。还有他们的舌头，在出去走走之前，我一丁点儿都不知道原来人的舌头会有那么大的韧性，所有的人都会卷着舌头说话，如果要我迎合他们的话，我就不得不把舌头硬卷起来，我还是学会了几个单词，比如，一丁点儿。

我还是回来了。在我用略显陌生的钥匙捅十字门锁的时候，我听见电话在响，我没有换鞋就奔向了电话，我回来的第一件事情就是听电话，五分钟内，我接到了无数电话。

奇怪的是我出去谁也不知道，但事实上是谁都知道了。我发现原来我早就进入了另外一个机构，最初他们只把我当作女人，他们排斥我，直到十一月份以后，他们才接纳了我，开始认为我除了是一个女人之外还有别的什么。

我还一直以为我是一个单独的人，单独地写，单独地去某一个地方，因为他们排斥我。总之，现在我开始认为从今往后我不再是一个单独的人了，在我的后面有一个庞大的机构，我会尽量地迎合我的领导，他们一定会允许我大声，再大声，即使要我卷着舌头。

“你出去了？”

“是啊，我出去了一小会儿，只是一小会儿，我还是喜欢这里。”我说：“我不是又回来了。”

“你一个人出去？”

“是啊，有什么不对？”

“那你没见什么人吧？”

“没有，没有，我发誓。”

“你肯定？”

“怎么说呢，我确实见了个人，但是我们谁也没有想到会见面，我们都非常吃惊，我们只是客气地打了个招呼，然后他在十分钟后离开了。”

“是吗，他也在？”

“你在假装吧？”是的，你在假装。你不是早就知道了吗？也许你早就见了他，我不明白你怎么会准确地知道我回来的日期，你掌握了精确的时间、地点和事情，现在你是在盘查我吗。

怎么说呢，你知道我不大会说话，但我很想把事情解释得清楚，我无论什么事都要解释，但有时候解释得太多，就会不清不楚了，你要我怎么说呢。

那是在一家啤酒坊，我从来就没有喜欢过啤酒坊，就像我从来不喜欢西餐厅一样，你是知道的。我发现又是格子布，又是木头桌椅，又是单调的吉他声音，我厌倦了这样的重复。

我真的没有想到我会见到他，我不知道说些什么好，我想我应该说些什么吧，出于礼貌，我只是和他握了握手，握手算不了什么吧。

我局促地坐在原木长桌的一侧，我很紧张，我情不自禁去看啤酒坊小姐碎花细布围裙下面修长的腿，我大概看了不止一回。他坐在桌子的对面，桌子很宽，真的，非常宽。他优雅地举手，小姐很快就贴近来了。他告诉她，茶杯里的水有油腥味，我也看见了那杯茶，我大概也看见了水面上漂浮着一颗两颗油珠。小姐天真地看他，那真是一张年轻而且饱满的脸，她有点不高兴，我是这么猜测的，因为她说："先生，要不要换一杯？"她大概并不想真的去换，如果她乐意的话，她可以马上端着那杯茶离开，迅速换上新的，但是她没有。他怔了一下，很优雅地说："不用了。"然后我开始怀疑他挑剔茶水的用意。他要干什么。真的，我没有多的想法，我只是想，他要干什么？

我没有什么可看，我只能看着我的啤酒杯，它就像我曾经有过的一只透明长颈瓶，我用它装马蹄莲，在我过了每天都需要花的年纪后，我往里面插了一支笔，瓶底还有过一颗假马来玉戒面，我把笔投进去，就能听到笔尖和戒面碰撞发出的声音，“啪”的一声。真的，我没有想别的，我的脑子里就是“啪”的一声。

对不起对不起，我好像扯远了，刚才说到哪儿了，哦，啤酒，是黑啤酒，冰凉的黑啤酒。我再也没有见过那么浓那么酽的黑，它们在玻璃杯里安静地躺着，默不作声，黑啤酒能给我愉悦，非常愉悦。一些水珠不知道从哪里来的，聚集在啤酒杯的表面，当我抚摸玻璃的时候，水滚落到了杯子的底部，杯子就像陷进了水洼。木头上湿了一大片。

卡佛的短小说影响了我的感觉，我知道你们看过很多书，我所看过的你们都熟悉，你们比我更了解卡佛。我坐在酒吧里，看着小姐，我就会看见一个胖女人俯下身子往冰淇淋大桶舀冰淇淋，她化过装的丈夫紧张地盯着她的胖小腿。

还有什么吗？我真不知道还有什么可以解释的，在我回到啤酒上来的时候，他已经站起来准备离开了，他移动得很迅速，我只看见了他的背影，他好像穿了一件白色的衣服。我真的不记得了。当时在座的有五个人，或者还不止，如果你需要的话，我可以把他们的电话都告诉你……他什么时候回来的？

“今天，就在今天，你们在同一天回来了。”

“是吗，我真的很吃惊，我并不知道他什么时候回去，我们没有交谈，而且我也没有计划好在哪天回来，我只是突然就不想待在那儿了，于是我回来了。这和日期没有任何关系，我本来打算在昨天或者明天回来……总之，我也不知道我怎么在今天回来了。”

“你很紧张？”

“没有没有，我怎么会紧张呢。”

“这只是说明你们有缘分嘛。哈哈哈……”

“我不想和任何人纠缠在一起了，我很快就要结婚了。”

我挂掉电话，我知道那样不好，但我厌倦了。虽然那个不幸与我在海口碰面的年轻男子长得很英俊，而且有一头美丽的长发，但是我喜欢短发的男子，真的，就像 H 那样。

结婚是可耻的。

祝贺你。

为什么？

“第一，你就要做新娘了。第二，你用你锐利的笔陈述了你无法去爱N市的任何一个男人。”

“是的，我是要结婚了，要一个证实？”

“你大概只有二十多岁吧，你结什么婚啊？”

“我厌倦了，我很被动，即使我单身，我还是被束缚着，我由不得自己，因为单身你们塞给我这样那样的情人，但同时你们又不允许我拥有这个情人。我就要被折腾死了。我真的厌倦了。”

“他是谁，他是谁。他是谁？”

“这又有什么关系呢？我什么也不打算说。”

“我认识他？”

“是的，你们都认识，虽然你们是同事，但你们截然不同。”

“我认为你很可耻。”

“好吧，如果我结婚，那我很可耻。那你们要我怎么样呢，好吧，我不结婚，我还年轻，我不会结婚，直到我老了以后，在这段时期里，我接受无数陌生情人，直到我牙齿发灰，从骨子里开始腐烂，没有人再愿意塞给我情人了。我不结婚。

其实你们要告诉我的就是，我们的位置不应该是肚子贴着肚子，而应该是一个平衡位置，我们互不干涉，不接近，也不疏远，这才是你们所希望的。我很被动，我不知道要我怎样你们才满意，你们不让我有情人，也不让我结婚，那你们要我干什么呢？好了好了，我真的厌倦了，我打算离开，从车上跳下来，虽然你们标榜自己也是跳车者，但我们不同，很不同，你们只是从一辆车跳到了另一辆车上，你们永远都会很健康。

我打算离开，需要打一张申请吗，我知道当年我进来很不容易，但我现在要走，好吧，我可以打一张申请，很快，我 E-mail 给你们，或者传真？很快。我从来就很被动，我希望这张申请是我最后的妥协和被动了。”

第一支玉米

我到现在才明白，在我上初中一年级的时候，班里的男生为什么要叫我狗熊奶奶，我曾经问过很多人，他们都不告诉我那是为什么，现在H给了我答案。

有一只饥饿的狗熊经过一片玉米地，那是一片成熟并且漂亮的玉米地，狗熊掰了一支玉米，它认为最大的那支，它越往前走就越看到更多的漂亮玉米，狗熊不得不扔下手里的去掰新的玉米，最后狗熊得到的也只不过是一支玉米罢了。

其实还是初中女生的我并没有频繁地更换朋友，或许只是两个？三个？狗熊也有两种类型，一种是不停地掰玉米，最后它的手里总会有一支玉米，同时在过程中它获得了经验，另外一种安心于第一支玉米，但它可能会一直后悔。我不知道。我想做一只有经验的狗熊。

然后我结识了H，我不知道我们一起来来回回走的那条街叫什么名字了，肯定的是因为我们在那条街上走而有了爱情。我只穿了一条超短裙，非常寒冷。我们坐在临街一户人家的台阶上，面前就是公共汽车站，我们看见很多人下车，又有很多人上车。H说，我有个朋友，他说，这社会就是一辆行驶的火车，但我从车上跳了下来。

"他摔断了腿。"

"没有，他离开了火车，他是一个跳车者。"

"你的朋友影响了你，或者说影响了整整一代人，你们都想从火车上跳下来？”

“……”

“H你知道吗，你和你的朋友们都不会有老婆，任何一个女人都不会嫁给摔断了腿的男人，她也许只和你谈情说爱，但她如果把一生都托付给你们，那她就是一个傻×。”

“我不知道说什么，我也不知道怎么谈恋爱，真的，我不知道需要什么样的手段什么样的程序，我的脑子也迟钝了，我不知道用什么词汇来说出来，大概就只有那个词了，我遇见你，我爱上了你，而你也爱我，我死而无憾。”

这是一个非常好笑的词，无论是谁，他说这四个字我就会笑，狂笑不已，但我哭了，我不知道我是不是真的爱上了H，但我居然哭了。

H，我也不去想什么六十年代七十年代了，我再也不会去写花季雨季和时尚卖点了，这些和我们将来的生活没有任何关系。我们结婚吧，我就要一支玉米，只要一支玉米。

飞

现在我的左边是一个老太太，右边也是一个老太太，那是两个单身出游的老太太，戴着精致的项链，她们和我一样吗，飞来飞去，一直到老。因为绝望，我在飞机上泣不成声，我知道很丢脸，我希望别人认为我适应不了空调才流眼泪。

几个小时以后我就要到达京城，我不知道我们的未来是什么，我只是在我们国家庞大的区域内疲于奔命，飞来飞去。我终于实现我五岁时的梦了，每天晚上，我都要坐着我的飞机在天上飞。

鱼

印第安人说：创造万物的人，厌倦了做人就变成鱼活在沼泽里，很快鱼又觉得沼泽的水太浅，它游到大海里去了。

一个饭团神秘失踪了

从我一起床，我刷牙，我洗脸，我坐下来吃早饭，就母亲一直站在我的附近，神情怪异地看着我。我喝了一口热豆奶，我一抬头，我就看见她在盯牢着我，脸孔上带着很甜蜜很诡秘的笑容。我迷惑不解，我想是不是我这一口喝得太多了，于是我小心地抿了一口，然后镇静地抬起头来。

我站在镜子前面，我的头发紧紧地盘结在头顶中央，每一根头发都丝丝入扣，我穿得很保守，从上到下，从里到外，没有一样不是黑颜色的，包括耳环和链子，我端详了自己很长时间，我转身，回头，从镜子里观察自己的背面和侧面，我实在没有发现什么不妥的地方。

“好吧好吧，我究竟做什么了，今天很热，可是我穿得一点也不露，而且昨天晚上我八点钟就上床睡觉了，我没有鬼混到半夜三更才回来，我究竟怎么了我？”我坐在客厅里的沙发上穿鞋，模样诚恳。

“你昨晚上吃了一个饭团，你以前从来不吃的。”母亲说。

“是的，晚上我什么也不吃，而且我从来就不吃饭团。”我说：“所以昨晚上不是我，也许是爸，他吃了那个你说的什么饭团。”

母亲别过脸去，愤怒地望着餐桌旁边的爸，父亲一脸惊恐：“我刚才不是已经说了吗，我没有吃，我碰都没有碰过它，我都不知道它长什么样。”

“好吧好吧，你吃了最好承认，反正你胖也没有什么不好。”我不耐烦地说，手忙脚乱地整理公事包，父亲看自己的硕大肚皮，觉得它的大让自己受了委屈，非常不悦：“我说过我没吃，我没吃就是没吃。”

我看薄脆饼上的黑芝麻，它们像蚂蚁一样亲密地紧靠着，我把饼翻了个身，咬了一大口，只要我不看见它们，我就会认为它们不存在。就像有一次我看见炸成金黄色的美丽蝗虫，它们被摆放在大餐盘里，头朝外，尾巴朝里，无数双腿卷曲着，像睡着了一样。我朝推餐车的小姐皱眉，问她这种东西怎么也端上台面来了，然后我要了一盘，只要我不看它，我就可以把它们吃下去，而且我不再认为它们是蝗虫。

“有什么不好的，你早就应该吃东西了，应该多吃。”母亲微笑，很欢喜的样子，并且饱含着关心。

我坐在窗台下面，阳光明媚，万里无云，我开始化妆，我从湿粉盒背面的镜子里看自己，我没有比昨天胖，于是我心情很好。

“我不会吃饭团的。”我说：“又是晚上，我不会吃那种东西的。”我坚持。

叶青影响了我对食物的看法

再以前的晚上我是吃的，而且吃得并不比别人少，所有的改变是在大半年前，我和我的女友叶青，当然我们总是有一个或两个或无数个要好的女朋友，我们逛街，闲聊，玩乐，无所事事。一切都好好的，直到有一天，叶青忽然就开始大吃大喝，我紧紧地跟随在她的后面，那一天我们吃了很多炸香肠，炸里脊肉，炸鹌鹑，炸鸡腿，炸臭豆腐干，吃了很多，我实在是不想再吃了，我说，好吧我实在不能陪你了，如果你还要吃你只能自己一个人吃了。然后我脸色苍白，我站在商场的角落里，捂着自己的肚子走来走去，我担心自己的腰身会被撑大。叶青知书达理地点头，独自把我们吃过的小零碎又重新吃过了一遍。最后我要求去一家迪斯科广场，很难得地，我站在广场中央醒目地蹦来跳去，我从来就是一个文静女子，我从来也不想让自己这么抛头露面的，今天的情况有点特殊，我吃得太多了，我怕自己消化不良。

太复杂的光线让我恶心，而且我身上的水分在蒸发，当然我只是希望我的脂肪蒸发，而不是水分，我们喜欢滋润这个词，我们涂滋润的面霜，喝滋润的饮料，说滋润的语言，我们讲究滋润，它很重要。

我给我们要了可乐，我眼睁睁地看着叶青把那一大杯的可乐也喝了下去，而我居然没有一丝一点地觉得不合适，当然后来我才想到，那是多么反常啊，她居然吃了那么多。但是我们互相了解，她没有失恋，也没有下岗，有什么不好的，吃得太多绝不是因为心情不好，只会是心情太好了。

不知道在什么时候，叶青消失了，这时我开始焦急，我四处奔走，左顾右盼，我穿越人山人海，我观察吸烟区和调音台下面，我终于在厕所里发现叶青狂呕不止，我吃惊地望着她和她吐出来的泛着酸气的液体、固体，还有不是液体也不是固体的黏液。当然我关心叶青，我想扶着叶青回家去，泡一杯热茶，睡觉。但是她马上缓过来了，她说的第一句话是。我真饿。那一个晚上，我帮她把广场所有的现炸薯条和玉米棒都买到了手，我看着叶青把它们都吃下去，飞快地吃，她的手像一双游走的筷子，我看着她，眼神里一定带了幽怨的意思，但是我无能为力。叶青继续到厕所里去吐，吐不出来就用手抠，直到吐出来了，她又说饿。我被折腾得一晚上没睡，广场里已经没有一个人了，我站在厕所的前面，我的对面站着神情警惕的保卫，他一定很恼怒，因为他假装关心一次又一次地告诉我，最好赶快把她弄到出租车里带走。我站着，我听见叶青在里面抠、吐，叶青痛苦地呕吐，叶青痛快地呕吐，我不知道。

从此以后，叶青开始暴食暴饮，她吃得比谁都多，但是她一吃完就去吐，甚至食物还在嘴里还在食道里还没有完全被消化，她就去把它们统统吐出来，已经不需要再用手了，那些东西就像走出了一条顺溜的道似的，当她一有了吐的念头，那些吃下去的和牙齿缝里的都像流体一样喷涌而出。叶青越来越瘦，越来越像一具包裹着华丽绸缎的骷髅。我知道我会看着我的女友一天一天瘦弱下去，最后成为骷髅，但我接受不了它的突然出现，叶青转变的过程对我来说实在是太快了，即使用最滋润的水和血硬性注射给她她仍然会把它们一一吐出来。

我毛骨悚然。为什么我没有和叶青一样，那天我吃的东西和她一模一样，为什么我没有，这是为什么。无论如何，我开始不敢在晚上吃东西，我什么都不吃，我本来连水都不想喝的，但我确实不是神，我是人。尽管我的身体没有任何关于饿和不饿的反应。

现在我们的温饱问题解决，到应该吃饭的时候吃饭，到应该睡觉和时候睡觉，如果哪一次我们不吃饭我们不睡觉，谁也不会觉得有什么不一样，我们习惯了一生下来就过这种好日子，我们庆幸，我们只是晚生了十年，但这十年是那么的珍贵，我们什么苦也没受着，我们受教育，思想解放，言论自由，我们的痛苦和烦恼局限于娱乐和爱情问题，诸如此类。

起初母亲与我掏心，谈讲私房话，并且也确实做了几道好菜，但是我什么都不吃，我只喝一杯豆奶，虽然我觉得，当然没有人比我更了解我自己了，我觉得自己没有以前苗条了，营养不良会发胖，我知道。

苍蝇和饭团的关系

我坐在办公室，我看材料，我看见材料上面有很多饭团，我抬头，我看见日光灯旁有一只游走的苍蝇，当然苍蝇和饭团一点都不搭界，但是我就是想到了一块饭团，肥大的一块白饭团，实心，庞大，涂着厚厚的一层脂肪，表面嵌了几颗葡萄干，装模作样。

我今天确实有些分心，我一直在想：“凭什么要怀疑我会吃那个饭团，我根本就不知道冰箱里会有什么饭团，但是为什么我妈要坚持说是我吃了呢，一定是爸吃了，他应该承认，他为什么不承认呢，我又不会笑他。”我反反复复地想，脑子和思维一片混乱，饭团和数字和我们下半年的宣传思想工作总结搅拌在一起，五颜六色、繁杂无比。

下班回家。我希望我妈告诉我，饭团终于找到了，昨天她放错了地方，今天收拾东西又找到了。但是她正在厨房里忙碌，甚至懒得理我，我亲自进去转了一圈，我没有发现饭团，如果它确实重新出现了，此刻它一定被摆放在盘子里，表露着自己的身份。确实没有，我到处都翻看了一遍，除了几块类似饭团的烤馒，什么都没有。

母亲开始注意到我：“你找什么？是不是找吃的？马上就好，马上就可以吃饭了。”她热情地看我的脸，很希望从我的脸上找出饥饿来，但我实在没有饿的感觉，我对晚饭不感兴趣，我想从今天开始我应该喝淡豆奶了，如果还要往豆奶里放糖，我还不如去喝一杯白开水。

“那饭团呢？”我问：“找着没？”

“你不是吃了吗？”母亲反问。

“我没吃，我早上就说了，我没吃。”我说：“也不一定就是我和爸吃了，也有可能是你记错了，你根本就没有买饭团，或者你买了，但你做八珍饭的时候用掉了……”

“我的脑子很清爽，我一共买了两只，我用其中的一只做了八珍饭，另一只我就用薄膜纸包着放在冰箱里了，我记得清清楚楚，我晚上放的，怎么早上一开冰箱门就不见了呢，一定是你们中间的谁晚上偷偷起来，泡了一杯豆奶喝，顺便就把那饭团吃了，那就一定是你了，在冰箱里冻得梆梆硬的东西，你爸一定不会去吃的。”锅子里的油在沸腾，但是母亲视而不见，我知道她也分析了一整天，她的结论已经出来了，并且很有道理。

老天作证，我真的没有吃，我都不知道那天晚上家里的冰箱里还躺着一只饭团。如果父亲在家，我一定会责问他，这是为什么，你为什么就不承认呢？但是他几乎每天晚上都会在外面吃饭，他吃得比我好，我知道，但他的身子不大好，烟不能抽，酒不能喝，螃蟹鱼翅不能吃，海鲜、野味、肉类什么都不能吃，除了青菜他几乎没什么可以吃的了。他一定很饿，饿了他就会什么都吃，不然他什么都不吃，他怎么还那么胖呢。

他每天都在健身器上运动，每天两个小时，时间对父亲来说是那么的重要，但是他舍得花时间在运动上面，早上他不睡懒觉，他出去晨跑，穿着特别为跑步买的白球鞋，然后自我感觉良好地回家吃早饭。

健身器放在醒目的地方。叶青说，啊！我终于知道了，你的身材为什么这么好，原来是在家里练的啊。最初叶青非常羡慕我的身材，但现在她就像得到安慰一样，她在心里想，原来要想瘦下来是多么容易的事啊！真是委屈，我的身材是天生的，我才不会去练，趴在那东西上面只会让我该鼓的地方瘪下去，该瘪的地方却鼓起来，比如我的臀部和小肚子。

吃是生活的全部

我现在所处的环境和我周围的人，我们生活的全部就是吃。

我们在中午11点30分正式下班，但是11点15分的时候我往窗外看，食堂门口已经挤满了人，他们捧着统一颁发的碗盘盆勺，那些黄绿色的盆盆罐罐像饥饿的嘴，遍布着昨天前天大前天都没有洗干净的油垢。食堂的玻璃门是一张更大的嘴，嘴一张开，就把人吞噙进去了，于是那些人和他们的器具都凭空不见了。

我调到新单位以后就得了严重的胃病，我永远也跟不上他们吃饭的速度，起初我还向他们靠拢，争取在两分钟之内吃光一盆两白米饭。吃饭已经不是享受了，它成了必须要做的事情，我们连吃饭的时间都不舍得浪费，但不吃饭就会死，于是我们在吃饭的时候很痛苦。

等待吃饭的我们排成长长的一条队伍，就像杂色的龙，拐了无数个弯。

每次我下楼梯，就会看到端着热气腾腾饭菜的女人们，我和她们一起生活了两年，但我至今不认识她们，她们在人事局？民政局？计经委？唯一的印象是她们一直就像鸭子那样叽叽喳喳。那是一群多么容易得到满足的女人啊，因为食堂的胖嫂给了那么大的一块瘦肉，就像平白讨了一个大便宜，她们高兴得要死过去了。我下楼梯，就看见一些女人骂骂咧咧，而另一些女人却在楼梯上舞蹈，一双因为坐得太久而变成的罗圈腿也跳起舞来了，划着漂亮的弧圈。坐机关坐得越久腿就会越罗圈，所有的舞者都在副科级以上。

我可以把我们星期一至星期五的菜单全部报出来，每星期都一样，它们没有季节之分，我们食堂的猪肉和青菜都培育在专门的暖棚里，它们再过一百年还是一模一样。除了大年夜，大年夜所有的女人都要去食堂包饺子，每年机关事务处的王主任都要跑到四楼来对我说，你可一定要下去和大伙儿一起包饺子啊。于是我想到了很多很多手，粗黑的手白净的手，它们在白面团上揉搓，挤捏，手的纤维手的泥垢全部都裹进了饺子，尽管食堂的饺子会因此而鲜美，但是每次大年夜，我都在中午十一点的时候就溜走了。

我们的菜单

周一青菜红烧肉，平菇鸡蛋汤；周二百叶小肉丸，豆腐汤；周三青菜红烧肉，平菇鸡蛋汤；周四,百叶小肉丸，豆腐汤；周五青菜糖醋排骨，鸡蛋汤。周而复始，没完没了。除了周末的糖醋排骨，但是每到星期五，就会出现更多的人，谁也不知道那些人是从哪儿冒出来的，排队就会排得我头昏脑涨，但我得到的不过是混在排骨中的一块红颜色的大生姜而已。

吃仍然是生活的全部

我总是吃不饱，我不明白，在九十年代末期在行政机关里会有人吃不饱。胖嫂给我的那份很少，我用和大家一模一样的饭票换来了1/2的米饭，只是我长得很匀称而已，但再匀称总不能让我吃不饱啊，我因为吃不饱就在抽屉里储备了很多零食，零食用去了我很多钱，而且不停嘴地吃零食使我越来越胖，那还不如在吃饭的时候就让我吃饱好了。

仅有一次，不知道为什么，大概胖嫂把盆罐搞错了，这样的出错是很少见的。我得到了，满满一盆百叶小肉丸！我边吃边数，边数边吃，我不知所措，天啊，那么多的小肉丸，直径为两厘米的小肉丸，共有六个之多，但我居然没有把它们吃光，我把它们全部冲进了厕所，全部，所有的小肉丸，它们都被我冲进了厕所的下水道。

我吃饭不看饭碗，我只看饭碗旁边的一张报纸，也许米里面有一些沙子，也许还有一些虫子，不看，我就可以认为它们不存在，我把它们都吃下去了。沙子在牙齿和舌头的缝隙间吱吱作响，我就像一只从土里刨食的母鸡那样，为了能吃点什么同时也吃了满嘴的泥石和细沙。

我长得越来越像一只梨，食物形成的脂肪堆积在我的腹部，因为我吃过饭就坐着或者躺着，它们没有地方可去，就不得不在腹部停留下来，越积越多。

吃完饭我看报，听广播。再没有其他了，我的青春都给了报纸，每年年底把报纸拖出去卖就会发觉它们变得沉甸甸的，里面浸湿了我的青春。

经济电台里总是有一对男女，他们一天到晚做老虎棒子鸡游戏，没有背景音乐，只有他们音调的声音。老虎，棒子，鸡，鸡，棒子，老虎。每天中午我满脑子都是老虎和棒子和鸡，他们的声音妨碍了我，妨碍我没有很好地吃完午餐，我拿起手边的电话拨号码进去，我对导播先生款款地说："我参与节目。"我的声音很温柔，没有丝毫破绽，很快导播就把我的电话接进去了。那头清晰地传来了他们的声音，女人快快乐乐地说："这位听众朋友，您选择谁和您做老虎棒子鸡游戏？我再向您宣布一下我们威龙闯天关的游戏规则，每一位听众朋友都可以打电话进来参与我们的节目，你可以任选一位主持人做对手，老虎吃鸡，鸡啄棒子，棒子打老虎……"

"俩神经病。"我说，然后我把电话挂了。耳机里一片嘈杂，没有任何声音，她大概不会哭晕过去吧。

一个梦

我睡在我的床上，被子温软，灯光柔和，我睡着，闭着眼，但是心思很烦乱。我睡着了。我做了一个梦。在梦里我哭了。

我站在房间的窗台上，我把窗子打开，有风吹过来，夜凉如水，我分明地穿着我的吊带裙，我迫不及待想到处乱走，房子不大，但是我走过房间，我穿越房间，我把地板的角角落落都走到，还是需要几分钟的，我知道。

突然很恐惧，恐惧从骨子里涌出来又重新侵入到骨子里去了。

我的梦里我总是穿着公主的白纱裙，有一群鹅排列整齐从天空飞过去，一个丑陋的老太婆紧随其后奔过来，她穿一袭黑，矮胖，奔跑起来却很快，我看不见她有脚，她就像飞起来了一样。我躲到了一只大缸里，一片漆黑，我恐慌，她会找到我吗，她会吃了我吗，她会把我变成别的什么吗，变成一只鹅？

我的头沉重起来，我呼吸困难，我的梦里我被无数双手臂按住，我挣扎，我尖叫，但是我叫不出来也动不了，我的手脚都像没有知觉了一样。早晨的时候我发现我缩在被子的最下面，我的眼皮很快就红肿了起来。我在梦游，我会梦游吗？如果我梦游，那一定是我的克隆在梦游。

大多数人在梦里是不吃东西的，大多数人都会梦到有好东西吃，但是他们总是吃不到，不是被别人叫醒，就是无缘无故就醒了，总之，美味端上来了，而且靠你很近，甚至你在梦里还闻得到它的香味，但是你就是吃不着。但我吃下去了，没有人打扰我，也没有人告诉我你是在梦里，梦里的食物并不存在。我就面对着它，我知道它是可以吃的，虽然我看不见它的模样，也闻不到它的味道，但是我的意识告诉我，你可以吃下去，于是我就吃了，在梦里我不会发胖。我醒了，我记得我梦里的表情和心情，它们虽然都像橡皮或者蜡烛一样，没有任何味道，但我毕竟把它们吃下去了，有几个人可以吃到他梦到的东西，即使只咬一口？

对陈旧往事的短暂回忆

故事发生在夏天。C市工业技术学院计算机系的女生宿舍里，初进城的农村少女叶青做了一个梦。叶青的家乡盛产一种名字叫作甜蜜蜜五号的西瓜，叶青做了有关甜蜜蜜五号的梦。很久没有去瓜田里摘西瓜了，是那样的怀念，家乡一望无际的翠翠绿绿的瓜地，父亲欢喜的脸，瓜破开时甜蜜蜜的鲜红瓤肉，是那样的怀念啊，月光是那样的明白和皎洁，满地的瓜蔓和肥大西瓜……叶青的手紧紧攥着刀，叶青的心中充满了欢喜和愉悦，她从瓜田的中央走过，她看见有一只美丽的大西瓜正在不远的地方，静静地躺着，叶青走了过去，小心地捧起它，那瓜乖巧地露出它的条纹，像熟睡了一般，叶青很想抬手一刀砍下去，刀却在半空里凝住了，她想起什么来了，她放下刀，用小手指轻轻敲那个瓜，瓜发出咕咕噜噜的声音，叶青摇摇头，失望地放下了瓜，那瓜便赧然地滚到一旁去了。

我醒了过来，宿舍里照例是黑乎乎的，什么也看不见，就像我睡着了的脑子一样，迷迷糊糊，我想再睡去，就当作没有醒过一样，我翻了个身，恍惚中却感觉到一个人影在动，我吃惊，想睁眼看，但是眼皮就像被黏上了一样张也张不开，我想动胳膊动腿，但它们就像被绑牵了一样，丝毫也动弹不了。但我一定要把眼睁开，就花费了百倍的努力，眼睛终于开了些，身子也因了过分的用力一下子绷直了，我一下子就从床铺上跳了起来。虽然头在晕眩，但我清清爽爽地看见了睡在我上铺的叶青，她半蹲在月光下，右手举着纤细的水果刀，那刀缓缓地动着，左三圈，右三圈，叶青的左手不知道捧着谁的头，那傻丫头睡得像开水烫过的死猪一样。

我很想大叫一声，就像这样，“啊——”，但我只是呼呼乱喘气，越喘越想压抑住声音，声音却越来越响。我看见叶青放下了水果刀，站了起来，往我的方向来了。

我喘气，手指在眼睛上乱揉一气，我很想说些什么，但我一句话也说不出来，我不敢呼吸，我望着叶青四处游走，穿着曾被我嘲笑过的布背心布内裤，除了两排肋骨叶青的胸没有任何内容。不知道她怎么从桌肚里把水果刀抽了出来，她居然就举着那把刀在宿舍里到处乱走，很快叶青就走到我们的床前来了，叶青的眼睛炯炯地瞪着黑暗看，眼白闪闪发亮。但她又往四处探看，脸上有了失望的表情，她准确地找到了自己的床位，一步也没有踏空，然后躺了下来，再也没有了声音。

我一定张大了嘴，我跳了起来，吃惊并且紧张地盯着叶青，她的身子像虾米一样弯了起来，打起了甜蜜的鼾，似乎很快又睡熟了，那把刀迅速地滑到了床底下，发出了轻微的清脆的声音，几乎没有人听见，刀的反光耀得我眼睛疼。

我终于歇斯底里叫出了声，黑暗中很多人从床铺上弹跳起来，除了叶青，每个人都惊醒了，除了叶青还睡着，投入地睡着，满脸甜蜜的笑容。

叶青被我撸醒过来，叶青在恍恍惚惚中说：“我饿，我想吃瓜。”

目击事件

我到新单位的一个小时以后就是吃饭时间，我捧着一套崭新的粉红色食盆走下楼梯，此时此时刻我对我的新单位新工作新食堂抱着一种空白的想法，只等他们给我良好的第一印象，以后就都是好印象。很多人排在我的前面，我只看见他们的后脑，丰富地隆起着，一动也不动。一个女人，她的长头发一直在我眼前晃动，左三圈，右三圈，除了她的头发我什么也没有看见。我轻轻地哼一声，就像这样。哼！！这个女人回头看了我一眼就狠狠地捅我的腰身，说：“你开路了，我早就猜到你在电视台待不久。”我看着她，觉得这个女人确实很面熟，但我确实不认识她。她又兴致勃勃地捅我：“这下好了，我们又在一起了，我就在十楼，你在四楼吧，吃完饭我去看你……”这时候我终于想起来她曾是我的同学叶青，叶青留给我的印象就是那一把刀，闪闪发光的刀，我没有想到我又和叶青在一起了，我的心里说不出的沮丧。到处都是熟面孔，到处都是，我真是厌倦透了。

进电视台是我自找的，离开电视台到宣传部可是我爸找的。我想干点文化事业，结局却是我悲愤地离开了那个地方。离开是必然。表面的起因是小林小姐和“音乐酷酷”节目，我们的节目部主任很多次在例会上和大家讨论说我的“目击”只能做给农村和山区看，与我形成对比的是小林小姐，“音乐酷酷”是头牌小林的头牌节目，主任吩咐我去找“音乐酷酷”的文案和资料片出来研读。“读一读吧。”主任拍我的肩，拍得很有内容，“你会发现崭新的东西。”尽管我始终认为“音乐酷酷”是几个外星人在做，看她们的节目会气死，但我冲着主任献媚地笑了一笑。

我看到了另外一部资料片。新闻中心对面的小拉面馆里，我看见小林小姐和主任一起吃拉面，桌子下面小林小姐的腿架在主任的腿上，其实我不应该看到桌子下面的内容，但我不知道为什么就看了，我一进去就朝下面看。一双年轻的细腿，就像蛇那样缠绕在枯树干上，吐着信子，恶狠狠地瞪我。一切都影响不了桌子上面他们吃拉面，四只手都没有闲着，拿着碗拿着筷，吃完面喝汤，嘿呦嘿呦，喝得满头大汗。我倒宁愿我什么都没有看见。我当时这么想，呸。但事实上我只是别过脸，闷闷不乐地溜走了。

总之，我不喜欢什么事都让我爸去解决。他会说很多废话，比如你自找的，你要去什么狗屁的新闻单位，搞成这样，你怪谁，就是后来的目击事件，他老人家也不甚了了。众所周知的是我和小林小姐吵架，吵完之后我就混蛋了。

我每天都在新闻中心吃午饭，新闻中心的食堂就像一只大蘑菇，无论是在外部还是内部，它就是一只蘑菇，蘑菇内部分布着无数小蘑菇，各色人等坐在这些小蘑菇上，窃窃私语，或者怒目而视。我总是要一两饭，一份鸡蛋炒什么的，总之每天都有鸡蛋，鸡蛋是杂搭，什么都可以搭一搭，鸡蛋炒丝瓜，鸡蛋炒番茄，鸡蛋炒任何一样东西。我们可以从鸡蛋身上学到很多东西。只有一次，我把鸡蛋都浪费了，它们都泼在了小林小姐的套裙上，鸡蛋的颜色很不好，就像烂糊了的粪便，谁也没有想到小林小姐会那么脆弱，她哭了。

我加班，直到夜深，我终于把那份愤愤不平的文案做完，我走出大楼的时候发现主任室的灯光也在为我亮着，我笑了一笑。我把改版后的文案放在主任的宽大桌面上，文案下面是新版目击的第一档节目文字资料，我认为它们白纸黑字，简明扼要，我的手自信地支撑住了桌面的一个角。

主任的手轻柔地动起来，就像一只虫子那样缓慢地爬上了我的手背，我看着那只抚摸我的手，我看了好一会儿，我相信那只是无意之举，如果还有第二遍，第三遍，我就会看见一张明明白白的老脸，流着涎水，笑得像一朵老菊花。

突然电话响，我迅速地抓起电话，我说喂，然后我把电话还给主任。“主任，您夫人的电话。”我说。

主任抢过话筒，唯唯诺诺:“是，不是，不是，是，不是，不是，是，是……马上就回家。”主任面皮赤红，声音也有些颤抖，我想说点什么，但我看见那个男人突然就像软泥那样瘫下去了。

这是一次大发挥，在改版的过程中我发现了我有另外一种天分。主任研读了十分钟，然后在上面签下了自己的名字。那是一场恶作剧，我自由发挥了我的方案，唯一的也是最后的一次，于是我知道主任在那十分钟里并没有认真地看那些字。我只想让小林小姐知道，除了music cool cool 是英文单词，除了酒吧蓝调，除了青少年追星族，除了奉献出自己的腿以外还有点别的，比如数码电视，比如网络，比如穿越罗布泊。

我本来就打算离开了。

签了主任名字的文案

观众朋友们，目击节目又和您见面了，这里是有线电视台第四套节目，我是主持人 MJ。感谢大家的热情支持，四套节目今天的收视率已经达到了 80%！感谢大家，感谢现在正在收看目击节目的观众，非常感谢。不要走开，请紧紧跟着我们的摄像机。今天的节目将非常精彩。我们要去拜访一位作家，好，废话少说，我们已经到达了作家M先生的旧宅门口。

很抱歉打扰您，M先生，我知道那是很冒昧的，但是由于我们节目的要求非常严格并且真实，我们没有作任何通知就直接现场采访您了，您不介意吧。对不起M先生，您请抬高嗓音和我们的目击听众们打个招呼吗？什么，什么节目？难道您从来没有从网络上截取我们的节目吗？真的？我感到非常的遗憾，我们的网址是：http://www.muji.com/，请正在收看本节目的观众们也记住这几个数字。我再复述一遍，我们的节目网址是 http://www.muji.com/。

好的，观众朋友们，非常高兴有一位热心的公民向四套节目提供了作家M先生的住处，现在大家看到的是M先生个人拥有的曾非常流行的一种多媒体电脑。的确，它看起来真是非常古怪，古玩收藏家们一定非常乐意收藏这样的电脑古玩。是吗？M先生，哦对不起，对不起，好了，现在我们言归正传。

九十年代初，您掌握互联网及电脑手指的娴熟使您颇具优势，成了现代非常著名的作家，您的名篇《侠客英雄传》及《遁入黑暗》，在当时引起了一场关于光盘游戏与作家作品的争鸣，评论家们把您及另外一些作家们称之为电笔写作者。

那么M先生，对于现在的流行作家您是持何态度？

我们相信，更年轻的作家们已经不再需要用手指在键盘上敲打了，那是非常拙劣的做法，新生代作家们感应了一些词汇在电脑里，给出题目，限制字数，很快地，十秒钟，那就是一篇非常精致的随感，是的，随笔是目前最流行的读物，包括一些译文，只要使用翻译软件及扫描仪，一篇外文就可以马上转变成为一篇中文，作一些适当的文字的调整，那就是一篇非常华美的译文了。世界在如此之快地改变着，不是吗？

今天的节目就到这儿了，感谢M先生的鼎力合作，感谢观众朋友的收看，请致电560声讯信息台，目击节目的重听风采，一触即发。

一条孤独的寄生虫

我坐在叶青租住的单间公寓楼里，楼下面就是一个臭名昭著的俱乐部，我每次去叶青那儿就会看到很多出租车，但我一次也没有看到过那些女人，她们出现的时候我睡着了，她们睡着了的时候我坐在办公室里。我是多么想见到她们啊，那些美丽的女人们。

我和叶青刚吃了点什么，我们很会照顾自己的吃食住行，再怎么样我们也不会让自己受半点委屈。我说："叶青，你实在是没有留在这里的必要，你应该从哪儿来就回哪儿去。"说这话的时候我看到一只比飞机还大的麻雀，因为它在窗外飞，同时也有一架飞机在飞，隆隆地响，飞机那么远，唯一可以清晰地看到的只是它银白的机身，于是我看那近处的麻雀就比飞机还要大。

一个艳妆女人，不知道吃了什么药丸，咯咯咯笑个不停。细尖着喉咙唱，风风火火闯九州啊，唱完了这一句，再唱这一句，再不会唱别的了。唱得放浪形骸。

叶青在厨房里洗碗，没有说话。这时候有电话进来，铃响了几声。

“叶青，电话。”我说。叶青仍然在洗碗，由着电话铃不依不饶地响，叮铃铃——叮铃铃——响得整幢房子都是电话的回声。“我接了啊。”我说，然后我拿起了叶青的话筒。

电话里有一个女人的声音，干巴巴的。“叶青。我警告你，你以后少打电话给我们家楚峻。”

“我……”我说。

“我是楚峻的老婆，我早就知道有你这么个女人了。这几天我都睡在楚峻这儿，经常就是，电话铃响，我一接电话倒没人说话了，我就知道是你，叶青。”

“我……”我说。

“闭嘴，你这个贱货，别说我没关照你，你信不信我叫人撕了你的脸！”

我目瞪口呆。直到她恶狠狠地把电话摔掉，我才缓过神来。叶青笑嘻嘻地站在我面前，“谁啊？”叶青说。

“楚峻的老婆。”我说：“打上门来了。”

叶青还是笑嘻嘻的。“哦。”叶青说，然后拎着垃圾袋下楼去了。

几分钟后那个名字叫作楚峻的男人也打来了电话，说：“你来玩吧，我们这儿好多人呢。”

“不去。”我说。

楚峻一愣，说：“你感冒了？来吧，我想死你了。”

“自己玩去吧。”我说。

楚峻说："好，那好，我们自己玩。"他在电话那头很粗鲁地大声嚷嚷："快，你快到厕所里去趴下，她让我们自己玩。"然后他的嘴又凑近了话筒："我们这儿可都是男人，你教教我们，我们怎么玩。"

"真不要脸。"我说。

"你不是叶青。"楚峻说，把电话挂了。

叶青站在我面前。"你不该骂楚峻。"叶青说。

"你怎么还向着他？那种男人。"我说："你真不怕大房里的撕你的脸。"

叶青咯咯咯笑，我看着这个和我一起长大的女人，忽然发现她就是那些出没于黑暗的女人中的一个。我毛骨悚然。

"我不知道你的想法，叶青，女人在经济上独立，才能在人格上独立。"我说。

叶青冷笑："说得好听。我怎么独立？在这儿我什么都没有，没钱没权，就是连个晚上睡觉的地方也没有，什么都是工资支付的，别人的房子，别人的煤气，别人的澡盆子，别人的床，没一样是我自己的。"

"你就是组织的寄生虫。"我恼火，"你难道什么都要问单位要？你要组织解决你所有的问题，住房问题，生活问题，个人问题，你怎么不自己挣。"

"我这不是在挣吗。"叶青也恼火，说："你年轻，富裕，自由自在，谁也牵制不了你，你整天就泡吧，上互联网，你把所有最流行的东西都玩过来了，你阅读最新最畅销的书籍，穿戴最时髦的服饰，你是多么骄傲啊，你还以为你自己经济独立，你一个穷公务员，哪儿来的手提电话和便携电脑。只是依靠自己的爸妈比依靠一个有妇之夫要好听得多罢了。”

“我可没靠我爸妈。”我说。“手提电话和电脑都是我自己创收挣的，我加班加点的时候你倒在跟楚峻鬼混，现在还振振有词说我饱汉不知你饿汉饥。”

“我是饿。”叶青说：“一直以来就是这样，心理上的饥饿，我的胃囊都没有知觉了，只有那种感觉，刻骨铭心的饿，我做梦都梦到我在吃东西。”

“你吃再多你还是营养不良。”我说：“你小时候吃不饱？你穷？你现在富裕了吃饱了你还是饿，你为什么不告诉我们你的小时候？你从来就闭口不提，你这个虚荣的女人。”

“我要辞职了。”叶青说。

“那你可真是什么也没有了。”我说。

“我知道。人事档案，组织关系，福利分房，年度奖金，逢年过节的实惠，养老保险金，住房公积金，医疗保险，这些都没有了。”

“叶青，你以后就是划破了一根手指头，那创可贴也得是你自己的钱。”我说。

“以后只有你这条孤独的寄生虫了。”叶青哼哼笑：“组织上会给你解决所有的问题，你会在那儿一直呆到头发花白，再过十年五十年你仍然在那儿。”

紊乱

我中午喝了点酒，不多，本来我是可以一点酒都不喝的，因为菜很不错，并且还在源源不断地送上来，但是我看见我的领导向我使着再也明白不过的眼色，我假装为难地望着那杯酒，它洁白得像一杯纯净水，漾着微微的笑意。我低头仔细看它，我发现里面有一根断了的眼睫毛，是我的？是小姐的？是领导的？或者是别的什么人？我环顾周围，大家都殷切地看我，眼神和下巴都表示着鼓舞的意思，我想起来今天我用了宝蓝的睫毛液，于是我就很放心，我迅速地把它们都倾倒进了我的嘴里，连同那根黑色的眼睫毛，细碎的口红印在杯口上，很醒目，像开败了的月季花，我喝下去了，我在心里面想，那是一杯水，于是我喝它的时候它就是一杯水，我得到了表扬。然后他们告诉我你喝下去了，因此你对面的那个人就也要喝下去，我便举着手里的空杯子傻呆呆地盯牢他看，脸孔上带着柔和的笑，他的脸色很不好看，推辞着，做出很不乐意的样子，终还是喝下去了，我不知道他在想什么，他会想，我喝的不是酒，只是水而已，会吗，他会吗，我只是看见他的耳朵根都红起来了，于是我莫名地也高兴起来了。

电脑和我手里的材料都变得花花绿绿了，我站了起来，用茶叶水湿润眼球，无济于事，我什么也看不明白，但是无论如何我今天要把它们都弄好，这是我的工作，我什么都不干或者什么都干不了，怎么会有底气端着这个碗定定心心地吃饭呢？虽然我的眼睛什么也看不见，但我还是完成了，我的身体和意识里到处都是这些字词句子，我觉得自己很有长进，虽然我制作它们的时候它们只是横的竖的笔画，但是它们堆积在一起并且组合巧妙就是高明的讲话稿。

我站起来，天已经完全黑了，我觉得安全来了，在黑暗中女人都很安全，脸上的皱皮和条纹消失了，你可以放心地捡一只水晶鞋来穿，黑暗中你只看得见她的明眸皓齿，你看不到其他，比如细细密密的雀斑，她们给自己上了层层的肤色调整液，粉底，散粉，光线不分明，那是很细腻的一张脸，扭捏着走进来了。女人开始觉得黑暗便是所有的一切了，男人也觉得黑暗里出入的都是美女，于是无论是男人和女人，每个人都热爱黑暗。

我走着，肚子里有滚烫的液体开始翻覆，似乎中午的酒劲终于上来了，我兴奋地走着，手舞足蹈，我扭动着腰肢，我从来也没有这么张扬过，我只敢用暗色的紫口红，我终究还是不敢用纯黑的，我只染一个红指甲，它时常被羞答答地掩藏起来。风吹过来，脖子都觉着冷了，但我的腿却只裹着一层薄丝，它们是很难买到的淡紫色，就像我的唇彩一样，紫色会衬得我的嘴和我的腿有种病态的美。

尽管我是喝了点酒的，不多，我的身子和脑子不是很舒服，但是我认为我是没有醉的，我认为我很清醒，我走着，我马上要到家了，我今天什么都没有拖欠，该是今天做完的我都做了，没有留到明天，虽然我有点累。

并没有很晚，但是居然没有一个人在走，除了来来往往的车辆，这街上就只有我一个人在走着了，起先还听得见背后有人走动的声音，好像是一大群人，各自散开着走，我很想回过头去张望，但我担心我见了就会紧张，我什么都没看见，我什么都不知道，我就可以对自己说，那是一帮和我一样的男女，他们都要加班，然后再回家，我们都从不把今天的事情留到明天做。

拐了个弯儿，突然什么声音也没有了，鞋子的金属声音敲打着地面，叮咚作响，我买它是因为我喜欢那声音，平日走路的时候它的声音混合在很多的声音中间，与大众投合并且亲切，但现在是晚上，我憎恨这双鞋发出这么响的声音，让我不自在。我走着，但我确实地感觉到，后面有一个人在跟着，从我拐弯的时候起，一直到现在，我没有回头，我只是把紧了我的包，我知道有人会抢会偷，但我从来没有碰到过，我就可以认为这种事情不存在，只要我没有碰上过，我就可以认为从来没有这回事儿。

他终于还是靠了上来，走到我前面去了，“小姐。”他发出声音，声音很低，但我听见了。

我没有停下来，我仍然移动着我的脚，同时我很仔细地看了他一眼，高高瘦瘦的一个人，戴着眼镜，好像文弱的模样，每个人都会因为戴眼镜而显得文弱，但并不会因为戴了眼镜就文弱。

我什么都没说，我不知道他究竟要干些什么，应该不是让我把钞票和首饰统统交给他，或者跟我交个朋友什么的吧？如果是抢东西的话，他早就应该动手了，最合适是应该在后面的时候，他敲我的头，趁我昏迷不醒抢走我的包，然后迅速逃走。他居然还叫住我，走到我的前面，让我看清楚他的模样，那他一定不会在受害人神志非常清醒的情况下敲她的头，我们受到正面袭击记忆力会非常惊人，我们都知道。那一定是后一种了，于是我很放心，我想看看接下来他会怎么说。

他说："我能不能问你要这双袜子。"他指着我的腿。"我拿这双袜子跟你换好了。"同时他扬了扬另一只手，那只手攥着一双包装精美的水晶丝袜。

我吃惊地看着他。他很镇静："你放心，这袜子是刚从商场里买来的，不会有什么问题。"我看了他手里的袜子一眼，的确，封口还没有开。

我不知道。如果你是女人，在某一个晚上，你独自一人走在一条僻静的街道上，一个你不认识的男人问你要你的长筒袜你会怎么样？如果你是男人，你会在一个晚上，去问一个独自走路的陌生女人要她的长筒丝袜吗？

"这种丝袜在购物中心四层就可以买到。"我不知道我为什么要说话，再走几十米我就到家了，我可以很快地到家，开门，不理会他，让他去好了，我不认识他，他也不认识我，而且以后他再也不会有见到我的机会了。但我居然告诉他哪里有卖。

"不，不，我只要你腿上的这双。"他坚持："我不是白要你的，我是用新的来换。"

我知道他手里的那种货色，色泽美丽，而且质地精良，我丝毫都没有想到这会是桩让我捡便宜的好事，我的旧袜换送上门来的新袜，我不知道说什么好，我的脑子里一片混乱。

我到家只要五分钟了，我可以慢慢地走。

“你为什么要我的长筒袜？”

沉默。

“我不会给你的。”我说。

沉默。

“我也不会要你的丝袜。”

沉默。

“好了好了，你一直跟到我家门口了，我要上去了。”我说。

“就算是我求你了。”他快走几步，超过我，堵住了我，然后，跪了下来。

我抬头，已经看到自己家里亮着灯了，我绕过那个跪着的陌生人，上楼梯，走进房门，我坐在沙发上，开始脱袜子，母亲在旁边看着我，有些奇怪。“你怎么了。”

她说。我麻利地把两只袜子褪了下来，它们成了两只圆圈。

我光着脚，趿着拖鞋，下楼，我看见他在暗处，眼睛闪闪发亮。我把那两只圆圈给他，我的手伸长着，没有任何想法地伸展着，我看见他伸过来的手苍白，修长，接的同时他固执地把他的丝袜塞过来，我接了过来，他飞也似的跑掉了。

我看着那个瘦小的身子消失，我的手抚摸着现在属于我了的新袜子，它完好无损，制作精良。我又走了几步，小心翼翼地把它扔进了垃圾房，然后我上楼去了。

我趴在窗台上，什么也看不见，除了树黑森森的影子，枝叶微微地抖动着，什么都没有。我穿着我的吊带裙，夜凉如水，我睡着了。我没有睡着。我做梦了，我没有做梦。我只想到处乱走。

革命时期的爱情

我看见很多人的头颅都从窗口伸出来，每个办公室都有一个，两个，或者一堆，就像老树干上长出来的一颗颗蘑菇，这些蘑菇都很诡秘，它们聚集在一起，窃窃私语。

还有一些蘑菇在楼梯上奔跑起来了，它们把楼梯踩得砰砰砰乱响，我很久没有看到这么急切的奔跑了，他们让我心烦意乱。

我看见主楼下面的广场上有两个女人扭打在一起，默不作声地撕打，没有一点声音，大概她们已经打了很长时间了，没有人支持她们打下去，也没有人去阻止她们，她们大概要永远打下去吧。当她们把头仰起来的时候，我发现其中一个是叶青，毫无疑问，那另一个陌生女人一定是楚峻的老婆。

楚峻的老婆已经把叶青摁在了地上，多么肮脏的泥地啊，叶青的衣服上沾满了不分明的污垢。她们的手在动，脚在动，什么都在动，却仍然没有发出一丁点儿声音。女人最清楚应该怎么对付女人了，叶青显然处于劣势，错在她的一头长发，长长的一把正好被楚峻的老婆攥在手里，叶青的招架显得那么软弱无力，我知道我应该帮助自己的女友，但我很犹豫，我匆匆忙忙地扔下了我的茶杯，我听见它们就像炸开了那样，咣当一声碎在了我的脚下，我的耳朵嗡嗡直响，当我奔下楼梯的时候，我仍然在犹豫，我不知道我应该怎么做才好。

现在广场上有三个女人了。我，叶青，楚峻的老婆。我觉得拉架真的是很难，她们的力气都那么大，我没有把握把两个愤怒的女人拉开，我用力，终于把楚峻的老婆从叶青的身上推开，同时我抓住了时机，在楚峻的老婆开始向我扑过来的时候，我给了她一个响亮的耳光。每个人都看见了我的动作，我从来也没有像今天这么英勇过。她一怔，然后站在那儿一点也不害羞地号啕大哭起来。在那个瞬间，我想起了小林小姐，我知道如果公平的话，我应该是给叶青一个耳光。我很矛盾。

叶青从地上爬起来，脸上清晰地印着楚峻老婆给予的五道抓痕。

“我真的要走了。”叶青说，叹了一口气，冲我古怪地笑了一笑。

想游到海里去的叶青

叶青走了以后，我很孤单。我对自己说，以后真的就只有我这一条孤独的寄生虫了。

障碍

我在楼梯上摔得鼻青眼肿。我只是一犹豫，我在想，我刚才迈的是哪一只脚，那么现在我又应该迈哪一只腿。总之，我经常就会不知道该迈哪只脚才好，我要么在伸左脚的同时也伸出了右脚，要么在该伸右脚的时候把左脚也伸出来了。于是我的身体没有了平衡，我摇摇欲坠，在我就要倒下去的时候，我又在想我到底是用哪只手来撑地，左手，右手，右手，左手……总之我哪只手都没有伸出去，我直绷绷就摔在了楼梯上，我的双手反绑在身后，指节僵硬，它们都想伸出来，但结果是它们都没有伸出来。于是我摔倒了。

我和叶青站在车来车往的十字路口，很多颜色在我们面前晃来晃去，那是车的颜色，红色，银色，黑色，白色，就像一条脏极了的河，流动着，没完没了。没有一辆车愿意让一让，它们都紧紧挨着，拼命摁喇叭，急吼吼地开过去了。我的眼睛盯着那些车子看，生活在城市的我们学会了抓住机遇，在车与车的缝隙中穿行，如果我踩着滑板，滚轴冰鞋，那会更快。

叶青死死地攥着我的手臂，叶青越来越瘦了，真的就像是一个骷髅。

“你攥得我要骨折了。”我说。叶青一言不发，更加用力地攥紧我。

“我怕被车撞死，真的。”叶青说，一张脸吓得惨白。

“你还怕过马路？你都这么大的人了。”我说。我牵起叶青的手，叶青的手就像冬天的石头那样坚硬，她用力地掐我，她的长指甲很快就嵌进了我的肉里，我忍受着疼痛，就像牵着一个孩子那样，牵着叶青过了十字路口。我牵过很多人过马路，老太太，孩子，盲人，也许我长得并不凶恶，于是每个人都放心地把手交给我，我牵着她们过马路的时候感谢她们信任我。但这次是叶青，我只感觉到悲哀。

“叶青，辞职以后怎么样？”我说。

穿过马路的叶青恢复了正常，呵呵笑：“说实话，曾经很后悔，非常的后悔，现在是淡了，总之什么都改变不了了。我不会饿死，我的条件注定了我不会饱也不会饿，但日子确实是没有以前滋润了。”

“你要怎样滋润的生活呢？”我说。

“我不知道。总之我没有找到我最想要的，也许我的胃口太大了。”叶青说，“你怎么样，还和从前一样？”

“不太一样了。”我说：“我写字的时候都不安心。我写到鬼的时候就有一张鬼脸伸到我的面前，披头散发，流着浓黄的黏液，我写到刀的时候就有一把刀从窗口伸进来，明晃晃的利刀，闪着银白的光，我睡到床上耳朵边都有人在唱歌，破锣嗓门唱个不停。”

“因为你心中有恶，你写鬼才会怕鬼，你写刀才会有一把刀从窗口伸进来。”叶青说，“你太恶了。”

我大吃一惊。然后我开始反省自己，我大概真的是一个恶妇，我把鸡蛋糊泼了小林小姐一身，我给了楚峻老婆一个没有任何道理的耳光，我还说过，叶青你是一条寄生虫。

我想说点什么，但我看见叶青突然面朝下地倒在了商场的自动扶梯口，没有任何预兆地，她发出了一声闷响，“咚”的一声，眉眼都摔得不成样子了。我慌忙俯下身子去扶，但叶青一骨碌儿就从地上爬了起来，敏捷得就像熟习了无数遍一样。

“我不知道该迈哪个脚才是。”叶青说：“我就像一只狼狈的狗，到处跌跤。”

叶青的额角上有无数血痕，旧的新的，它们破坏了叶青的脸，二十四岁的叶青看上去就跟四十二岁一样。

我忍住了想要说点什么的欲望，我发现我面对的是一个和我相似的女人，在被管束的时候要反抗管束，压力很大，不被管束了，却要为着生计承受更多的压力。原来没有谁可以独立，经济的独立，人格的独立，压力无处不在，直到你死去，或者牵制理智的那根神经绷断。

“叶青以后你不要再出来了。”我说：“你还是待在家里好了，不要上下楼梯，也不要过马路。”

我和叶青开始频繁地约会，叶青现在很空闲，我不知道叶青怎么处理了楚峻，总之楚峻已经处理了自己的老婆，我曾经以为她是一个非常厉害的女人，结果所有的女人都很懦弱，就像小林小姐一样，我一直以为她会扑上来抓我的脸，但她只是站在地中央哭，哭得脂粉都掉了，三十岁女人的脸，残红的妆，布满了悲苦和忧愁。我也一样，我什么都干得出来，但我每天上下楼梯之前都要想半天，不然我就会摔个半死。

我在街对面看见叶青，我向叶青招手，叶青化着淡雅的妆，穿了一身红，神采奕奕。叶青敏捷地穿越马路，就像十九岁时候的叶青那样，扭动着年轻的腰身蹦蹦跳跳，叶青走得飞快，健康，活泼，无忧无虑。但我看见她突然就在马路中间停下来了，她死死地看住我，再也不往前走一步了。

我只看到那双眼睛，眼睛里什么也没有。“走啊，过来啊。”我大声喊，叶青看着我，还是停在原地，车流从她的身边飞过，就像流动的光束，全部都是黑色，肮脏的颜色。

“叶青！”我喊叫，我想动，到叶青的身边去，牵她的手，但我没有动，我一动也没有动，我也没有喊叫，我的嘴唇都没有嚅动，我只是像叶青那样，站在那儿，待在那儿了，不同的是，我在街的这边，而叶青还在街的中央。除了我们是静止的，其他的所有都还在流动，飞快地流动着。

当所有的景物都停滞下来，当车流也停滞下来。叶青不见了。声音也没有了，喇叭的噪声，人发出的噪声，什么声音也没有了，一片寂静。

只有车流中的一丝殷红，潺潺地流动起来了。

生活在沼泽里的幸福的我

我仍然不吃任何东西，我回避谈论到那些神秘失踪了的食物，那个饭团只是一个开始，它不是我吃的，是我吃了，我不知道。我吃它的时候它就像橡皮和蜡烛，没有任何味道。

我什么也不敢吃，什么也不敢碰，但我睡着了以后，我违背了我的意愿，我拒不承认我吃过了什么，我像往常那样上班，下班，我的生活里没有恋爱，也没有婚姻，我曾经有过一个女朋友，她死了，我曾经有过一个对手，现在我的对手也没有了，我麻木不仁地过着，不饿，也不渴。

我还要出来，我开冰箱，看看里面还有些什么，然后我吃点什么，比如饭团什么的。

回忆做一个问题少女的时代

脚变成了游泳的虫子

我怎么会觉得活着毫无意义呢?

每天傍晚我把脚浸没到热水里，就会有这种想法。我是这么想的，我为什么要吃饭，现在我为什么要洗脚。

我妈站在厨房门口，担心地看着我，说，我们交谈一下，好吗?

可我不想和你说话。我生硬地说，感觉着脚在热水里溶化。真是没劲透了，上学的时候吃饭，睡觉，放了假还是吃饭，睡觉，每天都一样，每年都一样，从我出生的那天就开始了，要到什么时候才结束，我怎么办，我怎么办才好。

我拼命用左脚踩我的右脚，又用右脚踩我的左脚，水珠溅出来，射到眼睛里，马上变成了我的眼泪。

我妈很伤心，我确实不知道你怎么想，你这个孩子为什么不和我说话？

我眼睛看着前面，什么也不说。我知道我在发呆，我自己知道。

你每天什么都不做吗？我妈又问。

暑假作业做完了。我说。然后又发呆。

你就去跟吴琳琳学拉提琴吧。我妈说，好像自己也觉得很吃惊，又掩住了嘴。

可她已经十二岁了。我爸在旁边说，她什么也学不会了，而且再过三年她就要考重点高中了，那才是最重要的。

那要三年以后啊。我妈小声争辩。

可吴琳琳是那样一个女人……我爸说，突然闭嘴，眼睛锐利地瞪我。

我们似乎不应该在孩子面前说这么多话。我妈说，然后他们对视一眼，心领神会地到房里去了。

每次都是这样，我厌烦透了，他们滔滔不绝，他们欲言又止，他们的眼睛锐利又慈祥，迷惑我，然后他们到房里去解决一切问题，我真是厌烦透了。等他们进入房间，我站起来，垂头丧气地端着盆，把水倒掉。

虫子在水里游泳，很快就要到阴沟里去游泳了。

你说什么？我妈忽然站到了我的身后，像神出鬼没的猫，你在说什么？

我什么也没有说。我诡辩。好吧，我是在诡辩，我什么也没说。

不，你说了，你说家里有虫子。慈爱的脸怒气冲冲地凑近我，我们只有你一个孩子，你一生下来就过上了这么好的生活，可你怎么一点儿也不听话。

好吧，是我脚里的虫子，因为我的脚在烂掉。它们变成了虫子，在热水里游。

我的指纹没有了

我再也找不到我的指纹了，也许它们是被提琴的粗钢丝磨掉的。吴琳琳一走开我就放下提琴看自己的手指，手指柔嫩，但指尖已经开始成茧，上面是琴弦划出的痕迹，永远也不会消失。

十九岁出门远行

告诉你。吴琳琳说，我在十九岁时离开了家乡合肥。我决绝地推开家门，一只脚踏出门外，又回过头微笑着说，我回来的那一天就是我功成名就的日子。

我望着吴琳琳，脑海里呈现出一个年轻美貌的愤怒青年，门板碎裂着，人物却又幻变成了我自己，于是我情不自禁地激动起来了。

一年以后，我在这里遇上了一个非常英俊的男人。吴琳琳说，我很快就身陷其中，然后结婚，准备生孩子。当孩子还在我肚子里的时候，他又遇上了一个红颜知己，他开始认为我是阻碍他寻求真正爱情的恶势力，于是他每天都给我脸色看，每天都和我打架。我把孩子生下来后要求离婚。孩子跟了我。现在我单身一人，住在歌舞团照顾的这间小阁楼里……

吴琳琳叹了口气。你似乎不怎么明白，她说，当然，你不会明白的，你还是个小孩子。我有些慌乱，于是我立即也叹了口气。两个人对视着，各怀着心事。

雪那样白的松香末

我妈牵着我的手，穿过纵横密集的小巷，踏上吱吱嘎嘎的木楼梯，来到了吴琳琳的阁楼里。在此之前我妈完全掌握吴琳琳的情况。那不重要，只要琴拉得好，能把你教好，别的就无所谓了。我妈俯下身子对我说。我仍然在发呆，家里没什么变化，只是多了一块名字叫作提琴的木头，那块木头像每天的作业一样让我厌恶。

那个名字叫作吴琳琳的女人正在做饭，我看到她的第一眼，她赤着脚，像只兔子那样在木地板上跑来跑去，床、炉子、桌子和马桶全都集中在这间屋子里。这是我和吴琳琳见面的第一天，我的眼睛滑过了吴琳琳，到达了地板的中央，上面坐着个小孩，抱着一块厚毛巾，没有人理他，他也不理任何人，一动不动地坐着。

我儿子吴坚，四岁。吴琳琳说，我要他从小就学会坚强。吴坚仍然坐着，没有丝毫反应。

我妈点头，频频点头。吴琳琳说，吴坚，去，把你的小提琴拿出来，拉一段出来听。也许提琴是吴坚唯一听得懂的字眼，他马上活跃地跳了起来，从暗处拖出个盒子，拿出了一把极小的提琴，聚精会神地把住了位置，开始弄出锯木头的声音。

这把琴是托我的一个朋友特意为吴坚做的，我要吴坚从小就开始拉小提琴，将来成为一个著名的提琴师。吴琳琳说，现在我所有的心血和希望都在他身上了。

每到傍晚，我就一个人拎着提琴盒子，穿过街道、小巷，到那幢破阁楼里上课。有时候我会在门外听到吴琳琳揍吴坚的声音，清晰的鸡毛掸子的声音，呼呼呼，每一下都很狠，于是我非常非常的恨吴琳琳，但我只能坐在木头楼梯上等。都是吴琳琳的声音，又哭又叫，却听不见吴坚的声音，也许他也在哭，一个四岁小孩，默不作声地流眼泪，我多么恨吴琳琳啊。等到一片寂静，再没有声音发出来的时候，我才推门，就看见吴琳琳坐在地上，抱紧着儿子，肩头在抽搐，鸡毛散了一地。我每天都看到相同的情景，对吴琳琳的恨又变成了其他的一种东西。

照理说，他应该按月寄钱来。吴琳琳说，但有时候他会拖延些时间，歌舞团的又没有什么收入，微薄工资和总是不来的抚养费把我算计得真是举步维艰啊，你明白举步维艰吗……一旦这样的情况发生，我就控制不住自己要歇斯底里发作一回，好吧，你也不明白什么是歇斯底里……

我想我都懂。我小心翼翼地说，不然，我让我妈给你长工资。

我看到了那个男人。只有一次，带着花花绿绿的盒子，站在门口，吴琳琳把那些盒子都扔到了楼梯下面，摔碎了的火车头从盒子里滚出来，滚得楼梯上到处都是。男人身材高大，站在窄小的楼梯口衬得吴琳琳瘦弱并且可怜。

不要你的东西。吴琳琳又歇斯底里地发作，你少来。吴坚仍然坐着，悄无声息，好像外面什么也没有发生。我烦躁，怕他揍吴琳琳，又盼望吴琳琳挨揍，我矛盾，痛苦，心里像烧开水一样翻来覆去。但我只是坐在房间里，和吴坚一起。我抓着脂黄的松香在马鬃上擦来擦去，松香末洒了一地，一片白。

光像一把刀

我发现只过了一个暑假，刘晓青的胸就完全涨起来了，鼓鼓的，像被很多双手挤捏出来的庞大，在我看来，那真是一个庞然大物。

我们下课以后就去游泳吧。刘晓青说，整个暑假都看不见你，你好像消失了。

我不去。我说，我忽然明白了我要学习，它很重要。

学什么呢，那又不是最重要的。刘晓青说，即使我们什么书也不念，大人们也总能把我们搞到一个学校去，过过场，又把我们弄到另一个国家去。我姐就是这么给弄出去了。

好吧，即使学习不重要，但是我忽然之间要学拉小提琴了，我没有时间再去干点别的。

刘晓青瞪大了眼睛，那也不是最重要的，即使你怎么也学不会，大人们也不会跟你计较的，我们完全可以和他们讨价还价。

好吧，提琴也不重要，可是你知道的，我学游泳有十年了，可我什么也学不会。我说，每次我都要陪着你在水里泡，泡得脚趾都烂掉了。

这次我一定教会你。刘晓青说，来吧。

我穿上了我的游泳衣，它的肩带总是要滑下来，露出我的全部上半身。于是我不得不经常地腾出手，系紧我的肩带。

我看着那池碧绿的水，看起来很清澈，但是一定有很多人在里面撒尿，也许在某个角落，还有人在那里拉屎，我知道。我犹豫了一下，缓慢地进入了水池。我很想再犹豫一会儿的，但是我察觉到有很多人在看我，当然我的意识里是有很多男生在看我，他们的目光像刀一样把我丝薄的游泳衣也剥光了。也许并没有男生看我，那我会为自己有这样的想法感到丢脸。

我渴望他们的目光，非常渴望，又惧怕那些目光，非常惧怕。我很矛盾，于是就有了烦恼。

你就像一只呆头鹅一样，动也不会动。刘晓青抱怨。

我一看到人多就眩晕。我解释。

刘晓青轻蔑地看着我，你在学校的时候可不晕场，到处都是你的世面。

你显然是误会我了，我的意思是看到那么多不穿衣服的男生我就很眩晕。

他们当然是穿了。刘晓青说，我最讨厌你的幼稚了，而且请你以后再也不要用男生这个词汇了，他们都是男人，好吧，你记住了，男人。

刘晓青说罢，钻进水里，很快就消失不见了。我独自泡了一会儿，感受着脚趾的腐烂，直到刘晓青又重新出现，带着一脸凝重。

昨天这里发生了一起事故。一个完全赤裸的女人从沐浴房里走出来了，所有的人都看见了她。

然后呢。我说。

什么然后？刘晓青反问。

那个女人，没有穿衣服的女人，然后她怎么样了？

没有什么然后。刘晓青不耐烦地摇头，瘦弱的四肢在水里划动，像变形了的虫子。这只虫子突然惊叫起来了。你看你看，刘晓青叫着，扑上来抓我的游泳衣，你的衣带滑下来了，连乳房也露出来了。

我强装镇静地把游泳衣整理好，有人看见了吗？

当然。刘晓青说，我最讨厌你的幼稚了，当然别人都看见了。

我突然之间很恨刘晓青，我认为是刘晓青害我在众人面前出丑。我摇晃一条很像浮标的东西。我一直不明白，你为什么喜欢这个游泳池，又没什么好，男人女人都混在一起，水中间只浮着这条不中用的木头链子，他们装模作样地把游泳池分成了两半，其实谁都可以到另一半去。

确实，这种设计是很色情的。刘晓青思考了一会儿，说，你应该离这根链子远些。

可是我离了链子抓什么好呢，我会淹死的。我说。

刘晓青一笑，钻进水里，又不见了。

此时，我感觉到肚子上挨了一脚，“咚”的一声，大概整个游泳池都听见了这个声音，就像一只饱满的椰子从高处坠下，落进水里，一声闷响，余音袅袅。水花四溅中，我只看见一只粗笨的大脚，像鱼一样摆动着，很快就不见了。我的眼泪马上就出来了，源源不断滚进了游泳池里。我不知道那只脚怎么会出现的，什么时候出现的，那是一只神秘出现的脚，非常恶劣，并且下流。

刘晓青又出现，带着一脸关心。别哭，傻丫头。刘晓青安慰我。

怎么能不哭呢，我又很痛。

仅仅只是肚子吧，没有其他了。

我含着眼泪点点头，肚子在火辣辣的燃烧。

其实我也看到了，可是我游得太慢了，等我赶过来，他又翻回自己的池子里去了。刘晓青说，不过你还算是好的，在游泳池里，我们时刻都要注意，我们要做好被他们欺负的准备，我们要万分警惕他们。

流氓。我恨恨地说。

刘晓青吃了一惊，惊愕地看了我一会儿。然后用力地拍我的肩膀。很好。刘晓青称赞我，就应该这么骂他们。

你看到他的样子了？我说，你认得他？

是……刘晓青沉吟。

我们报复吧，可好？你认得他。

可是，刘晓青迟迟疑疑地说，我们能怎么样呢，我们又都是女人。

喝一杯薄荷水

一阵铃响，表示结束。然后水响，男人和女人从水里爬出来，像丑陋的八爪鱼，浑身湿嗒嗒地走动起来。这一场的人出来，下一场的人再进去。也许就像男人们的澡堂一样，把上锅人遗留下来的泥垢糊在自己身上，却感觉到了满足。

刘晓青恋恋不舍地在水池里徘徊，我们再游一场好吗?

不。我说。

或者像他们一样。刘晓青朝水池深处努嘴。

总有一些人，他们躲在水底里不出来，被救生员痛骂一通，还是不出来。屏住呼吸，憋在混浊的水里拖延时间，清场过后又出现，神气活现。

你会在水里呼吸，我可不会。我说，翻身上岸，刘晓青无奈，也翻上来。我凝视着刘晓青发育完好的身材，毛发胡乱地粘在她的身体各处，好像浑身长满了水草。远处的救生员看了我们一眼，什么也没有说。

你信吗？刘晓青暗暗拽我的衣带，我们可以再游一场，救生员不会赶我们的。

我信。我说，可我不想再碰到水了，真的。

我请刘晓青喝薄荷水。刘晓青斜视那杯水，表示不屑，然后轻蔑地一口气把水喝光，说，老太婆真黑啊，一杯水她要卖一角钱。

可这是薄荷水啊。

你真相信里面有薄荷吗？刘晓青冷笑一声，像大人一样，嘴角有了细皱纹，老太婆的水放了颜料所以变成这种绿色，其实里面一点薄荷也没有。

可我怎么觉得里面有薄荷味道呢？

因为你最幼稚了。刘晓青肯定地说，你最容易受骗，所以，以后你要多出来游游泳跳跳舞什么的，读死书，是读不出什么道理来的。

我认为刘晓青非常有道理，于是我仰视着她，深深地觉得做一个宣传委员其实还不及做一个自由的差生好。

我向往你这样的幸福生活

刘晓青站在我家的浴缸里冲澡，凉水哗哗哗流得没完没了。

你真的不需要热水吗？我有些担心。

不要，我只要凉水。刘晓青说，同时又使劲抽鼻子，似乎正在流着清水鼻涕。

刘晓青你到底想什么呢，水又那么冷。

我在想，你家的条件怎么这么好呢，不知道以后我能不能过上这么好的生活。

我可没这么想。我说，我爸妈以为让我过的是一种幸福的生活，也许他们真认为那是很幸福的吧，可我却觉得痛苦。

刘晓青沉默一通，叹了口气，做出很理解我的样子，然后顺势滑进了浴缸，全身都浸没在凉水里。我只看见一丛白，白得耀眼。

嘿，你刚才在游泳池里露出来的，能再给我看一眼吗？刘晓青突然想起什么来了，又从浴缸里站起来，很多水漫出来，流得到处到是。

什么？我迷惑，你指的是什么？

就是那个，你知道的，你知道你的颜色是什么样的吗？很漂亮的，粉红色，也许并不是粉红色，而是咖啡色，总之真的很漂亮啊。

可我真不知道那是什么。我说，我只觉得我浑身发冷，而且我真不想理你了。

好吧，不提这事了。我姐姐过几天就回来了，你带你去看她……好吧好吧，你不要真生气嘛，我给你化妆，你知道我很会化妆的，你会变成一个美女。

刘晓青把装着油脂和粉末的瓶瓶罐罐都翻出来，五颜六色摆了一地板。

这是什么？刘晓青抓起一个三角形的盒子，摇晃了几下。

爽身粉吧。我说，小孩子洗完澡后擦的东西，可我爸妈执意要我现在还用它，我真是烦透了。

我要用，我不怕，我喜欢用，我比你自觉。刘晓青说，拧开爽身粉的盖子，把那些润滑的白色粉末洒了一身，用熟练的手指匀开它们，哼哼着，就像一只非常懂得享受生活的白约克猪。于是整个房间都泛起了爽身粉的粉尘和气味。

吴坚的宝

每次上课的时候，吴坚就坐在靠门边的地板上，抱着他的厚毛巾，眼睛看着外面，非常安静。冲突发生在吴琳琳出去之后。我看见他把毛巾拖到了地板上，于是我热心地跑到了他的面前，拾起来了那个东西。我马上就后悔了。多么肮脏的东西啊，我在心底里想，湿嗒嗒得像鼻涕一样粘在我的手上甩也甩不掉，也许上面什么都有，唾液，眼泪，耳屎，我多么厌恶这块东西啊。

然后我感觉到手指的刺痛，那是突如其来的感觉，我想我首先发了会呆，然后才看见吴坚那双受到伤害的小眼睛。

我痛得想大叫，但那小子却先号啕大哭起来了，嘴里叫着，娘妮娘妮。

你哭什么？我把手指放到嘴里吮，心里充满了厌恶。

娘妮娘妮。吴坚干号，一滴眼泪也没有。

我又不知道这条毛巾也有名字的，还是你娘妮。我说。想让他住嘴，但他在那里抽动，一点也不听话，我愤恨地看着那个粉红的肉团，真想一把扼住这个肉团，扔到窗外去。

从此以后我再也不想碰所有像毛巾那样软绵绵的东西了，我知道它们都是吴坚的宝，吴坚管它们叫娘妮，虽然它们不会说话。

提琴教师的舞台演出

大姐，我可以叫您大姐吗？在这里我也没有亲人朋友，您就当我的大姐吧。你们一家都待我这么好，我和吴坚也有个走动的地方，我就很感激不尽了，怎么还能收钱呢？吴琳琳坐在我妈的旁边，一把抓住我妈的手臂。

可我们似乎也不怎么好啊。我妈迷惑，每个月的教课费还是要付的。

吴琳琳向我妈流露她的心思，大姐，说真的，要不是为了吴坚，我真想去死了算了。一边就攥着手绢擦眼泪。我坐在旁边，讨厌极了吴琳琳的眼泪，我打断了吴琳琳，今天不上课了吗？

吴琳琳醒悟过来，说，上啊上啊，先把昨天教的那首曲子拉一遍。

我累，脖子疼，眼睛也疼，我看不清楚乐谱了。我说，我不想拉。

你怎么不喜欢练琴呢，我像你这么大的时候，要是有整块的时间拉琴，会高兴得几天都吃不下饭。

这是因为琴不好。我说，拉出来的声音难听得连我自己都要晕过去了。

吴琳琳一笑，把琴拿起来，抬手拉了一段，说，这是梁祝中间化蝶的那一段。

好吧。我说，既然这么好听，我就不学别的了，先教我拉这一段。

吴琳琳又一笑，说，你要拉梁祝，还要等十年五年以后，也许你一辈子也拉不了。

那样最好。我说，我才不想呢，我又不喜欢小提琴。

那你喜欢什么呢?

我什么也不喜欢。我说，我只想知道我为什么要吃饭，为什么要拉琴。

吴琳琳板着脸，说，你妈把你交给我，我就一定要你好好地拉琴。

不能因为你们生了我们，你们给我吃饱，我们就要感谢你们，你们给了我们幸福的生活，我们的精神却在痛苦，你们想过要给我们幸福吧？你们要我们活着，可我们活着一点儿也不快乐。

你是从什么地方抄来的吧。吴琳琳惊恐地回头看房间门，我妈也许还没有走开。你们？我们?

我们。我和吴坚。你为什么揍吴坚。我说，有时候我很恨你。

吴琳琳吃惊地望着我，可是……我是多么爱我的儿子啊。

我把脸别过去，心中涌现出了深深的忧愁。

你不应该胡思乱想，你会想出病来的。我像你这么大的时候，我只一门心思想有一个自己的小提琴独奏会，别的我想都没有想过。吴琳琳说，我从小就这么想，我要有自己的独奏会，只可惜我这一辈子都实现不了了。

为什么？你的琴拉得这么好。我说。

是啊，我刚到歌舞团的时候，什么地方也不去，就待在宿舍里练琴，从早到晚，从来也不知道什么是疲倦，只知道再拉好些再拉好些，离我的理想也就越来越近……

我看着吴琳琳的脸，那张脸突然变化了，不像往常那样的灰黄色了，笑起来嘴角边的皱纹都会深深地往里面陷，吴琳琳的脸侧突然涌上了两丛嫩红色，眼睛炯炯有神。很短暂。吴琳琳马上就回到现实来了，红晕褪尽，一切都和几分钟前一模一样。

好吧，你不要胡思乱想了，我再警告你一遍。吴琳琳绷紧脸皮的细皱纹，拿出两张蓝色的小纸片给我。明天的文艺会演，有我们歌舞团的节目，这是票，你和你妈妈一起来看。

我从没有看过演出，也不明白什么是演出。我坐着，很不安分地扭来扭去，这是我第一次看演出，舞台背影点缀着亮闪闪月亮花朵，很好看。我在心里想。我妈坐在旁边看节目单，提醒我要认真地看老师的节目。我看了好一会儿，没有看到吴琳琳，再看，终于看到了，她站在角落里，半边身子陷在幕布后面，穿着最好的一件领口有红白花边的连衣裙，头倾着，右手臂像硬木头那样来来去去，没有丝毫张扬。还有好几个小提琴手，有一个男人，很肥胖的男人，站在最显眼的地方，他的琴和吴琳琳的琴颜色非常不同，男人眯着眼睛，似乎陶醉到琴声中去了。不知道为什么，我只感到非常难过，说不出来的难过。到最后，吴琳琳几乎全部站到后台去了，露出一只手臂伸在外面，三个化装成印度人的女人，一路跳过来，她们的假银手镯在灯下放着黯淡的光。

吴琳琳始终没有往台下看一眼，她似乎眼睛只要看琴，别的什么也不看，她一直在一丝不苟地拉琴，不分心。我很希望她能往台下看一眼，她会看到我的，我会站起来向她挥手，但她没有，真不知道那是为什么，她好像从来也不认识我一样。

有迫切成名的欲望

宣传委员，这期黑板报真是太差了。公共关系课教师项胖端详着教室后方的黑板，大声说。

我一怔，然后有了一种羞愧感，然后又有了一种仇恨感，我埋着头，反反复复想，我痛恨你手里捧着白开水，我恨透了。

我没有恨老师的胆子，在随后的日子里，这种胆量开始扩大，并且无限制地开展起来，我开始仇恨所有的老师，仇恨是从项胖开始的。

刘晓青一下课就急切地奔到我的座位上来，说，你知道为什么这期黑板报出得不好吗？

我又有什么办法。我说，我必须腾出一大块来写期中考试的名单名次，版式当然就难看了。

刘晓青摇头，其实是这样，你在黑板报上署了自己的名字，这让我们都看不惯啊。我了解你，当然我是了解并且也赞成你的成名欲望的，可是别的同学意见就很大了。

我有成名欲望？我恶狠狠地瞪着刘晓青，却又非常心虚。

当然。刘晓青轻笑一声，说，而且还很迫切，我看得出来，我什么都看得出来。

好吧，我承认，我已经干死干活九年了，从小学一年级开始我就要出黑板报，我烦透了。划版是我，描的画的写的都是我，就是小花边什么也是我一人在那儿忙，我凭什么要告诉任课老师们这是我们班的黑板报？我怎么不能署上我的名字？这是我课间课后忙出来的，我忙黑板报的时候你们倒在外面的操场上疯玩。

可大家都知道黑板报是你出的，你是宣传委员啊。

他们都知道吗？他们看都不看，每一次我写完又擦掉，擦掉又写，总是我一个人在自言自语，就像勤奋的四脚虫一样，忙个不停……总之我很烦，你不要烦我。我的脸正在发烧，这是我第一次被老师在课堂上当众批评，我觉得很丢脸，我还想一死了之呢。

刘晓青担忧地看着我，死是不必的，这点难为情算什么，你知道三毛吧，就是现在很流行的那个，她的眼眶上画了两只黑圆圈，墨汁不断地流下来，她就那样在学校里走了一圈。

似乎是神经病。我说，如果我遇上这样的事情，我一定和老师打起来。

刘晓青嘶嘶笑，你就是这样，只会嘴上逞硬，事实上你一定会顺从地顶着墨圈，出去走一走，你是一个懦弱的女人，你知道吧，你甚至连反抗意识也不会有，你一路上检讨自己的错误，最后认定这么做有助于你成为一个更好的优等生。

总之，能干出这样的事情，只有项胖，但我是一定会和项胖打起来的。我坚持。

刘晓青摇头，说，告诉你一个秘密。你知道项胖为什么调来调去吗？从一中到二中，又从二中到三中，总是调动得没完没了。因为她是一个神经病，以前她在五中上课，突然停下来，笑眯眯地问前排的一个女生，你知道老师最喜欢什么吗？那女生惊恐地摇头，说，不知道。然后项胖脸色一变，抬手就给了她一个耳光，又笑眯眯地说，老师最喜欢给你吃耳光了。所以如果项胖问你，你知道老师最喜欢什么吗？你就赶快转过身跑掉。好了，我只告诉你一个人，你可不要再告诉第三个人了。刘晓青关照说。

我张大着嘴，觉得自己好像刚刚从最危险的边缘逃了出来，有些后怕。

然后就是班主任的课了，班主任一直在皱眉，我在想一定是黑板报，也许我真的应该把迫切成名的欲望藏一藏。布置完作业后，班主任向我招手，我心领神会，来到走廊上，我感觉着后排刘晓青的眼睛，什么都明白了的锐利。

是这样，下月的校际运动会很重要。班主任说。我点头。

我们班一定要拿名次，年级八个班，我们一定要拿第一。班主任握紧了拳头，说，这次入场式一定要弄好，得分才会高，隔壁六班准备让每个人抓一束鲜花，经过主席台前把鲜花掷向主席台，隔壁二班准备了气球和鸽子，经过主席台的时候，手一飞扬，鸽子在五彩缤纷的气球中飞起来了。我们做点什么好呢，你想想。

我受宠若惊，开始想。

一定要出其不意，一定。班主任强调，好了，你回去好好想吧。

刘晓青，和我一起想想吧。我说。

刘晓青不屑地皱嘴，你一出去我就猜到了，我的脑海里马上就浮现出班主任的丑样了，蹲在训导室的墙角里，藏在二班三班的窗子底下，支棱着耳朵探听消息。

那也是为了我们班能拿名次嘛。我为班主任申辩。

你这个班主任的走狗。刘晓青说，你不明白吗？我们表现好校长就会发奖金给她，可我们有什么呢？这样吧，你应该和体育委员商量商量，这样工作才能开展。

可我不想理他，你知道上个星期我们还打了一架。

其实你不应该和体育委员弄得不愉快，谁都知道，他一定是很喜欢你。

可喜欢我为什么还打我呢。

就是因为喜欢你才打你嘛。刘晓青说，就是因为喜欢死了才要打你嘛。

好吧好吧，他因为喜欢我所以打我，可我怎么不知道他喜欢我呢。

因为每一个班都是这样，体育委员（男）和宣传委员（女）好，学习委员（男）和文娱委员（女）好。

为什么要这样配成对呢，也不顾我们的感受，没道理。我说。

这是传统。刘晓青愤怒地说，你又犯愚笨的错误了。

告诉你真话，我一点也不喜欢他的脚，像把铁铲子一样，一点内容也没有，他的脑子也一样，塞满了糨糊，成绩差得一塌糊涂。我说。

现在可不是闹情绪的时候。刘晓青劝说我，还是委屈一下自己吧，你现在的任务就是要弄出点花样来，在入场式中拿高分……我想起来了，我们举着熊猫入场吧，一定轰动。

为什么一定要举熊猫呢，为什么不举点别的什么东西。

因为我家就有一只熊猫，非常大，一定轰动。好吧。你放心吧，一定轰动。

把散发出腐臭气味的姐姐藏在壁橱里

我姐回来了，你到我家去看我姐姐吧。刘晓青殷切地看我的眼睛。

可你姐跟我有什么关系呢？

她可是一年才回来一次啊。刘晓青说，我真想死她了，我再也不要她出去了。

可我为什么要想你的姐姐呢？

你真可耻，我一直把你当作我唯一的好朋友，你知道，班里我谁也不理，我只有你这个可以说说话的人，我的姐姐不就是你的姐姐吗？刘晓青动情地说。

我突然之间很感动，我突然领悟到我和刘晓青的友谊是世界上最美好的东西，再也没有别的什么能比得过我和刘晓青之间的友谊了，我们的友谊一定地久天长。

但我一进入房间就感觉到一股恶臭扑面而来。

好像很臭。我说。

刘晓青用力地抽鼻子，我可没有闻到什么臭。

真的很臭，非常臭。我坚决地说。

好吧好吧。刘晓青赌气地别过身去，用脚踢床，床底下滚出一堆烂苹果。就是这东西在臭嘛。刘晓青抱怨，我恨透这些烂东西了。

你姐呢？我环顾这个空荡荡的房间。

姐在壁橱里。刘晓青回答。

我吃惊地张大嘴，你姐在壁橱里？！你为什么要把你姐放在壁橱里？

她大概也不想，可是我的力气是很大的，你知道，我想做的事情没有人能阻拦住我，就是我姐也不例外。

姐，姐。刘晓青突然蹑手蹑脚地来到壁橱旁边，一边轻声叫唤，一边打开橱门。

我目不转睛地盯着刘晓青，每一根汗毛都竖起来了。

刘晓青捧出个黄澄澄的软东西，用手指细心抚摸着。我偷偷摸到一处角落，背靠在门板上。

你要摸摸吗？刘晓青说。

不要。我哆哆嗦嗦地说。但是刘晓青执意把那东西伸到我的鼻尖处来，我闻到了那股恶臭，果真是它（她？）散发出来的。我不得不伸出手应付地摸了摸那个东西，软绵绵的，像腐烂了的棉絮。

可这分明是一只绒布的玩具鸡嘛。我说。

是啊，这是绒布鸡。刘晓青说，就是我姐嘛。它就是我姐嘛。

你原来是这么想念你的姐姐吗？你用这只鸡来代替她。

是啊，她不回来，我又很想她。而且她把她的衣服都带走了，我要出去跳舞又没有合适的衣服穿。

再也没有其他了？

还有什么？刘晓青反问，她把什么东西都带走了，我怎么能够不想她。

预谋

熊猫在经过主席台的时候跌倒了，头朝下，摔在湿透了的田径跑道上，队形马上就溃散了。校长们都吃了一惊，觉得受到了污辱。大概他们很恨我吧，我想。我看到了我的影子，上面有无数个洞。

燃烧的手指

现在我什么也不是了。我对刘晓青说，我再也不用出黑板报了。

这虽然好，可我认为你还是要做点什么的好。刘晓青低头思吟，你似乎还是政治课代表吧，你不能再犯任何错误了，以后事事要小心。

我本来就没有什么错误。我说，我并不想做这些事情，从小到大，我从来都没有做过自己的主。

你将来是要做领导的。刘晓青小心翼翼地说，真的，你很快就能实现你的成名欲望了。为了庆祝你将来要做领导，我们坐到街沿去喝啤酒吧。刘晓青说。

我有些犯愁，小心翼翼地说，有没有比啤酒更好喝的东西呢?

我们坐在街沿上，如果不喝啤酒，就失去了坐在街沿上的意义。刘晓青耐心地开导我。

我早就知道一定会发生些什么，男生们像往常一样躲在走廊里窃窃私语，他们的眼神到处飞。你是不是敢去抱一抱刘晓青，很多男生说。

我坐在窗口，一阵慌乱，我感觉到危险来了，我把头探出去，只看到他们的脸，每张脸都一张，脸上面的泥垢也一样，我不知道那是谁说的，我也不知道谁会给刘晓青危险。我只能到处找刘晓青，却不知道她跑到哪儿去了。

我跑到走廊上，往下看，刘晓青正走来，妖妖地走着，有一把三角尺扔到了她的头上，不知道是谁干的，一把三角尺，充满了丰富的内容。

刘晓青笑一笑，拨开三角尺妖妖地走上了楼梯，当她的卷发在楼梯口出现的同时，体育委员冲了上去，抱住她的身体，然后又迅速地放开，滚下楼梯，跑掉了。

我吃惊地望着那个身体飞身下了楼，很快就在拐弯处消失了。

刘晓青慢慢地转过脸来，表面看起来一点儿也不吃惊。她整理了一下被揉皱了的衬衣，上面有体育委员留下来的犯罪证据，一只大黑手印，非常清晰。

直到过了两分钟，刘晓青忽然大哭起来，却没有一个男生搭理她，于是我扶着痛哭的刘晓青离开了走廊。

一来到操场，刘晓青的脸色马上就正常了。

你不要太难过。我安慰刘晓青，其实你真是成熟得很，当时我都没有想到，你会那么镇静。我说。

不是镇静，是傻了。刘晓青说。

那你哭什么呢?

有时候只是为了表示自己单纯嘛。刘晓青说，其实他们的手指很单纯，像死掉了一样动也不会动，形式是色情的，其实和色情一点关系也没有。

你说了很多次色情，色情究竟是什么意思呢?

好了，预备铃响了，我们还是上课吧。刘晓青转过身向教室的方向走，我看着刘晓青的背影，在树荫的明暗中移动，变成了碎片。

刘晓青忽然尖叫，然后又大哭起来，她的眼泪是黑色的，从脸蛋上滚下来，把桌面都弄黑了。又来了。我暗自生气，认为刘晓青实在没有必要在班主任的课堂上也做这种把戏。

鸡蛋。刘晓青抽抽泣泣地说。有一只鸡蛋。

我们探头过去看，每个人都很恼火，只不过是因为抽屉里的一只熟鸡蛋，我们就要被你刘晓青尖利利的声音吓一大跳。

可是，如果熟鸡蛋上爬满了白花花的蛆，那些蛆们在蠕动，散出了酸臭的味道。那会是什么样的呢。

谁干的。班主任发怒，眼睛里喷着火花。

一片寂静，没有人说话。一定是男生。刘晓青羞答答地提醒她。

好吧，男生们都到墙角边站着吧，直到你们中间有一个站出来承认这件事情。

男生们都靠着墙角站着。我们仇恨女生，他们的眼睛说，他们的手指在长袖下握紧，出汗，燃烧起了绿色的火。

充满了奇怪女人的歌舞团

歌舞团非常远，坐车坐了半个小时，走了好一段，终于看见了一幢楼。很旧很破的一幢房子，每扇门每户窗都不完整，地板上凹凸不平，好像地底下马上就要有很多树长出来顶破地板一样。

我跟在吴琳琳的后面，一进去就是一片黑，上楼，是一条长长的走廊，走过一间房间，房间里没有摆设，只有一架风箱，风琴前面坐着一个黑黝黝的女人，动也不动，好像趴在那儿睡着了。再走过一间房间，房间里没有人，堆着乱七八糟的纸板箱，中间放着一张床，床的周围还是纸板箱。走廊的尽头，还是那样的一个房间，开门，一股很异样的奶味扑出来了，一个女人走出来和吴琳琳打招呼，我从没有见过那么漂亮的一个女人，但是她抱着一个丑陋的婴儿，婴儿在哭，身子扭来扭去，拼命排挤硬伸过来的奶嘴。吴琳琳和她说话，坐在她的床上，说了几句很快又出来了。出走廊了，怀抱婴儿的女人响亮地叹了口气，声音像是从她的胸腔里冒出来的，能够飘游到很远。我回头看了一眼，那门已经关上了，走廊里像夜晚那样黑。

吴琳琳要找的房间在一楼，房间很大，好像已经空了很多年了，吴琳琳满怀感情地抚摸了一些开关和窗户，那些灰都蹭到了她的手指上。你看你看，这里就是我当年练琴的地方。吴琳琳说。我看这个房间，并不觉得它很特别，房间里没有放一件东西，地上的灰却积得很厚，把吴琳琳走动的一圈脚印清晰地刻在上面。

吴琳琳沉默着，突然伸出手按住自己的胸口，好像那里很痛似的，她似乎在压抑这种疼痛，但疼痛越来越浓烈，逼得她透不过气来。

还是走吧，快。吴琳琳说，拉着我的手就往外面走，门锁上了，把那些春光乍现的彩华又锁进了里面。

我被赶到房间里睡午觉。我躺着，听见吴琳琳在外面说，我妈给我找了个男人，已经打过几个电话来了，让我回家去过安安稳稳的日子，不要再拖着孩子在外面受苦了。

我想了很久了，还是同意了。他也是离婚，有两个孩子，大孩子已经十四岁了，我想我会做一个好的继母。这次我回去再也不想出来了，这个地方给我的痛苦已经够多了，我再也不会来了。

吴琳琳像往常那样给我上完课。然后说，这是最后一堂课了，我要回家了。

你不是说过要办个独奏会吗？你怎么就走了？我从未有过这样的留恋。

吴琳琳也叹了口气，声音从喉咙里钻出来，没有持续很久，很快就消散在空气中了。

一个公共关系课老师的神秘失踪

项胖的失踪似乎是必然。早晨，没有项胖的课。项胖破天荒地走进了教室，和颜悦色地说，大家把笔记本和书本都交上来，好吗？然后夹着这些书本和笔记本笑眯眯地走掉了。从此再也没有人见过她。

那一天我收到了吴琳琳唯一的一封来信。

你要好好拉琴。

我已经把吴坚的坚字改成了艰字，是要让他让我永远也不要忘记曾经有过的艰苦的日子。

还有，那次的演出我故意不理你，是不想你和老师一起痛苦，可是我还是看到了，你的眼睛噙满了泪水。

原谅我吗？

到常州去

1

唐小宛突然之间很想末末，想末末的时候唐小宛正坐在酒店的大堂中央弹钢琴，乐声戛然而止的时候，整个大堂都像被冰冻起来了。

想念来势凶猛。那是很奇怪的一件事情，唐小宛正弹奏到一支曲子的中间部分，而末末也许还躺在床上睡觉。她们各自干着各自的事情，互不相干。

唐小宛坐在钢琴前，坐了很长一段时间，似乎也没有人注意到音乐的停止，也许每个人都会觉得少了点什么，想一想，没有想出来那是什么，也就算了。

静止的唐小宛坐在暗香浮动中，如果有光，就会看到这些香气，它们的颜色很诡异，沉凝着动也不动。每次弹奏前唐小宛都要在自己的手腕处抹上厚厚一层香水，香水从指尖渗入了琴键，琴键在动，气味就散发起来了，在钢琴周围散发，在大堂的空间里散发。所以尽管唐小宛的演奏是纯粹的商业行为，事实却是唐小宛在控制钢琴，而不是钢琴控制了唐小宛。

唐小宛从散发着浓郁香气的木钢琴中得到了乐趣，每一个年轻女人都是很会享受生活的。

唐小宛站了起来，缓慢地绕过钢琴，向玻璃门走去。

唐小宛也不知道自己为什么要绕着钢琴走一圈，好像要引起什么人注意似的，但是没有人觉得她绕钢琴走是一件很奇怪的事情，堂吧里没有坐着一个人，表演系出身的接待小姐挺拔地站立着，眼睛却和脑子一样，在发呆，傍晚时分，外面的太阳光还很明亮，门童穿着脏极了的白制服站在门口，远远地看，衣服上绣着的金线像绳索，把他们整齐地捆绑起来了。

唐小宛想着，或者唐小宛什么也没有想，她迅速地走出了酒店，细带鞋的高跟清脆地敲打着花岗石做成的地面，很快就走下了台阶。

2

唐小宛非常清闲，一直都很清闲，毕业以后的大半年唐小宛所做的一切就是穿行在各个酒店之间弹奏钢琴。唐小宛是一所重点小学的音乐教师，当然她要比其他学校的音乐教员清闲得多，音乐课通常被安排在下午，每天一堂，或者两堂，到期中考期末考或者别的什么紧要关头，音乐课们就会被班主任们和颜悦色地要去，以便于安插一些对学生们更有益的课题练习。

尽管如此，唐小宛仍然觉得做一个音乐教师真是太不幸了，每一个年轻女人都对生活不满。

应该这么说，唐小宛并不缺钱花，尽管她名下的钱大多来自于父亲，多年以前他还是一位唐局长，然后他成了一位唐处长，很快地，他又成了一家公司的唐总。唐小宛只感到眼花缭乱。

唐总一直以来就非常反对自己的女儿在任何公众场合做商业性表演，居然还领取相当数量的佣薪。那是件令人一想起来就非常生气的事情。

我们家并不需要靠你弹琴来维持生计。现在唐总一看到唐小宛就要生气。

我知道。唐小宛回答。

你即使要演奏也不能这么抛头露面。

不露出面孔他们怎么知道是我在弹琴呢?

你并不明白我的意思，你是一个老师，你可以安安心心地在家里给小孩上课，为什么一定要到外面去呢。

我不正在上课吗？唐小宛说，学校的课上，家里的课也在上，我自己都没有觉得我变成了一台忙碌的赚钱机器，我正在过着充实的生活。

可现在你是一个钟点工了，钟点工，明白吧。

唐小宛一笑。那我总要干点什么吧。

唐总解释，现在我在干点什么，就是为了让你不再干点什么，可你为什么一定要自己去干点什么呢？

我真不明白，能自给自足倒变成不好的事情了，唐小宛说，我刚刚还在街上碰到了我的初中同学，她染着红色的头发，眼睫毛却是蓝的，我问她，你在干什么呢？一直都没有你的消息。她告诉我，她一直待在家里，也不上班，也不上学，她的观念就是结婚前靠父母，然后找一个有钱的男人，和他结婚，结婚后就靠男人，自己什么事也不要干。当然，这只是例个案，但它存在。你要我过这样的生活吗？

唐总认为唐小宛的口才非常好，从小就这样，有问有答，必要的时候还会例证，似乎也很讲道理。于是唐总认为自己头很疼，应该走开。

3

唐小宛和同时分配到学校的小林老师比较要好，但小林老师在某一天的下午突然失踪了。所有的人都知道小林老师行为古怪，她会做出一切你意想不到的事情。小林失踪前的上午，那一天没有她的课，但她走进了每一个教室，笑眯眯地对学生们说，把你们上星期的图画作业都交上来吧。美术课代表收集了一番，羞答答地交上去了几张涂抹得很难看的卡纸。小林老师仍然笑眯眯地说，那么，把你们空白的卡纸和美术课本都交上来吧。学生们又乱哄哄地翻了一场，找出美术课本，交了上去，小林老师站在讲台上，把美术课本和仅有几张完成的作业抱在怀里，笑一笑，走出去了。所有的学生都认为林老师笑得从来没有这么难看过。

小林老师失踪以后，唐小宛突然觉得一切都是空荡荡的，现在在做的一切事情，所做的一切，都没有任何意义。唐小宛看着这些孩子站在办公室里叽叽喳喳，这些坏小子们，他们都只有十几岁，可他们老气横秋，他们要求学校解释美术老师小林的失踪事件。

美术分数也是要上成绩报告单的。其中的一个坏小子说，可课本和作业纸都被搜走了，这是件早有预谋的事情，她早就计划好了的，现在我们怎么办。

只有唐小宛自己知道，她是学校里最后一个看见小林的教师，在学校的宣传橱窗前面，小林缓慢地向唐小宛走过来，说，学校的那架旧风箱会把你的手弄坏的，你难道不知道自己弹的是一台破烂吗？它会影响你，慢慢地你就会变成一个废物。

唐小宛一笑，说，你在忙什么呢？小林，我有很多天没有看见你了，你很忙吗？

我在给一家餐馆画招牌画，如果让学生们看到，他们的老师在画广告牌，那会很不好，是吧，小宛。

我没这么想。唐小宛说。

小林叹了口气，从唐小宛的身边走过去了。

唐小宛从小林的课堂走过，发现小林端坐在讲台前，黑板上挂着一幅水彩画，学生们在课桌下面偷偷摸摸地做着语文，数学或者别的什么作业。大家都知道小林是这么上课的，把一幅自己的画挂在黑板上，然后告诉学生们她画的是什么。小林老师一般不会太严厉地要求学生们应该干什么或者不应该干什么，于是所有的孩子都自由地选择了在美术课上写作业。

小林老师分派到学校后做的唯一的一件事情就是办了一次儿童实验画展，小林把学生们带到了大街上，在一处遮掩拆迁物的墙壁前，她给每个孩子都划分了一小块墙壁，让他们像在课堂上一样，想到了什么就画什么。唐小宛听见小林说，同学们，我们在画，可我们画出来的并不是艺术，我们在画，我们正在画，这种行为才是艺术。

小林说完，转过身对唐小宛说，现在的孩子多坏啊，他们知道画什么能得高分。

什么？小宛疑惑。你对他们要求太高了，他们都只是小孩。

是啊，其实我们也有很多问题，连我们自己也不知道怎么办。小林说，小林的手指尖沾上了红绿颜料，那些颜色很鲜艳。

4

然后小林老师就失踪了。

5

唐小宛想着失踪了的小林，在学校里走，看见前面的走廊里有几个学生在唱歌，重复的音调唱了一遍又一遍。

太阳当空照，花儿对我笑，小鸟说，早早早，你为什么背上炸药包。

我去炸学校，老师不知道，拉开弦，赶快跑，轰隆一声学校没有了。

唐小宛发了会呆，快步走到他们中间，尽量做出柔和的样子，对学生们说，能再唱一遍给老师听吗？

学生们停在原地，面面相觑，没有一个人再发出声音。

唐小宛有点紧张，那么，这是我教你们的吗？

不是。学生说。

那好，以后再也不要唱了。明白了吗？

学生们应付地点头，打着哈欠，从唐小宛的身边跑过去了。

唐小宛想起刚到学校的时候，第一天上课，那些圆滚滚的小家伙居然就紧紧缠住了她的手和她的脚，他们天生就有社交的能力，他们好像什么都见过了，一点儿也不怕生，他们是那样的弱小和天真，他们讨好她，站在她的面前絮絮地诉说他们心里面的事情，让她情不自禁怜惜他们，疼爱他们。唐小宛第一次上他们的音乐课，有一个英俊的小男孩就很大声地对她说，唐老师，你怎么这么漂亮啊？

那个小男孩也在其中，唱到炸学校的时候嗓门似乎也比其他男生响亮得多。

真是个坏小子。唐小宛暗地里想。坏小子们很快就跑得不见了。

6

唐小宛闲散在家就会给末末打电话。末末是唐小宛的同学，毕业以后去了常州，起先两人还有些来往，可联系越来越少，就像所有学院式的友谊一样，会随着时间越来越淡，最后消失。

唐小宛也去过几次常州，那是一个像县城一样的地方，末末带着唐小宛在小弄堂里走来走去，走得唐小宛的眼睛也花了。

常州常州，常来走走。末末说，既然来了，就多走些路吧。

唐小宛只发现弄堂里的常州女人长得都一样，脸的轮廓，穿的衣服，头发染的颜色，什么都一样。

我最讨厌这些一模一样的女人了。末末说。

唐小宛郁闷地说，可你也是这些女人中的一个啊，我们还是继续走吧。

7

唐小宛站在酒店的喷泉池前等车，等了好一会儿，没有一部车到来，也没有一部车经过，好像整个城市都凝固起来了。唐小宛走出去，到了街口，然后停下来，开始等车。

不管什么车，即使是外事旅游的奥迪出租车我也坐上去，我只想早点见到末末。唐小宛想。

唐小宛又等了一会儿，只觉得自己在吃灰，脸越来越黑。唐小宛从街对面的玻璃幕墙上看到了自己，才发现自己还穿着酒店的衣服，曳地长裙，领口开得很下，袖口充满了烦琐的花边。除此之外，什么也没有。

和往常一样，唐小宛什么都没有带，唐小宛的习惯是，弹奏完毕，就回家。可是今天和往常不一样。

唐小宛的头发在晚风中微微地动，唐小宛是一个美女，唇红齿白，亭亭玉立。

唐小宛只想打一辆车，就这么简单，打一辆车去常州，看自己的朋友末末。

为什么是末末，也可以是别人，随便一个什么人，唐小宛有那么多朋友，更何况末末远在153公里之外。可偏偏是末末，现在唐小宛只想见到末末。

有很多车来来往往，也许车里的男人和女人都看到了她，但她真是个奇怪的女人，她穿着长极了的软缎裙，颈项和手指上戴着首饰，她就那样站在商业区的街口，那是多么奇怪啊。于是他们只是看了她一眼，就从她的身边开过去了。

8

一辆柠檬黄色的跑车靠近了她，停了下来。

唐小宛看着这辆奇怪颜色的车，眼睛很沉静。车里的年轻男人探出头，示意她上车，唐小宛犹豫了一下，然后熟练地拉开了车门，坐了上去。

唐小宛突然又想起了末末，好像有一桩什么事情在脑子里闪回了一下，还没有来得及抓住它，那个想法就像光一样，飞快地稍纵即逝了。

男人没有再看唐小宛一眼，只是继续朝前面开车，一句话也不说。

唐小宛也没有说话，一切都很戏剧化，唐小宛的心像水一样平静，一点也不觉得奇怪，什么事情都可能发生，什么都是不奇怪的。

车子行驶了几百米。年轻男人说话了，你要去哪儿？

唐小宛直视着前方说，我好像没有见过你，我认识你吗。

应该不认识吧，我也是今天才第一次见你。男人说。

那好吧。唐小宛一笑，那地方很远，也许你可以把我带到高速公路站。

我直接送你去就是了。男人说，我没什么事情。

唐小宛转过头，看了他一眼，说，我去常州。

男人不动声色，说，好。车子朝前面驶去。

9

你觉得奇怪？

你害怕吗？

不。唐小宛说。

类似的事情发生过，那时候末末还没有走，她们一起参加朋友的聚会，那地方在开发区，非常远，她们坐了朋友的车去，有很多车都去那个地方，什么车都有，她们玩到夜深，各自散去，等唐小宛和末末洗过手出来，所有的车都走掉了，就是摩托车也没有留下。现在只剩下她们两个人了，独自站在开发区的公路旁边，方圆几百里，只有树、彩色人行道板，还有下了卷闸门的沿街房子，除此之外，什么都没有，灯光没有，电话没有，出租车没有，过往车辆也没有，更糟的是，她们的手袋和电话都还在车上，那个小子一定以为她们也许坐到别的车子上去，于是定定心心地开动了车子，混在车队中间，走了。

唐小宛和末末站在街口，等待有谁发现了问题及时回来载他们，她们等了好一会儿才彻底失望，那些车子也许早就回到了市区，各自往不同的方向散去，就是那个拉她们来的小子，也一定躺到床上睡觉去了，他一定不会看车的后座，那上面还放着两只手袋，他一定看都不会看，这个傻 ×。

深更半夜，没有一辆过路车会停，即使看到了路旁有两个女人在招手，长得似乎都很漂亮，但他们不会停，他们的车像闪电一样飞过去了。一共是五辆车，它们分别是一辆奥迪，一辆桑塔纳，两辆面包车，还有一辆行走得极缓慢，却一路上噼噼啪啪发出巨响的拖拉机，她们远远地看到拖拉机吐出来的黑烟，马上就跑到公路旁边的菜地里去了，过后，她们一直为没有拦下那只拖拉机后悔，她们互相埋怨，后悔得一塌糊涂。

大老远，就能听到车子的声音，轰隆隆地很重，像战争时代的装甲车，越来越近，末末和唐小宛对视了一眼，末末站到了路边。

末末拦下了一部卡车，载满了货物的卡车，司机长时间地看着她们，她们穿着古怪的衣服，嘴唇和头发的颜色都很怪异，她们的眼皮上有金色的荧光在闪闪发亮。司机大概有四十岁了，还有个助手，像一个怀着很多心事的乡下少年。他们看着唐小宛和末末，发了会呆。

末末和唐小宛利索地跑上了车斗，车斗比想象中的高多了。

这是辆长途车，瘦弱的末末和唐小宛，她们踩在装得不太饱满的麻袋上面，衣服上沾满了油污。车子差一点就过车区，末末拼命地拍驾驶室的车顶，拼命地拍，那声音像闪电过后的响雷，砰砰砰，砰砰砰，末末的手掌于是变得很黑，上面是厚厚的一层泥灰。

唐小宛到达地面的时候，才发现自己衩开得很高的裙子在爬高爬低中裂开了几数道口子，就像刚刚打完一场架一样。

自始至终，唐小宛没什么主见，如果没有末末，唐小宛也许会在开发区待上整整一宿，如果没有末末，唐小宛也许就会被卡车带到邻省境内去了。

此后，末末又遇到了相似的事情，只是故事的发展略有些不同。那个男人对末末说，只要你喜欢，这辆车就可以送给你。末末没有告诉唐小宛结局是什么，只是坐在方格布桌子的后面笑，末末的脸在黑啤酒的大玻璃杯后面显得有些变形。直到末末离开，唐小宛都不知道结局是什么。唐小宛只知道那也是一辆柠檬黄的敞篷跑车，而且驾车的男人很年轻，长得也并不难看。

10

当然，你也许真的不觉得奇怪，或者害怕。但这是在城市，我倒觉得有一点新奇，但那种感觉并不太强烈，你呢？

我从没有做过这样的事情，今天我也是第一回，载一个陌生小姐去常州。

你怎么不说话。

你在听我说吗？

我忘了告诉你，我没有钱。唐小宛说，我一分钱也没有。

我不要钱。年轻男人嘶嘶笑了一通，像一条预备进攻的蛇。我家老头子给我买了这车，我在傍晚的时候就开着车上街去绕绕，没什么事，只是绕绕，看看风景。

唐小宛很反感他说老头子那三个字，唐小宛把身体往外挪了挪，开始看窗外的风景，没什么风景，城市的风景永远只是商场，走动的人，各种颜色的汽车，如果每天都看这样一幅风景，每天都看，那一定是疯掉了。

我去末末那儿做什么呢？也许就是要告诉末末这件事情，小林失踪了，可末末并不认识小林，末末也许会说，小林是谁，他（她？）失踪了和我有什么关系？

唐小宛皱了皱眉，末末会这样，末末就是那样的一个女人。

我看得出来，你是个很会玩的小姐，你一定属于文艺型，你的手指很细长，这样的手指不能去做粗重的笨活，只适合在室内弹奏高雅的乐器。我猜得对吧。

我不用上班，我整天都闲在家里，找一些地方去玩，你喜欢玩什么？酒吧？网络？或者别的？

你在想什么。

唐小宛略侧了侧脸，瞥了男人一眼，心中充满了厌恶。

我什么也没有想。唐小宛说。

其实，你站在酒店门前的时候我就注意到你了，我从你的面前经过，我知道你在等车，我看着你等了很久，本来我已经从这条街走出去了，可我绕了个大弯，掉了头，我担心在我往回开的时候你会被别的车辆带走，我一直在担心，我担心极了，直到我看见了你的身影，你还站在原处，我的心才开始放松，我把车停在你的面前……我们要上高速公路了。年轻男人说。你真是要去常州吗？

当然。唐小宛说，当然我说过了，我要去常州，越快越好。

好吧好吧……我起初还担心你不会上车，你会警惕地瞪着我，是的，这样的事情发生过，小姐们总是很警惕，可通常我不会弄错，你属于那种清纯但是见过很多世面的小姐，只是你犹豫了一下，你的犹豫让我又紧张起来了，但你知道，我的担心是多余的，你终于上车了，你的动作很漂亮，你知道，画着斜方格的地方不能停车，更不能上下人，你的眼睛迅速地飞了一下旁边，你并没有看到交通警察，于是你迅速地上了车。

你是个长得很美的小姐，可你笑起来的样子很坏。

唐小宛欠了欠身，脸上挂着客气的微笑，眼睛仍然看着外面。

你总是不说话，你总是在笑，你有心事吗？你在想什么，能告诉我吗？也许我可以帮助你。

你正在帮我。谢谢。唐小宛说。

我们开到一百码吧，这样最好，你有意见吗？

没有。谢谢。唐小宛说。

不要说谢谢这两个字，我很生气，不要说谢谢，再也不要说谢谢了，我不喜欢听到这两个字，我是很乐意帮你的，都是我自觉自愿的，谈什么谢谢呢，我们是朋友，朋友之间谈谢谢不是生分了吗，是吧。

好吧。唐小宛不知道该说些什么好。平白无故的这个男人就是我的朋友了，唐小宛想，疲倦地闭上眼睛，把背靠在了后座上。

男人满意地点头，我叫高峰，你叫什么名字？

我姓唐。唐小宛说。

我知道你的名字一定是假的，我知道。不要说话，不要想解释什么，我并没有抱怨你的意思，你是个很聪明的小姐，我们可以原谅聪明并且漂亮的小姐撒谎，你当然不姓唐，你们都这样，你们从来就小心翼翼，不愿意暴露自己的身份。我知道。

要听什么吗，居然开了这么久，我都没有想到应该放些音乐，气质好的小姐一定喜欢听齐豫，或者李玟，喜欢李玟吗？

好吧，如果你什么也不听……外面下起雨来了，刚刚还晴朗的天气，可突然下起雨来了，可这是多么浪漫的一件事情啊，你不觉得这不仅仅是巧合吗，也许……

你可以把雨刮器开起来吗？唐小宛突然说。

好吧。男人有些无趣，开动了雨刮器，两支黑棒开始勤奋地动，把星星点点的雨点扫到旁边，玻璃上出现了两个半圆形，透过半圆可以看见前面的公路，像光盘游戏一样逼真，笔直的黑色的路，从车的左边飞驶过去，或有更快的车从旁边超越过去，没有拐弯，也不可以停止，也许有些小弯道，但并不明显，慢慢地，驾驶车的人就会受到蒙骗，觉得在高速公路上行车要比在普通公路上容易得多，于是，人的神经开始放松，放松，越来越放松。

唐小宛有了错觉，似乎不是在现实的生活，而是在游戏里，或在梦里，结识了一个陌生男子，对这个男子没有好感，也没有特别厌恶的感觉，他和他的车带我去常州看末末，常州很远，平时连星期天也懒得去，可现在去常州又变成了这么容易的一件事情，很快，只一会儿，我就可以看见末末了，我们有大半年没有见面了，我们很快就可以见面。

唐小宛忽然开始担心他的驾驶才能，于是斜着身子端详了他一番。只看得见他的侧面，他的面孔并没有他的嘴那么招人厌。

男人开着车，说，这是很漫长的一段旅程，的确很漫长，还有二十分钟我们就要到了，你看到指示牌了吗？我没有想到，时间会过得这么快，一百多公里，我一点也没有察觉到，我只是觉得时间过得太快，实在太快了。

我们来做个小游戏，好吗？这是一道心理测试题，现在你说出四个成语，四个就够了，你不要故意去想什么成语，你脑海里出现了什么，你就把它们说出来，无意识地说出来，就现在。

唐小宛迟疑了一下，说，一箭双雕，一石两鸟，穷凶极恶，雁过拔毛。

男人大笑。你能告诉我你是做什么的吗？

唐小宛坐直了身体，说，我真是厌烦透了，你一直在说话，你像个老太太一样喋喋不休，即使我什么都没有说，你仍然在说话。你可以不说话吗？我搭你的顺风车，只是因为我实在没有车可乘，可搭你的车并不意味着我就要耐心听你的絮絮叨叨。

唐小宛以为他会非常生气，至少也会冷场，果然，男人的脸色变白，又从白变成了紫色，可很快他又回复到正常了。唐小宛不得不钦佩他的风范，处乱也不惊。

你的脾气很大，是的，你一定是个娇生惯养的独生女，像我一样，我是个独生子，我的脾气也很大，只要我愿意，我在吃饭的时候就可以把桌子掀翻，上上下下没有一个人会指责我的不对。只要我愿意。可你是个漂亮的小姐，我们允许漂亮的小姐脾气更大。男人说完，咧嘴一笑。

如果硬要从高速公路上下去，那是很愚蠢的。唐小宛对自己说，也没有必要，他又没有把手也伸过来，他只是在自言自语，而且他似乎也是上过学的，并不太粗野，他应该不会怎么样的。即使我反感他，可他正在帮我，即使他是出于别的目的，我也应该感谢他。

他终于安静了一会儿，寂静像死一样令人沉闷，车子像没有人在驾驶它一样，稳稳当当地往前行驶，男人想首先打破僵局，说，我家老头子……

好吧，如果你再说老头子这三个字，我就立刻下车，立刻。

怎么了，难道不是老……好吧，是我父亲，我父亲也对我说，你不能老在外面跑来跑去了，你应该找个女朋友了……我还没有女朋友。

唐小宛觉得自己很烦躁，烦躁越来越强烈。唐小宛想起了末末，一切都似乎是安排好了的，末末也碰上过相似的事情，这是个多么大的世界啊，可女人们总是会有相同的遭遇，因为男人们都没有别的什么话可以说，他们只会说，只要你愿意，你可以做我的女朋友。可他们并不了解这个女人，他们只是看到她，她长得很美，她的身体很漂亮，她的气质和才识都很华贵，于是他们以为这个女人优秀，应该让她做自己的女朋友。这是多么可笑的一件事情啊。

唐小宛终于看到了写着常州两个字的标识牌。

跑车像滑翔的机械飞机一样，滑下了弧度很大的转盘。

就到这儿吧，你可以放我下去了。唐小宛说。

男人把车停在了路的一侧，吃惊地看着她，说，我应该把你送到你要去的地方，甚至可以等你办完事再把你带回南京去。

谢谢。唐小宛礼貌地回答，可是不用了，我能找到我要去的地方，离这儿并不太远，我走着去也行。

不是答应过我，不要再说谢谢了吗？男人说。

好吧，那我不客气了。唐小宛说。我就在这儿下车吧。

等一下，我给你留个电话，你会打电话给我吗？

唐小宛想了会儿，说，我会的，我会打电话给你。

唐小姐，你也给我留个电话好吗，我想再见到你。

即使我留了，你也会认为这个电话号码是假的，就像我的姓氏一样，它们都是假的，我还是不留了吧。唐小宛说，你遇到过的她们都是这么干的。不是吗？

男人收起了笔，说，那好吧，等待着你给我打电话吧，你会的，是吗？

11

唐小宛站在车的外面，忽然想起了什么，俯下身子对车里的男人说，你是不是经常在大街上游车河？

是，每天傍晚，我都会开车出来转转，也许你又会在街上看到我，我的车颜色很亮，很引人注目。你感兴趣了吗？车里的男人比画了一下手势，唐小宛下意识地看了看自己的手心，手心里是他的电话。水笔的字迹，也许很快就会消失掉。

男人斜过身子，脸靠近了窗口，说，还记得那个心理测试题吗？我应该告诉你答案，第一个成语是说你的初恋，第二个是说你的热恋，第三个是你的新婚之夜，第四个成语是说你的婚外恋。

唐小宛笑了笑，抬起头望了望远处，淡淡地说，你以前来过常州的吧？

来是没有来过，可是以前认识的一位小姐与我说起过这个城市，她说，常州常州，常来走走，倒是很有趣。

以后你必须换一种说法了。唐小宛突然大笑起来了，你可以告诉你的乘客，你并不是我载的第一位小姐，可你是长得最美的一位小姐。

男人的脸很迷惑，唐小宛最后看到的只是一张迷惑的脸。她转过身，拐进了国道旁边的小巷子，末末就住在那儿。唐小宛有一种迫切地想把什么都告诉末末的愿望。唐小宛要给末末一个惊喜。

唐小宛听到了车子发动的声音，像怒气冲冲的动物，飞快地跑掉了。唐小宛独自笑了一声。

12

唐小宛敲了半天门，隔壁的老太太出来朝唐小宛瞪眼睛，嘴里说，没人在家。

唐小宛看了她一眼，继续敲。

老太婆恨恨地大声说，不是说过没有人在家么？那个小姑娘跑到外面去了，今天中午神经病一样在房子里叮叮咚咚地收拾东西。

唐小宛息了手，仔细看末末的房门，上面贴着一家酒吧的招牌菜广告，画了坐着的末末，正在吸一支香烟，还有末末新鲜的笔迹，我去南京了。

唐小宛坐到了末末的台阶上。现在我真不知道应该怎么办好了，现在好了，我一分钱也没有，在常州。

不活了

薄荷和女朋友们坐在啤酒广场里，薄荷向她的女朋友们讨教如何行贿，薄荷已经喝了很多酒了，于是女朋友们都猜测她的神智非常不清，但是她们只是同情地望着她，什么也没有说。

还是告诉我吧。薄荷、像泥那样瘫软在方格桌布上，桌布上面有很多酒精，香水，也许也有些没有洗干净的血渍，灯光很暗，什么也看不见。薄荷趴在那上面，说，现在我的情况真的很糟，所以，你们还是告诉我吧。

薄荷的女朋友互相看了一眼，叹了口气。女朋友甲说，我是从来没有行过贿，只有一次，我爸住院那次……

周围有噪音，噪音来自一个各方面都没有发育好的 DJ，他喋喋不休，说一口流利的中国人和外国人都听不明白的英语。女朋友甲不得不放开嗓门说话，巨大的说话声音使她看起来更像是一个泼妇。

……我到主治医生的宿舍找他，我的手袋里放着一封红包，他很年轻，也许还没有什么经验，但是收受红包是每一个医院的惯例，所以他不会拒绝，只是在收受的时候他会略微感到自己可耻。他假意推托，我假意坚持到底，我的表情那么情真意切，我说，您可一定要收，一定。然后他说，那么，你放在那儿吧。他都不敢伸出手来接受那个红包，他要我放在那儿，等我离开，他才会觉得心安理得，数一数红包里的数量。

女人们大笑。然后呢？然后，然后怎么样了？

然后。女朋友甲喝了一口啤酒。然后我把红包放在了他的床上，走了。

放在他的床上，走了？

是啊，我把红包放在了他的床上。女朋友甲说，这是我唯一的一次行贿，就那一次，为了我爸。

每个女人都在暗地里笑了一回，每个人都乐意听到床的下面是什么，也许还真有些什么，可是她不再往下说了。有一张床。笑笑而已。

只有薄荷知道，这个医生后来成了她的情人，每个周末，他们都会通很长时间的电话，尽管这个医生没能救回她爸，无论如何，不是医生的错。

我也只行贿过一次。女朋友乙说，你们都知道的，我哥原来在酒店的吧台做，工作也轻松些，可是上个月他被他的对手踢到了餐饮部，从头做回了一个服务生，每天他都要穿着那套令人恶心的油腻的红制服，黑领结，窄围裙，不断地端着盘子，不断地走来走去，他以前可是领班啊，你们都知道的吧。

是，我们都知道。女人们点头，我们都在吧台后面看见过你哥，他很会享受生活，每一次我们看见他，他都闲着，坐着，听最新的音乐，而且有很宽泛的权利请我们喝红酒。

现在不同了。女朋友乙说，每天深夜我都看见我哥那么疲倦，那么苍老地回家，我痛苦极了。尽管我哥什么都不告诉我，什么都不愿意对我说，我还是去找了以前追求我的那个男人，我知道他和那家酒店的副总关系很好，我请他吃了一顿非常昂贵的饭……我哥终于在上个星期调回去了。那顿饭是我唯一的一次有明确目的的行为，对我来说，它果真是昂贵极了。

薄荷笑了一笑。你们这些都不是行贿，明白吗？完全不是。

我不知道他喜欢什么，也许他喜欢酒，喜欢钱，喜欢女人，可是我真的不知道，他最喜欢什么，送错了东西我就彻底没戏了。

不管怎么样，只要他是个男人，那么他一定喜欢女人。女朋友丙说。

也许你能帮我找那么一个安全并且漂亮的小姐。薄荷转过脸，盯着女朋友丙看。

女朋友丙为难地摇头，我可从来没有干过这种事，我不知道怎么做，也许花点钱吧，也许。

也许你忘了他的身份，他是一个领导，你明白吗？小姐的漂亮很重要，可是安全更重要，小姐看电视，那么小姐一定会认得他的脸。

薄荷的女朋友觉得薄荷真的是喝醉了。可是她们不知道应该做什么好，于是她们坐在旁边赔笑，像一群不幸福的母鸡，掉到了深水里。

没有办法，我没有钱，也没有权，看来我只能自己去做小姐了。薄荷说完，非常不高雅地把桌布卷起来，把头埋进那堆肮脏的布里，她弄翻了自己的杯子，啤酒很快就把方格布都浸湿了。

薄荷的女朋友没有话说，她们很难过。除了那个正在调音台前面撒野的孩子，每个人都有无穷无尽的烦恼。孩子很亢奋，因为今天他带了一张小纸条，上面抄袭了一些好听的诗歌。

春眠不觉晓，处处性骚扰，今晚搞一搞，处女变大嫂。

女人们皱眉，远远地望了那孩子一眼，他又念叨了一遍。仍然没有人尖叫，也没有人回应，他用了很多方式调动人的欲望，可是仍然没有一个人亢奋起来，也许每个迪斯科广场都应该设立一个买卖八美元 Viagra 的柜台，情况才会好些。

薄荷从布里钻出来，头发蓬乱。她站了起来，薄荷的女朋友们有些担心，她们伸出手，用力地抓住了薄荷的手臂，但是薄荷很轻易地就把那些保养得很丰润的手指甩开了。

薄荷有点头晕，下楼梯的时候她在台阶上摔倒了，她的左手触摸到了木地板，地板很脏，充满了油垢。薄荷缓慢地爬起来，她始终没有放弃手里的酒。她把蹦蹦跳跳的男女推开，径直走到 DJ 的面前，他的嘴在蠕动，像一条青菜虫子。

闭嘴。薄荷说。

薄荷的手里还有小半扎啤酒，那些酒很快地把他的脸弄湿了。

薄荷往脸上涂了很多东西，整个下午薄荷都在处理她的脸，化妆刷在手里发抖，碎胭脂洒了一地，像凝固了的陈血。

薄荷最后往镜子里看了一眼，一个浓妆艳抹，脸上写满了愿望的女人站在那里，不像美女，倒像个鬼。

还记得我们的朋友丁吗？女朋友丙说。丁是薄荷的朋友中第一个辞职后远走他乡的女人，她走的时候什么都不要，档案，组织关系，养老保险，住房公积金，她什么都不要。每个人都愿意猜测丁会饿死，那要比每个人都听说她迫于生计干了些别的要好得多，丁失踪了两年了，谁也不知道她在哪里，也许还活着，也许已经死了。薄荷很想念她。

薄荷站在楼的外面，楼的年代久远，墙面上爬满了观叶植物，那些绿色把墙的本来面目都遮掩住了，于是楼外的人和楼里的人都有了错觉。

那个要去的房间亮着灯，很明亮，薄荷不知道是不是应该马上就进去，薄荷站了好一会儿，天色已经很暗了。薄荷吐了口气，从手袋里掏出香水瓶，它的名字叫毒药。薄荷很紧张，薄荷从来也没有这么紧张过，那个小玻璃瓶在她的手心里出乎意料地翻掉了，淡黄的液体淋湿了她的手指，气味却很淡，几乎没有。要到走动的时候，香水的味道才游动起来，像一个荡妇，不停地抛媚眼。

下午六点，从六点开始，薄荷拥有这以后的时间，可以知道结果是什么。这个时间对她来说比什么都重要，有些人约在这个时间幽会，有些人在这个时间里生下了一个孩子，有些人死了，有些人喝醉了酒，有些人在开会，还有一些人正在床上做爱，而对于薄荷来说，这个时间是可以决定自己将来一生的。从六点开始，以后还是未知数，唯一可以肯定的就是能得到结果。

薄荷突然之间很混乱，不知道现在是上午还是下午，不知道自己是谁，身处何方，要干什么去。幻觉突如其来，好像已经走进了那幢楼，在曲折的长廊里走，长廊的尽头是有灯的房间，可是不知道那房间里会有什么，也许是成功，也许是失败，成功的代价一定很重，可是失败了也就什么都没有了。思考很短暂。脑浆凝固了似的，极缓慢地流动，直到思考着的那个人非男非女，欲死欲活，直到有冰凉的雨落到她的脸上，胡思乱想的女人才清醒了些。

薄荷抬头望天，发觉下雨，薄荷的情绪恶劣极了，附近绝没有可以躲雨的地方，而要进入那幢楼，它像一张有着极深咽喉的嘴，会把人吞噬进去，细细咀嚼一通。薄荷把手举过头顶，遮住自己的脸，灾难来临的时候，年轻女人唯一会做的就是遮住脸，她们不惧怕身体的受伤，她们不担心财物会遗失，她们只担心自己的脸。

现在薄荷只担心一下午精心准备的妆会被雨浇掉，那么一切都白费了。

在遮住脸的同时，薄荷突然觉得自己可耻，她触摸到了自己的脸，上面有一层粉质的假面，厚极了。宫廷中有专供娱乐的小丑，穿彩色衣服，挂满了铃铛，新时代的妓女为了表露她们的身份，穿闪光质料的紧身裤，在乳房上方文美丽的花或蝴蝶。女人的妆面只是明明白白的勾引，向君王献媚，取悦于有权势的人，得到利益。

可耻的感觉越来越强烈，薄荷想立即就离开，立即。一念之间。

薄荷把手放了下来，污染严重极了，酸性的雨落在裸露的皮肤上，皮肤马上就会红肿和腐烂，那些脏极了的雨落到妆面上，却像眼泪，溶解了肥厚的干粉。

薄荷跑到路口，地面已经湿了，雨越来越密。薄荷只希望能尽快找到出租车，离开。

一辆白色的出租车驰近来，巷子很窄，很少有车过，更何况现在下雨，薄荷望着那车，非常希望车子能停下来，可那不是空车，顶灯暗着，前座坐着顾客。

薄荷往车的后面看，指望着会再来一部车，可后面什么也没有，还是空落落的巷子，像所有南方的巷子，零零落落的老房子，单独的几棵树，地面很残破了，到处充满了垃圾。

白色出租车却停了下来，车内的男子示意薄荷上车，薄荷迟疑了一下，急急忙忙跑过去，开门，爬上了车，衣服差不多已经全湿了。

薄荷看不见他的脸，只听得到他的声音。吃饭了吗？他说。

薄荷望着窗外，雨下大了，薄荷有点庆幸，赶上了这车。

还没有吃饭吧。他说。

嗯？薄荷回过神来，跟我说话？

男人很响亮地笑了一声，是啊，我问你有没有吃饭？

还没有。薄荷说。

和我一起去吃饭吧。男人说，侧过身看着薄荷。

薄荷没有说话，薄荷望着窗外，景物移动得很快，它们都湿了。

我们同学聚会，在一家上海菜馆，都是些很亲密的同学，我很希望你能去，当然，如果你不愿意也就算了，我不会勉强你。

司机在旁边笑，说，刚刚在车上他还说，眼见着下雨了，如果有男人招手要车，可以不理会他，如果有女人招手，那么一定要载她。真的，他刚刚说完，我们就看到了你。

可我并不认识你们。薄荷说。

男人笑，那有什么关系，你这么漂亮，如果我们一起去吃饭，他们一定会嫉妒死我的。

薄荷不笑。不，我不想去，我很感谢你让我搭车，可我只想回家。

那么，你去哪儿？司机问。

西城区。薄荷说。

天啊，不顺路。司机说，现在出去是单行道，要弯一个非常大的圈了。

你可以先把他送到他要去的地方。薄荷说，然后再掉头。

你真的不去吗？男人又问。

真的不去，谢谢。薄荷说。

沉默。

我是一个商人，做化妆品生意……你不相信？

当然我信。薄荷叹了口气，说。

我对女人的化妆品非常熟悉，能告诉我你平时用什么化妆品吗？

迪奥。薄荷说。

哦。男人说，这种我也做，的确，它在国内卖得很好，毕竟价格还在可以承受的范围内。

可以承受？薄荷冷笑，心想，为了吃饭，为了过优雅的生活，让自己的衣服和化妆品永远是品牌，于是不能被辞退，于是发生了这样的事情，因为不想被辞退，所以去向掌管人事的领导行贿。

司机像一个弱智那样吃吃笑。

这位开车的师傅也是你同学？薄荷问，好像你们很熟似的。

啊……这次聚会他不去了，他有生意要做。男人说。

司机又笑，说，是啊是啊，我要忙着做生意赚钱，我就不去了，你们去吧。

我不会害你的，尽管无商不奸，可我是个好人。男人又说。

薄荷觉得很好笑，前面坐着一个奸商，奸商做化妆品生意，赚女人们的钱，可是这个奸商说，我是个好人，我不会害你的。就笑了一笑。

男人觉得能让薄荷笑是一件很光荣的事情，又诚恳地说，如果你觉得我有任何对你不好的企图，你可以选择马上离开，你有很多选择的权力，但希望你能给我和给你自己一个机会。

薄荷又笑了一笑。

那么说定了？男人说，想从女人的脸上找到他要的表情。

薄荷微笑。薄荷对自己说，倒也有趣。

那么说定了。男人说，心满意足地坐好，不再说话了。

车停了下来，男人下车，然后为薄荷开了车门，外面还下着雨，男人的头发很快就有些湿了。薄荷坐着，还有些犹豫，男人站在车外，固执地等待着，司机一脸坏笑，仍然像一个弱智。

我怕什么？薄荷对自己说，然后拿起了手袋，下车。

欢迎光临。小姐甜极了，微微弯腰，拉开门。

薄荷迈上台阶，突然停住，回头。你叫什么名字？薄荷问。

男人看了她一眼，说，我叫高峰，你可以叫我小峰。

薄荷笑了一笑。我怕什么？薄荷对自己说。

玻璃的门已经开了，灯光很亮，薄荷吐了口气，走了进去，陌生男人走在后面，他很高大，表面看起来彬彬有礼。

餐桌前已坐着两男一女，他们看到了薄荷，男人甲的眼睛瞪得非常大，男人甲剃着平头，每一根头发都站立着，男人乙显然也很吃惊，但他很客气，他说，坐，坐。

坐吧。陌生男人高峰说，把椅子拉开。没事的。他又说。

薄荷微笑，坐了下来，旁边显然是男人甲的女朋友，眉毛纹坏了，洗过的地方红肿着，使她看起来楚楚动人。两个女人假意笑了一笑。

我们刚刚通电话，高峰还说是一个人来，怎么现在倒是两个人了，给我们一个突然袭击啊。男人甲说。

薄荷不去看他们。薄荷喝了一口水，落落大方。

高峰的表情自然极了，他坐在薄荷的旁边，并不打算回答他的同学提出的问题。

男人甲站起身，拍拍他的肩，示意他和自己一起出去。

当他们一起回来的时候，男人甲用非常怪异的目光看了薄荷一眼。

怎么了怎么了。男人乙显然更有兴趣。

哈。男人甲说，你信不信，他们是在五分钟前认识的。

哈。男人乙说，鬼才信呢。

你怎么不怕？男人甲把脸凑近薄荷，说，像个无赖。

为什么要怕。薄荷说，我觉得他看起来不像是坏人。

男人甲大笑，而那个名字叫高峰的男人则开始暧昧地看她，拿过调味瓶，温柔地问，醋？还是酱油？俨然是做了名正言顺的男朋友了。薄荷没有想法，薄荷望着大厅，灯光很亮，每一桌上都坐满了人，每一个人的头顶上都冒着热气，那些热气有些是白色的，有些是黑色的，真是奇怪极了。

你觉得奇怪吗？薄荷说，小心翼翼地扫视了一下男人甲的头顶，发现原来是抹了太多的啫喱水，所以头发可以每一根都站着。

是啊，太奇怪了，你一进来我就很奇怪，高峰从没有女朋友的，更没有提到过想要个女朋友。男人甲说，尽管我们每个人都不相信戏剧性，可我还是希望你们真的谈恋爱。

薄荷看了高峰一眼，轻轻笑了一声，薄荷既不喜欢他也不厌烦他，那是一种什么都无所谓的态度，薄荷相信如果自己爱上谁，那么一定是看到他的第一眼就感觉到了。薄荷只想着自己即将失去工作，即将从租住的地方搬出来，像所有的房东那样，每年的节日过后，房东就会提出结束合同，涨房租，房东的脸色从来都没有好看过。薄荷想到自己会像去年一样，不停地搬家，不停地搬家。薄荷皱着眉，叹了口气。

不吃醋？高峰说。

不是不是。薄荷回过神，说。

高峰还是把装了醋的碟子拿过去，叫小姐新换了个碟子。众人又笑了一回。

小林还没到，要不要打电话催他。男人乙说。

还是不要了，他女朋友脾气古怪，打电话催他，又要惹是非。男人甲说。

没事，我打好了。高峰说，拿出电话拨了过去，说了没几句，关了，说，小林正焦头烂额呢，他女朋友就是不让他出门，怕他在外面瞎玩。

一会儿工夫，那个小林来了，把女朋友也带了来，女朋友穿了一身红，新补了妆，口红的颜色还新着。三个女人假意笑了一笑。

女人一坐下就板着粉脸不说话，小林先是喝了杯啤酒，说了几句话，又站起来敬薄荷酒。

薄荷摆手，说不喝不喝，心里想，这小林一定是以为我是高峰女朋友了，只觉得这些男人古怪，什么都不过问，不像女人，什么事都喜欢问个明白。

小林也不勉强，自己喝了，又喝了杯酒，恨恨地说，要不是她临出门又要换衣服，又要补口红，也不会这么迟。

你说什么？小林女朋友大怒，跳起来。

没事没事。男人甲忙站起来，让小林女朋友坐。

你还有理，你说这是第几次了，让我在朋友面前丢脸。小林也跳起来，很有掀桌子的气势。你怎么这样？每次我有事出门，你都要问这问那，你怎么什么都要管。

薄荷看男人甲的女朋友，她不笑也不看，镇定自若地吃菜，喝饮料，好像什么事都与她无关。薄荷撑着头，忧郁地望着那两个吵架的男女，好像在看一出戏一样，只觉得烦躁。

小林女朋友瘪着嘴，慢慢地，慢慢地，从眼眶里滚下几颗眼泪来，小林看都不看她一眼，仍然气哼哼地骂骂咧咧。

薄荷忙递了纸巾过去，小林女朋友接了，没声没息地擦完眼泪，拿起背包就跑出去了。众人一愣，忙催小林出去追。

不去不去。小林往桌上一趴，又倒了满杯啤酒，喝了。

高峰，你去。男人甲说。

高峰朝着薄荷苦笑了一声，追出去。薄荷面朝玻璃门坐着，能望见门外面的动静，女人并没有要真正跑掉的意思，只在门外面就停住了，跟高峰说着话，哭得厉害起来了，才真正要走，高峰忙拉住她的手臂，她用力甩掉，很快地跑掉了。

高峰垂头丧气地回来，把手腕亮出来看，上面已经青了一大块，对小林说，原来你女朋友手劲那么大，我想抓住她，倒被她揪出这么大一块伤来。

小林假装发怒，说，你竟敢抓我女朋友的手。

没有没有。高峰解释。

你不抓她手怎么会受伤呢？小林说。众人大笑，气氛才好了些。

高峰转头看薄荷，说，小林只是脾气臭，其实他最爱他这个女朋友。

男人甲也批评小林，都是朋友，你在朋友面前摆什么架子，要什么面子，女人脸皮薄，你说那些话倒是不给她面子，让她下不了台了。

小林闷闷不乐地喝了几口酒。说，我早告诉你们不要打电话催我嘛，她在旁边听见就硬要跟我来，女人本来就难弄……

各人喝酒，不理会他。小林便找准了薄荷，絮絮叨叨地说话。

其实，我也知道她这是对我好，在乎我，怕失去我……我也知道这个女人是我所有的女朋友中最关心我的，以前我的那些女朋友从不管我去哪儿，给我最大的自由，可我总觉得她们不是真的爱我……可是，女人的疑心怎么就那么大呢，每次我都要告诉她，是和谁谁谁一起出去吃饭，可她就是不信，你说，女人的脑构造怎么就和男人不一样呢……我也不是不讲理的人，我也不乐意啊，这么大庭广众地骂她，可她自己不争气嘛，一坐下来就拿脸色给大家看，像什么话……

薄荷耐着性子听，频频点头。

这时小林的电话响，小林接了，听出那头是女朋友的声音，仍大着喉咙拿捏架子，说了几句，到门外边去听了。

吃菜嘛。高峰在旁边说，你好像很客气，几乎什么都没吃，叫你来吃饭，倒变成让你饿肚子的坏事情了。

没有啊。薄荷说，我不客气的。

那怎么吃这么少。高峰说，很自然地，挟了筷菜到薄荷碟子里。

薄荷心里一动，想，如果真有个男人在身边，陪着吃饭说话，即使像今天这样的大吵大闹，倒也不错。也只是一念之间，望望身边这个男人，只觉得不可能。

我这些同学和我一样，都是做生意的，说话做事粗俗，你别介意。高峰说。

没有，我并没有歧视你们的意思。薄荷客气。

可我总觉得你不高兴，你有心事？高峰说。

薄荷摇头，勉强笑了笑。

男人甲在旁听了，说，是啊是啊，我们做生意的，免不了是要粗俗的，我呢，是贩鱼贩肉的，小林呢，做点通讯生意，那位，男人甲指着男人乙说，除了贩卖毒品和人口不做，其他他什么都做。男人乙听了不说话，笑了一声。

薄荷只推说不信，我看你们都很有文化。薄荷说了这话，暗自笑了一声，正经着脸说，怎么不做点文化生意呢？

小林青着脸回来，把电话重重地往桌子上一拍。电话又响，也不接。男人甲一把抢过手提电话，拿在手里，说，我来接我来接。冲着电话那头尽说些好听话，男人乙也抢过电话，乱说了一气，高峰也说了几句，女人仍生着气，在电话那头哭。薄荷望着乱糟糟的局面，不断活动着的人，灯光和说话的声音，只觉得整个事件太滑稽了，没有一丁点儿的观赏性，倒变成了一台滑稽戏。

高峰显然有点喝醉了，眼睛迷乱得很，只盯着薄荷看，嘴里含含糊糊地说些蠢话。薄荷倒有些后悔，尽量避开他的眼睛。

吃饭时候，男人甲已打了电话去订了个包厢，吃了饭，一干人离了席就往下一地方赶，似乎这套程序已经操习得很熟练了。

薄荷出了门，站在风口里，只觉得天气凉极了，想着早些回去。

一起去唱歌吧。高峰在旁边说。

我不想去。薄荷说，我很感谢你，可我想回家了。

我送你。高峰说。

不用。薄荷说，伸手叫车，高峰很有些酒了，一把抓住薄荷的手，说，是我把你叫出来的，那么我一定会把你安全地送回去。

薄荷很快地把手抽出来，看了看男人充满了酒气的脸，说，那好吧。

可是，他们先过去了，我们总得跟他们打个招呼吧，不然，他们会一直等在那儿的。高峰说。薄荷迟疑了一下，也觉得有些道理，就说，也是，不过得快点。

到了唱歌的地方，薄荷只觉得不对劲，前面大堂就坐着一圈小姐，比什么地方的小姐都多，到了里间，仍然是小姐，穿的极少，走来走去，倒像是开内衣展示会。

薄荷跟着高峰进了包厢，只见都是男人，独独少了男人甲的女朋友，便问了一句，也没有人回答。一会儿，男人甲的女朋友过来，带了几个小姐来给小林看，薄荷看着小林，在那儿涎着脸横挑竖挑，好像早已经忘记了和女朋友闹的不愉快。

便想，女人怀疑男人是完全是道理的，不管他在外边是不是逢场作戏，假戏也有真做的。只觉得爱情这东西也是场骗局。

更有几个相熟的小姐，扑过来倒在怀里，越发是真做的戏了。

一会儿，挑中一个小姐，小姐新装了假睫毛，感觉有些好，一屁股坐在薄荷旁边，先是把薄荷上上下下看了一遭，认可了薄荷是打别的场子来的，瞪了一眼。薄荷只觉得好笑，心想，今天不知是怎么了，先是被人认作了女朋友，又被坐台小姐认作了同行。

高峰坐在旁边，叫了满满一桌啤酒来，又点歌唱。薄荷在旁边急，又不好拉下脸催，就对高峰低声说，我先走了，你和你朋友再玩一会儿吧。

那怎么行？高峰说，我和你一块走。

那就现在走吧，我明天还要上班呢。薄荷说。

再等会儿，五分钟，五分钟以后就走。高峰说。

薄荷耐着心等了五分钟，见他还没有走的意思，只能把他叫近了，好好说话，

这样，今天你们都开心，只叫了你走，也扫你朋友的兴，这样吧，你也叫个小姐……

我从不叫小姐的。高峰生气，一脸严肃。你以为我是那种人么？又说，而且今天你又在旁边，我更不会叫小姐了。说着手却过来揽，薄荷抑制住心里的厌恶，倾了倾身子，躲开了，心里想，喝了酒的男人虽然比清醒时迟钝，可也更难对付了。便镇静地拿了手袋，站起来就往外走，到了门外面，只看见一长溜的出租车等在那里，远处有金碧辉煌的街灯，每一盏灯都亮着，果真是繁华极了。

高峰追了出来，一把拉住薄荷，说，我知道你生气了，可你绝不是和她们一样的女人，你明白吗？你不一样，我真的是喜欢你。

薄荷望着他，平静地笑了一笑，说，可我真的要回去了。

高峰也不说话，捡了最前的一部车，拉开车门，说，我现在就送你回家。

薄荷坐上车，说，师傅，去西城区。

不，师傅，去大酒店。高峰突然说，薄荷疑惑，转过脸看他，高峰头歪在靠背上，样子似乎很疲倦，说，我喝醉了，还是你先送我回去吧。

薄荷皱眉，难道你住在大酒店？

我们在那儿有个房间，我们喝醉了酒就住到那儿去。

薄荷也疲倦得很，不想多说话，就望着窗子外面，雨早已经停了，风很大，街上没有一个人，桥下面还站着几个沿街的妓女，头发染成焦黄的颜色，戴着假首饰，她们长得丑极了。

现在这世上果真没有坐怀不乱的男子了。薄荷想，荀子说，虽有夜晚找不到住处的女子来坐在柳下惠的怀里，别人也会相信他的清白。可这个世界是多么古怪啊，昆仑奴把碗别在腰间，跑到非洲去了，花木兰是同性恋，而柳下惠一定是个阳痿。

我真的是爱上你了。醉了的人突然又活了过来，说话。

什么？薄荷说，你说什么？

我真的爱上你了。高峰说，我知道你不信，而且你怀疑我，恨我，而且想骂我流氓，可我爱你，真的。

薄荷不知道说什么好，薄荷只知道对于喝醉了酒的男人是不需要说话的，无论他是真喝醉了还是假醉。

我为什么要恨你，我既不爱你，也不恨你。薄荷说，而且我不喜欢骂男人流氓。

你一定以为我经常干这样的事情。高峰说，可是你错了，老天作证，今天我是第一次载一个陌生女人，第一次请一个陌生女人吃饭，并且爱上了她。老天作证。

我已经很久没有爱上女人了，可我看到你的第一眼，你觉得你可爱极了，我真的要爱你。

我不知道怎么才能让你知道我的心，我不知道怎么做，你才接受我，我可以发誓，我爱你，真的，我会让你过得好的，我有经济条件让你过得好，你不用再上班……

薄荷别过脸，前座的司机悄无声息地开车，好像他根本就不存在。

高峰，我们来的时候，那师傅真是你同学？薄荷突然问。

不是，我和他不认识。

可你们装得真像。

只是个玩笑罢了。

你真没有女朋友？

真没有，我们这些同学，除了小林有女朋友外，我们都没有，真的。

那个女孩呢？坐在我旁边的那个，她不也是你同学的女朋友吗？

高峰哼了一声，说，她是个小姐，卖了钟叫来陪吃饭的，你真以为她能做我同学的女朋友么？

他们装得也真像。薄荷轻轻地说。

车拐了个弯，停下了。对不起，到大酒店了。司机亮了灯，说。

你可以下去了。薄荷说，早点休息。

你能送我上去吗？我真的喝醉了，路都走不了。男人说。

不。薄荷说，现在已经在大堂门口了，你一下车，就会有人来帮你，我帮不了你什么的。

我只是想你和我单独在一个房间里待会儿，我不会碰你的，真的，也许我只会要求你和我一起躺会儿，可我决不会碰你，我向你保证。

我现在就告诉你我的回答，那不行，我很累，我只想回家，

那你陪我走走，好吗？

不，我明天要上班，我也不能陪你走走。

男人不再说话了，不下车，也不说话，只呆呆望着薄荷，像个弱智。

好吧，如果你真的爱我，就应该体谅我，我明天要上班，我不能送

你上去，也不能陪你散步，你明白吗？

我明白。男人说，对不起，还是我先送你回家吧。

司机重新发动了车，往西城区开去，司机一句话也没有多说，也许他每天都能看到不同的戏，戏有很多种结局，有些是好的，有些是不好的，可是每天都看，每天都看，就会厌倦，不觉得怪异，也不觉得悲伤。

我能问问你的具体住址吗，哦，你别误会，因为我有一种不好的感觉，我觉得你讨厌我，你不想见我，我甚至以为今天是我们第一次也是最后的一次见面，如果你不见我，我会跑到你的楼下，看一看你的灯光，然后走开，哦，我希望你不要取笑我，真的，我真的是爱你，所以我才这么蠢，我从没有这么蠢过，我都不去管生意了，我后天就要出远差，可我现在不管它了。

薄荷不想说话，薄荷觉得自己疲倦极了。

男人也很疲倦，头歪在一边，像孩子那么柔弱，天真，嘴里絮絮叨叨地说话，只有一只手，紧紧地抓住了薄荷的右手，怕她会跑了似的。

薄荷心里一动，没有再推开那只手，手便像蛇一样游动起来了，起初很清醒，很慢，很温顺，像个孩子一样，然后很快，很熟练，直奔主题。薄荷吃了一惊，薄荷很想离那只手远点，可手的后面是嘴，像块石头那样压过来，极快，而且巨大，容不得薄荷有半点犹豫，薄荷觉得自己要死了，陌生男人的舌头上长满了倒针，舌头像排针一样滚动着，急切地寻找女人的嘴唇，薄荷拼命别过脸，薄荷只觉得疼痛，心里面的疼痛。

薄荷想起了女朋友丁，薄荷突然之间想起了她。薄荷真的很想念她。

去，去酒店，男人急促地说，喘着气。

薄荷用力推那个身体，身体很重，像生活的压力，永远也逃不掉推不开。薄荷尖叫，声音很大，的确像要死了一样。车停住了，沉默。

薄荷开车门，下车，没命地往前跑，薄荷的头发散掉了，跑起来像个疯子，薄荷穿着很高的脚跟，那些鞋跟敲在街面上，像零碎的鼓声。

车在原处待了会儿，很快地就掉了头，离开了。

薄荷没跑多远，停住了，薄荷觉得疼痛越来越强烈，薄荷走了几步，来到路旁一个花园小区的绿化带里。薄荷抚摸自己的手臂，车门很锋利，它在薄荷的手臂上划了一道印子，那印子非常深，很像是被针刺过的伤痕，有颜色渗出来，像血。

薄荷蹲在一丛矮灌木里，那些叶子把她的身体都遮住了。薄荷把头埋在膝盖上，痛哭起来。

跳楼

小星十三岁了，和所有的独生子女一样，小星是家里的宝。

小星爸爸给小星买所有小星想要的东西，所以小星有自己的房间和电话，小星经常在电话里问同学作业，也有同学来电话问小星作业，问完作业再问点别什么，因为作业以后每个独生子女都是很闲得无聊的。所以每天小星的电话比小星爸爸还多。

小星还有一台上了国际互联网的电脑，是十二岁的生日礼物，小星爸爸希望小星喜欢电脑，小星爸爸一直都认为电脑与英语的关系是很紧密的，学好了电脑就等于学好了英语，当然反过来也是正确的，学好了英语也就等于学好了电脑。

可是小星对什么东西都只是淡淡的喜欢，不长久地，远距离地，小星从不对某一件事某一件物一直地着迷下去，小星对待什么都是淡淡的。电脑每天都运用着，拼写简单的字，邮箱却总空闲着，小星不浏览任何主页和网站，不写邮件出去，也没有邮件来，好像小星就是要心甘情愿地一个人待着，给她一扇门，明知道门外面有山有树，她却不要打开，坚持着固执着就不去打开。

于是很多时候小星爸爸也在心里想，小星真是一个奇怪的孩子。

小星还淡淡地喜欢王家卫的电影，即使那些电影实在看不大明白，只要里面有机械复杂的点唱机，音乐总是在应该响起来的时候就响起来，小星就会喜欢。

小星还淡淡地喜欢中央四套的节目，在阅读和视听方面小星有一些与她志同道合的朋友，她们都比较喜欢看《南方周末》，里面有个版叫“成长”，小星觉得有点意思，至于什么《少年报》《儿童报》，小星和小星的朋友们说，幼稚。

小星每天都不把书包带回家的，但是小星是个聪明的孩子，所以小星的成绩一直都不算很差，如果小星每天把书包带回家，那么小星就会考得好一些，所以小星在班里属于那种不好也不坏的孩子，老师不怎么喜欢，也不怎么不喜欢。总之，这个孩子不会给班级争光，也不会给班级丢脸，就是那么一个普普通通的孩子，老师们很少会留意这样的孩子的，就是这孩子自己，她也很少注意自己的存在有什么特殊的意义。

现在是冬天，天气很好，阳光温暖地照耀着大地。天气们越来越怪诞，冬天也像夏天一样炎热，于是所有生活在冬天里的人都有了错觉，以为了现在是夏天。

教工们坐在教工办公室里，没什么事情，就随便聊聊天。

赵教师说，你们知道吧，有个流窜杀人犯上个星期流窜到本市来了，这个杀人犯杀人的方式很特别，他在一块三夹板上钉了很多洋钉，然后一手握着车把，一手就拿着这块三夹板出来杀人了，他通常是……

钱教师敏捷地补充说，他通常是在半夜三更才出来杀人……

赵教师很隐性地白了一眼钱教师，说，我刚刚是要说他通常是骑自行车，偶尔地，他也骑摩托车，当然摩托车声响大了些，杀人的难度也就增加了……

于莉莉坐在旁边，眼睛睁得很大，于莉莉说，真是太残酷了。

于莉莉是小星的历史老师，长得很娇小。小星一直都不喜欢自己这个历史老师，小星在心里面觉得于莉莉是很虚伪的。当然小星的这种想法是不正确的，第一，学生不应该认为老师虚伪，第二，老师是绝不会虚伪的。即使老师真的虚伪……怎么可能呢？老师总是真诚的，小星对自己说，的确，老师总是真诚的。

于莉莉说，真是太残酷了。

孙教师说，我听说的版本与你们的有些差异，这位流窜犯使用的凶器应该是一根粗重的铁棒，而且他的目标也很单一，他的重点就是找那些头发很长的年轻女人，他大概是有些精神病，也许是感情方面受过一些挫折的，所以他主要就是要杀女人，而且听说他在邻市就已经杀了八个女人了……

不是八个，是九个。李教师纠正说。

于莉莉说，真是太残酷了。

最要紧的是这个杀人犯还没有被抓到。李教师说，公安部门全部都出动了，可是到现在还没有抓到。

赵教师说，这还是流窜的，过几天杀够数了就会流窜走的，前阵子有个本地的，也是个神经病，跟了整整一条街，突然就跳出来从后面扼住脖子，这种神经病抓住了也是要放了的，因为他有病啊，他杀了人，就继续关到医院里去好了。

于莉莉说，真是太残酷了。

赵教师又说，这种神经病杀人犯杀人的规律也没有的，这里杀一个，那里杀一个，男人女人，小孩老人，他是遇到什么就杀什么的，所以抓也抓不到。白天也许就西服革履的，还让座给老弱病残什么的，晚上就出去杀人。

于莉莉说，真是太残酷了。于莉莉说完，拿起课本准备去上课

课堂里吵吵闹闹一大片，于莉莉烦也被烦死了。于是于莉莉抬高嗓门，说，同学们请安静，不要再说话了。

小星这天有些兴致，小星看到了一篇报道，报道说，有个老师拿胶布封同学的嘴。还真封了还真封了。小星说。

不要再说话了。于莉莉注意地看了小星一眼，又说了一回，不要再说话了，要把你们的嘴封起来么？

你会真封？小星在心里想，生出对于莉莉的一股恨意。

但是小星不再发出任何声音了，小星想起来昨天晚上与爸爸的对话。小星说，我认为现在的教育制度有问题。

小星爸爸停止吃饭，看着小星，你说什么。

小星说，有问题，是有问题。知道三毛吗？台湾的那个，三毛被她

的老师在眼睛上画了两个黑圈，她在学校里到处走，她受到了伤害，所以她退学了，但她敏感极了，她就有点神经病，在心里面编造一个实际并没有的新世界。

小星爸爸继续看着小星，你说什么。

小星说，好了好了，没什么了，我去写作业了。

小星爸爸听着小星关门的声音，有些担忧。其实小星爸爸是个很开通的爸爸，而且也很喜欢和小星说点什么的，但这天小星爸爸的反应有些迟钝，确实，小星十三岁，可是小星说，爸爸，我认为教育制度有问题。

教室里是没有空调的，所以小星和小星的同学们再怎么是家里的宝贝，上课的时候还是一律平等地挨冷。小星告诉爸爸脚实在是冷得厉害，可是照顾小星日常生活的小星妈妈出差了，小星爸爸给小星找到了一双小星妈妈的大尺寸棉皮鞋，小星便穿着那鞋上学来了。这几天小星都拖着那鞋走路，它们一路上都发出巨大的声音。

还真封么？小星埋着头，又嘀咕了一句。

莫小星同学，请你出去。于莉莉说，你再说话，会影响其他同学听课的。

小星站起来，往外面走。两只鞋像在恨恨地抱怨，拖着长长铁镣铐似的，发出了铿锵的很奇怪的声音，那些声音果真是很奇怪的。

于莉莉气得脸色发青，你在我面前闹情绪么？于莉莉说，你回来，重新再走一遍。

小星哀怨地望了于莉莉一眼，沉重地转过身，往回走，鞋还是原先的鞋，于是它们还是恨恨地抱怨，还是发出了铿锵的很奇怪的声音。

于莉莉冷着脸，却说，同学们，你们看她走路的样子像不像一只唐老鸭？！满教室都笑起来了，笑声嘹亮。小星看那些脸，那些脸没心没肝地笑着，像一朵朵腐烂了的小花。

小星只觉得有血涌到头顶上来，越来越浓烈。

连路都走不好，干脆去跳楼吧。于莉莉又说。

你怎么能这样？小星突然说，小星说完，自己倒吃了一惊。

什么？于莉莉气急，你说什么？你这样跟老师说话么？

小星不说话，小星马上把头埋下去，小星的脸涨得通红，心也在扑扑地跳。小星对自己说，我怎么了？我怎么这样跟老师说话了？我怎么了？

你回家去吧，别上课了。于莉莉叹了口气，把书本重重地往讲台上一掼，说。

小星一句话也说不出来，小星沉默着，一颗心悬空着，很高很高。小星指望于莉莉能够回心转意，像往常那样，生过气发过火，然后就好了。小星又偷偷望了于莉莉一眼，于莉莉没有丝毫商量余地的，仍在原处对峙着，很娇小的一具身体，站在小星面前却像一座山一样，压得小星喘不过气来。

小星心里什么也没有了，希望，失望，绝望，什么都没有了，小星的脑子里一片白，什么也没有想，什么也不敢想。小星开始动，慢慢地，小心翼翼地，到自己的座位，收拾书包，把书本一本一本地放进书包，笔盒里乱七八糟的，盖都盖不上，有笔滚下课桌去了，滚得很远，没有人俯身去拾，小星也不去拾，那笔又滚了一滚，到角落里去了。

于莉莉一直冷眼旁观着。你以为这是什么地方，想来就来想走就走么？你把书包放下，让你家长写了退学申请再来。于莉莉又说。

小星忽然就有了一种冲动，小星想喊出来，可是什么也喊不出来，小星想说些什么，可是什么也说不出来，小星不想爸爸干预这些事情的，小星一想到要让爸爸知道，小星心里着急极了，小星忽然就有了一种冲动，小星很快地到了走廊上，也不知道怎么的小星就到了走廊上，鞋的声音小星自己已经听不到了，小星的脑子里乱了，小星只有一个念头，太阳多好啊，太阳多好啊。小星望得见太阳，太阳的光芒很柔和，像充满了爱的手。小星还望得见楼下的风景，只三楼，并不太高，操场空空荡荡的，连上体育课的学生也没有，静静的树，静静地站着，静静地对望着，太阳温暖地照着，光线到了地上，却淡了，变成了不干净的痕迹，像凝固了的液体，不动，却流淌着。

小星的身体已经跨过栏杆上了，小星不知道自己应该想什么好，小星只是反反复复地想，太阳多好啊太阳多好啊太阳多好啊太阳多好啊。

小星有些眩晕，在高处，每个人都有些眩晕。小星又回头望了于莉莉一眼，小星是个孩子，于是小星是很怯懦的，小星害怕，真的。

于莉莉脸上没有任何表情，你跳啊，你倒是给我跳啊。于莉莉的心里充满了焦灼，一种烦躁，一种恶的烦躁包围了她，铺天盖地。

小星看着于莉莉的嘴，于莉莉的嘴唇很干燥，有些皮起着皱。

你还真敢跳么？于莉莉又说。当然于莉莉还有话要说。

小星就跳了。小星飞起来的时候就一只瘦骨伶仃的小鸟，却很重，迅速地坠下去了。

于莉莉发了会儿呆，楼下面已经乱成一团了，于莉莉继续发着呆。

有点火

肖雅上公共汽车，车厢上画着一只广告兔子，兔子说，191 ，192，呼我，肖雅就笑了一笑，在心里想，有谁的传呼是 191 呢，倒是可以呼他一下。

肖雅长得很高，双层车又很矮，肖雅想着兔子和传呼机的时候，把头撞在了车顶上，车顶板是空心的，发出了清脆的声音，车厢里就有很多眼睛望过来，望过来之后就是持续不断地望着。肖雅开始烦躁，觉得这一天真是不顺利。

肖雅站在车厢中央，微倾着身，双手环在胸前，每天肖雅都尽量避免和很多人身体接触，可是每天下班的时候都有很多人挤公共汽车，而且民工们会把铁铲锯子什么的也带上车，那真是非常好看的一幅图像，先生和小姐们，淡淡的香水味道，贴在一起，民工和阿姨们，淡淡的体臭，也贴在一起，一整节车厢就变成一卷康师傅苏打夹心饼干，三层苏打，两层夹心，一层过去，又是一层，一层又一层，可是即使他们都搅和在一起，他们也截然不同。唯一相同的就是他们都很疲倦，人疲倦时的表情是惊人的相似的，就是猴子也一样，当然猴子的表情要单纯得多。

肖雅习惯于在公共汽车里想一些事情，肖雅想的问题通常就是，每个人都在奋斗，而奋斗的目标就是为了要一张床睡觉，拼了命地奋斗和不拼命地奋斗，结果都是为了要一张床睡觉，那么为什么还要去拼了命地奋斗呢，难道晚上可以去睡几百张床吗？肖雅想来想去，最后对自己解释说，民工们是要去睡木板床的，而自己是要去睡水床的，床的质量非常不同是因为奋斗的质量非常不同，于是拼命奋斗是必要的。

肖雅在疲倦和胡思乱想中昏昏欲睡，可是她仍然感觉到右边有东西在动，而且动静非常大，于是肖雅往右边看，就看见了一只手，正伸在自己的挎包里。那只手很镇静，不慌不忙，而且挑来捡去，肖雅以为自己有了幻觉，就眨了一下眼，眨过之后，那只手还在包里面，肖雅就有些慌张。肖雅很想叫出声音来，可是不知道为什么，什么声音也发不出来，她只是在紧张，越来越紧张，并且全身都快要动起来了，可她仍然什么也没有干，就像在梦里被杀一样，总要逃跑，可总是怎么也动不了。

手缓慢地找到了钱包，缓慢地和钱包一起游了出来，很快就要消失，肖雅终于发出了声音，你干什么？你干什么？！你干什么？！！肖雅很混乱，不知道除了说你干什么之外还要说些其他什么，于是她不得不一再地重复，你干什么，干什么，什么……她的声音变得很异样，尖细，颤抖，并且一声比一声高，最后近似于惊叫。与此同时，她终于抓住了那只手，手冰凉，像冻僵了的蛇，肖雅大吃一惊，肖雅从没有用这种方式去触摸别人的手，肖雅从来都很害怕触摸自己身体以外的任何东西，肖雅想也许大多数的其他人血都是冷的，于是他们的皮肉也是冷的，那么触摸到太冷的东西就会感觉不好，就会大吃一惊。果真是这样。肖雅很想立刻就放开那条蛇，找一个角落，去呕吐。

马上就有很多人围过来看，这样的事情是经常发生着的，因为现在的小偷都很镇静，技术就不那么重要了。肖雅曾经见过一个非常没有技术的孩子，他跟在一个老太太后面，他贴得很近，几乎一直都是在贴着那个老太太走路，可是直跟到商厦的大门口，他还没有得手，直到商厦里的每一个人都觉得异常，他们都停留下来，站在旁边指指点点，他才放弃目标，逃掉。而所有的目标都很愚笨，他们什么也感觉不到。

现在的状况是肖雅亲自抓住了小偷，小偷没什么特点，脸不怎么凶狠，穿戴也不怎么破烂，但是面孔很清楚，就是那种无论如何被他偷过一次而且抓住了他都会记得的那种面孔。

肖雅放了手，小偷也不趁机跑掉，而是很认罪的样子，垂着手，站在那里，他的普通话说得很好，他说，你不要送我进去，因为我会不认账的，因为我身上已经没有你的钱包了，你的钱包已经在别的地方了。肖雅看了他一眼，把手提电话拿出来拔 110，接线小姐温柔极了，声音像寻呼台，肖雅一时间有了错觉，以为什么都没有发生，小偷，自己的钱包，捉住小偷的手，什么也没有发生，自己在打传呼，给一个朋友，就这样。

小偷看着肖雅打完电话，他仍然很镇静，他又重复了一遍他说过的话，你不要送我进去，因为我会不认账的，因为我身上已经没有你的钱包了，你的钱包已经在别的地方了。

肖雅和小偷一起下车，有一些热心的观众也下了车，因为大家都在使用月票，所以大家是不用重复购买车票的。他们很热心，他们对肖雅说，虽然你是一个看起来没有什么力气的小姐，但你是不用担心的，因为我们都会陪着你一起在这里等 110，而且我们可以作证，他的确是偷了你的钱包。

肖雅不想说谢谢，因为这么多人围着看，她的头很疼。肖雅一直在看着小偷，他的脸色很好，红润，健康，有丰富的光泽，现在他就像一摊稀泥，摆出了任由处置的样子，嘴角却往上翘，而且眼白很多，似乎又有一种傲慢的意思，肖雅觉得傲慢的小偷的确是有点难弄，可是肖雅一点儿也不仇恨他，真的，肖雅想目前最好的方式就是不要再让他傲慢了，那是一定要 110 来了以后才能办到的事情。

倒是观众们都很高兴，虽然大家都很累，但这样的事情毕竟也不是每天都能看到的，于是观众们开始评论，观众甲说，真是高兴，有一次我发现我的裤兜被掏了，但我一直都是把钱揣在裤腰里的，小偷什么也没有偷到，真是高兴。观众乙说，这算什么，我在裤兜里放着一卷卫生纸，还有我写的一张小纸条，乙说完，独个儿呵呵笑了一通，甲不理他，并且白了他一眼。

观众丙说，红梅公园的后门口也有很多小偷，都是一点点大的小孩，上来就抢你的包，什么也不怕的。

观众丁在旁边附和，是啊是啊，那些孩子都笑嘻嘻地，要是被你逮住了，就笑嘻嘻地把东西还给你，好像什么也没有发生。

旁边就有很多观众饶有兴趣地听，听完之后大家叹气，纷纷在心里想，红梅公园的后门口果真是一个凶险的地方啊。

这时站在肖雅身后的观众戊靠近肖雅，观众戊是一个看起来经历了很多风霜的男人，他的声音很低沉，但是富有经验，他是这么说的，最好还是不要报警，因为你只会什么都得不到。

肖雅看了戊一眼，戊马上就把头低下去了，肖雅只看到戊的头发，里面有很多头皮屑，夹杂在头发里面，像夜晚的星星。肖雅马上就怀疑到他们是一伙的。肖雅在心里想也许钱包就是转手到了他那里，那么现在应该稳住他，等110来了以后，再突然提出来把他也一同带走。

傲慢的小偷又开口说话，这句话他一定是每天每天都说，所以他从不说错一个字。你不要送我进去，因为我会不认账的，因为我身上已经没有你的钱包了，你的钱包已经在别的地方了。

肖雅觉得再这样下去自己一定会眩晕，于是她安慰自己说，唯一的方法就是什么也不管，什么也不听，只管等警察来，一切都只等警察来再说。

傲慢的小偷又说，你抓着我确实是没有用的，因为我有搭子，我们当然是不可能单独出来做的，你的钱包我一到手就转到搭子那里去了，你可以跟我去取回你的钱包，只要你不送我去派出所，这样好吧。

观众们就发生了分歧，有的观众说，不要相信他，应该一如既往把他扭送到派出所里去，有的观众说，也许跟他去拿才是一个好方法。

傲慢的小偷得到了鼓舞，声音大起来了，说，你应该相信我，没错的。不然这样，我先把钱赔给你。小偷说完，从兜里掏，掏半天，掏出几十块钱来，说，我身上只有这点，先赔给你。

钱不重要。肖雅说，只是钱包里面有我的身份证，那才是最重要的。

肖雅说完，又望了小偷一眼，小偷的脸色仍然很红润，110仍然不来。等待110变成了一件令人紧张的事情，在警察出现之前，肖雅确实不知道把小偷怎么处置，他站在那儿，很百无聊赖的样子，可是又不能揍他。肖雅对自己说，现在我倒是有点火了，可是我不能怎么样，因为我怕事，所以我只能等在这儿，等着被处理。

天色很快就暗下来了，几分钟之内，完全就变成了黑夜，肖雅看天，情绪越来越坏。观众们也有些不耐烦，有一部分已经偷偷地走掉了，另一部分给了自己最后五分钟，如果110五分钟之内还不来，那么我们就走，他们说。还有一部分非常坚决，不看到结果，我们坚持不走，他们说，如果太累的话，我们就蹲下来好了，总之我们不会轻易放弃的，他们说。

肖雅还是站着，越来越累，越来越后悔，只希望事情能早点结束，她望着小偷，在心里想，你倒是跑掉算了，你为什么不跑掉，你现在就可以跑，跑得飞快，我一定追不上你，你为什么不跑，跑吧跑吧，干脆跑掉算了。可小偷只是换了条腿站着，甚至连站立的位置都没有做太大的移动。小偷换过腿后又说，你抓着我确实是没有用的因为我有搭子我们当然是不可能单独出来做的你的钱包我一到手就转到搭子那里去了你可以跟我去取回你的钱包只要你不送我去派出所这样好吧。他仍然说话很快，仍然一个字都不说错，说话的同时他左顾右盼，完全像没脑子一样，好像自己是个局外人，一切都和他没有什么关系，说完，他换了口气，准备再说第三遍。

肖雅马上就说，我同意。小偷倒吃了一惊，眼珠子有些滞，在原处发呆。

热心的一部分观众马上站起来说，我们陪你一起去，你不必害怕。肖雅看他们殷切的脸，觉得他们都很像小偷的同伙，越看下去就越觉得他们像，周身马上就有了一种恐惧的感觉，好像身在一个贼窝里，到处都是他们的人。

正犹豫着，小偷倒活跃起来了，哦哦地叫。

肖雅顺着他的眼神往远处看，看见一群奇形怪状的人正往这边走，领头的是个黑脸女人，看第一眼她的确是个女人，可再看第二眼，她又不像个女人，肖雅看了无数眼，对自己解释说，她确实是一个女人，只是看起来不太像罢了。

黑脸女人风范很好，缓慢地走近，哦哦地应小偷的招呼，她的手下们忙碌地给她辟出来一条小道走，黑脸女人径直往肖雅这边来，肩膀有些肥，直往肖雅身上靠，肖雅不觉得这一切有什么奇怪，因为这一天已经什么都发生了，110的接线像寻呼台的小姐，声音又糯又甜，小偷像一个轻度的精神病那样熟练台词，现在又出现了一个非男非女，什么都是不奇怪的，肖雅只以为自己在打光盘游戏，什么都可能发生，妖怪们长得稀奇古怪，招式和道具到处都是，主角死去了还会复生。

怎么了怎么了？黑脸女人问话。

应该的嘛。黑脸女人说，你应该跟他去拿嘛。

有好处的。黑脸女人说，相信我。

报什么警？黑脸女人说，没意思的。

肖雅和肖雅的观众们一句话都没有说。观众们都有一种拎不清就不要拎的清醒头脑，而肖雅是因为心情好起来了，她开始微笑，望着黑脸女人。

这样吧。黑脸女人说，我理解你的心情，你一定怕我骗你。

我把我的呼机押在你这儿，你拿到了身份证再把呼机还我。黑脸女人说，你现在就跟他去，我在这儿等你，我是绝对相信你的。

黑脸女人说完，把寻呼机从裤腰里拽出来，往肖雅手里塞。

一个实在憋不住的观众缩在人群中间小声地插嘴，小姐你要仔细看看寻呼机是不是假的。

黑脸女人生气极了，一把抢过寻呼机，你们不相信我吗？我好心帮帮忙，你们倒不相信我。

其实我又不认识你们，我只是做做好事情，倒被你们怀疑。黑脸女人又补充说，好人没好报。说罢，站在旁边冷笑，肖雅看看黑脸女人，看看身边的观众，只觉得大家都在演一出戏。

正演着，附近派出所的摩托车倒先到了，很威武的两辆偏三轮，坐着两个高大的民警，蓝白警标，警灯鲜红，从派出所出来就开始发光，发出声音。黑脸女人和她的手下马上就消失了。

肖雅镇静着，把情况大致说了。警察之一就说，通常这么处理也是好的，你跟他过去拿。警察之二就说，或者这样，我们一起去拿，你是不用担心的，因为我们会去换便衣，这样的话，我们就可以把他们全部都逮住。

傲慢的小偷没有说话，也许是他懒得说话，在肖雅和警察的对话间隙他抠了会儿鼻孔，打了无数个哈欠。他都没有看那两个便衣警察一眼。

肖雅的情绪与小偷很类似，她望着警察，觉得他们似乎是假的，即使不是假的，也很弱智。

很快地，110的车也来了，肖雅只觉得一切都从110来了之后开始真正地混乱，派出所的三轮摩托车，热心的观众们，肖雅都不去管他们了，只盯着小偷，看他上了警车才放心，也有隐隐约约的预感，只觉得这件事情是不会有什么进展的了。

肖雅赶上了末班车，肖雅得到了一个座位，当然那是很少见的事情，公共汽车永远都很满，每一个座位都没有空。肖雅坐着，往右边看，就看见一辆漂亮的白本田，车里的男人在打电话，肖雅很快就把头扭到另一边去了，当然车里的人不会望旁边的公交车，即使他望了，他也什么都看不见，可肖雅执意要把头转过去，肖雅说不出为什么要这么做，肖雅有些紧张。今天果真是什么事情都集中在一起发生了，接下来还会发生些什么呢？肖雅在心里想。等待红灯的时候很长，肖雅不自觉地又把头转回去看车里的男人，他仍然在打电话，肖雅想起来了，他的呼机倒是 191 台的，很吉祥的一个号码。

可我明天还一样要挤公共汽车，肖雅对自己说，什么都没有改变，我还得坐公共汽车，因为奋斗的质量是非常不同的。

肖雅等了几天，派出所那里一直没有什么回音，就打电话去问，电话那边态度倒是很好，和颜悦色地解释了一番：那个小偷被狠狠揍了一顿啦，可他死活都不认账，现场又没有什么证据，所以怎么着也没有用，小姐您的钱包是再也不回来了。

肖雅叹了口气，想着接下来就是去日报登遗失启事，然后又是跑派出所，花费十三元人民币拍免冠小照，争取一张临时身份证。肖雅一直在想那个观众戊，肖雅只愿意去相信他有过相同的经历，于是心里就好过起来，这样的事情也许每天都在发生着，那就好了，大家都一样。

林先生和房子

一到黄梅季，大华弄就淹掉了。

每年的防汛防涝新闻都要提到大华弄，全城人也都知道，一下雨，大华弄就会淹掉。

大华弄是兰陵城最后的一条老弄堂，早先家家书香门第，弄堂中央还有一条河，碧清的水，柳色青青。江北的船开过来，船上人上岸走走，春光明媚，令人沉醉，就移民来了。河填掉了，多出了地皮盖房子，大华弄就不全是书香门第了。即使没有新移民，大华弄也不会一直书香门第下去，时代都不同了，哪里还有什么书香门第。

如今的大华弄处处危房陋房，小弄堂纵横交错，多数不通，尽头也是人家，院里种的一式一样的茉莉玉兰小月季，门牌号码都没有。外头的人常常在大华弄迷路，找不到方向。

一下雨，雨大些，整个大华弄就淹在水里面了，有关部门就要派出三轮车，装好方便面矿泉水蹚水过来，报纸电视台也过来拍，一式一样的报道。

大华弄虽然地势低，位置倒好，市中心，一出去就是市政府，市民广场，江南商城。只是这条老弄堂实在是太老了，好像一个破衣烂裳的穷苦女人，总要混在穿金戴银的名媛群里，不合宜，不和谐。而且动不动就被水淹了。

林家是个例外。林家地基打得高，水再高，就是大前年的那次特大洪涝，大华弄几乎家家户户都进了水，那水也只漫到林家的门槛下面，再也不往上面涨了。隔壁吴家在旁边毒毒地看，眼珠子都妒得发绿了，林先生也不理会，心底里暗自高兴，还是当年翻房子打的底好，有远见。

吴家进了水，簸箕铲勺子舀都没用，一觉醒来，床腿都浸在水里面，脚一伸去，鞋都不见了，踩了一脚的黄泥水。水下去了以后，吴家就在门口筑了一道十分高的门槛，工程很有些浩大，又是拌水泥，又是砌红砖，过后水倒再也没有来过，只是坚硬的高门槛绊倒了自家人好几回，只好再把水泥门槛敲掉了。

吴家和林家是对头，梁子结了好几年了。林先生结婚那年，天天在外面跑，跑得胡茬拉杂，跑全了建筑材料翻房手续回来，隔壁邻舍都打过了招呼，要把林老先生传下来的老房子推了翻盖一座新式楼房，吴家脸色不好，林先生来打招呼倒也客客气气地应了。林先生正要动工，吴家跳了出来，死活不让盖。林先生差点没气昏过去，工人已经坐在地盘等着，拖多一天就多一天的损失，连夜找了中人去吴家谈判，赔付了一笔钱才算放过门。

盖了没两天，居委会主任王婆走过来说检查团要来查卫生，上头都有文件的，你们黄沙砖头建筑垃圾都堆在外面，查卫生要是查到我们这个居委会不及格这个责任你负得起吗？！硬是让林先生每天早上把砖头搬回房间里去，晚上才搬出来，这么搬了两个多星期。家里只有林先生林太太一对年轻夫妻，也没什么办法，两个人每天上下班前后就忙进忙去搬砖头，林太太长得娇小，搬砖头搬得背弓了，像只小虾米，林先生心疼老婆，一个大男人，差一点掉眼泪。

房盖到一半，吴家又跳出来不让盖了，理由是你们家房高了我们家可就太阳也照不着了。林先生已经被房子的事弄得人不像人鬼不像鬼，没有多烦，阁楼草草结了个束，半年不到，一下雨，屋顶就成了个蓄水池，漏得不成样子，林先生又找人来修，前前后后忙了四五回。

改造大华弄的提案提了好几年了，一直没有具体落实下来，终于到了年初，政府有明确的承诺下来，今年实事办理头件大事就是改造大华弄。而且很快地，消息见报是九号，十号林先生和林太太下班回家，就发现自家墙上已经写了“拆”字，墨汁淋漓，一直淌到了墙根底下，到十一号一张薄纸就塞进门缝里来了，通知十二号有专人上门测量建筑面积使用面积，十三号就收到了正式的房屋拆迁通知，附了厚厚一份拆迁政策宣传文件。通知列明了原使用面积大于五十平米的可安置到旁边的青云小区或返回安置，未满五十平米的则一律安置到市郊新村；十天内搬出，腾出空房者奖励一千元，二十天内搬出奖励二百元，一月内搬出奖励一百元，逾期不搬者诉诸有关法律规定强制拆除。

通知一下来，林先生就大大地吃亏了，前些年大华弄一直说要拆却一直没有个准头，一直这么等着，林太太就叫苦了，老房子里当然是没有抽水马桶和垃圾房的，每天早上做的第一件事情就是拎着痰盂去倒，垃圾箱也有些远，满满一桶的垃圾端着去倒，苍蝇蚊子都围着端垃圾桶的人乱舞，大水一来，垃圾箱公共厕所里的东西都漫出来了，黄的红的臭的烂的漫到各家各户。林先生实在挨不过了就去居委会问，问了几次，王婆主任说要拆的要拆的，大概什么日子拆她可是什么都不知道的。林先生想想刚结婚那年吃的苦头，一咬牙掏钱出来，洗手间换了玛瑙浴缸，厨房安了抽油烟机，门窗全换铝合金，地板全换花岗岩。装修是件烦琐事情，日日夜夜赶进度也赶了一个多星期才好，房子装修后林先生安慰自己说，将来要拆，即使只一年就要拆，就当是我为这房子付了一天一百五的租金。

没想到装修了不到一个月就要来拆，这扔进去的钱可是一丁点儿也收不回来了，林先生懊恼不已，这苦也只能往心里面去，又说不出来。这天林先生下班，正在门口停车，王婆主任凑上来满面孔的关心，“我说要拆的吧，不是，白装修了不是？”林先生气得话都讲不出来。

测量面积那天林先生是请了假等在家里的，一早就坐在桌旁，认真阅读了一遍托人复印的《城市房屋拆迁管理的办法》，读完，从抽屉里拿了包烟放在桌子上，想想，又拿了一包出来。直到中午了，听见外面喧闹，开了门看，几个人拿着卷尺计算器正往这边来，王婆主任也一本正经地跟在后面，还有几个闲人，个个伸长着脖子张望，量到哪家就跟到哪家。轮到林先生家，林先生迎上去满脸堆笑，递烟过去，一个看去像是领头的胖子，客气地摆手，说："不抽，不抽。"又递给其他人，也一概摇头摆手："不抽，不抽。"林先生就把烟放下了，看着那几个人手脚麻利地摆开架式，一会儿工夫楼上楼下都量完了，林先生也略懂些，在旁边看着他们往纸上写数字，说："师傅，三楼的面积好像不大对吧。"胖子说："我们公事公办，你这阁楼只能算一半的面积，高度不够，差也就只差一块砖头的高度。"

林先生听了不说话，心里想当年如果不是吴家过来闹，这一块砖一定是上去了，叹了口气，事到如今，也只能这样了。

第二天通知和估价单就来了，林先生一看估价单大吃一惊，一整套房子居然只值一万块钱，铝合金门窗花岗岩地板也只折算了几百块，但是如果不折价自己拆下来又有什么用，想想一个月前投进来的四五万，真真是打了个水漂儿不见了，连个响声也没有。

估价单下面还另注了一条，对公布的面积如有异议，可在三日内提出申请复量。这天是星期天，林先生无事，也去看看，还没到地方已经人山人海，都是大华弄的邻舍，个个面孔潮红，挤在一起。林先生挤进去，小小的一间屋子，也挤满了人，墙上贴着一份市长令和一份建委关于调整城市房屋拆迁安置补助费标准的文件通知，每个人都带了纸笔，贴在墙上抄写，一字一点，生怕错过重要的内容。一个精瘦的中年男子，坐在外面的条凳上，眯着眼睛，抽着烟，林先生不去轧闹猛，也在外面站了会儿，听见有人管那精瘦男子叫主任，就在那男子的旁边站定，递了根烟过去，男子笑笑，接了，也不说话，林先生就说了：“挺忙啊。”主任又笑了一笑，说：“怎么？要复量？”林先生摆手：“不不，只是过来看看，看看。”就往远处看，仍然很多人，不厌其烦地抄写、盘问。林先生看了会儿，觉着热了，就回去了。

已经有几户拿了搬家补助和提前搬家奖励早早搬到新村房里去了，一家老小眉开眼笑，挑了黄道吉日作乔迁之喜，搬家公司的大卡车也往来得频繁，有回忆的老家具旧被褥全部扛上车去，要不是早有禁止燃放烟花爆竹的文件发下来，每天都要响好几回鞭炮。这户人家早上走，到下午拆迁办就来拆房子，几个民工在那里砰砰砰敲了一阵子，发一声喊，墙就倒了，轰起一大片陈年的土，断墙破壁地竖在那里。剩下的人走来走去就看得到残败的废墟，触目惊心，慢慢地都主动去找危积陋改造安置办公室谈话，安置到各大新村里去了。

大华弄越来越冷清了，该搬的都搬了，不搬的也只守着自己家，盯牢着别人的去向不敢乱缩乱动，各家各户都动员起来了，有熟人的去找熟人，打听到远亲在有关部门供职，也拐弯抹角地去认亲，就算是几十年不往来的小学同学也从旮里旯落里跳了出来，叙旧过后就是拆迁的具体情况。

林先生家，吴家，王婆主任家都算是钉子户，林先生有林先生的主意，其他几户是眼睛巴巴地望着林先生家。剩下的人因为面临着相同的问题，常在一起讨论，但是牵扯到分配安置又会万分小心，生怕流露了自家私下里做的手脚，气氛是越来越紧张了。路已经拆得不大好走了，原先是路的地方堆满了砖块水泥板，原先通畅的弄堂也堵住了好几条，要走出去就要绕大半个大华弄，捡垃圾卖旧货的也拖着各自的三轮车来凑热闹，一路过去满目疮痍，晚上回家，窗格家具上都落了厚厚一层白石灰。林先生看着这一切在身边发生，就像神话一样，说拆就拆了，林先生生在这儿，长在这儿，也有三十多年了，住久了就对这地方这房子有了感情，现在要搬，心里只有一种说不清道不明的情绪。

这天一大清早，王婆主任搬了一张竹靠背椅坐在自家门口，先是絮絮叨叨自言自语，见没什么人理就号啕起来："这是什么世道啊，骗我们说女儿三楼，我们老两口可以分在一楼了，现在可好，女儿分了个六楼，把我们老头老太婆分到三楼去了，我真是命苦啊命苦，苦啊苦啊。"王婆主任一把鼻涕一把眼泪。

围观的人听了冷笑："十几平米的破房子，倒要求分到青云小区，实在达不到目的了，才去了新村，要了两套房子，女儿一套四十平米的，六楼，她分在了三楼，也有四五十平米，她倒在这里哭拆迁办给她当上。"

林先生在旁边看，心底里好笑。王婆主任见围着的人多起来了，又哭："我们家没门没道，又没钱，不像有的人，晓得去走路，我们是老实人，欺负我们呐。"

林先生听得烦心，一甩手回去了。

旁边是有个青云小区，林先生特意去看过，走过去十五分钟，绿化很好，只是楼层都卖得差不多了，也没有多的房子可供选择。住房面积过五十平米的才有资格去，林先生想想，自己家是有资格的，但这大华弄的房子是父母手里传下来的家产，人总是恋旧的，一个住惯了住久了的地方怎么再忍心离开它另寻去处？大华弄将来也是造小区房，只是要在外面过渡两年，自己又没有房子过渡，过渡费和返回安置的楼面都要去和拆迁办谈，林先生想想这些事情就觉得头疼。

日子一天一天地过，许多钉子户也悄悄搬了，前夜里还见着人，第二天早上已经是人去楼空，鬼鬼祟祟招呼不打一个就走。前脚走，后脚就有贼上门来，趁着钥匙交出来了，拆迁办还没来得及拆这个空当，把那些铁的钢的撬下来锯下来，月黑风高夜扛了走。

吴家还硬着，对外宣称：连个说法都没有，就要把我们赶走了？我们大华弄虽然破烂，可是个黄金地段，他们是决不会再让你搬回来的！他们倒会要手段，过渡费没有，新小区的设计图没有，返回安置的楼层朝向不好定，只有面积能够定，超过的部分倒要先交钱，这种协议有什么好签的？你们看好了，大华弄一千多户返回安置的一半都不会有。我们就是不搬，我们就是要一个说法！

王婆主任搬了，拖了个把月，拆迁办天天来人做工作，王婆主任只是铁青着脸拿捏作态，后来却不来了，什么动静也没有，王婆主任就有些心慌了，报上也有报道说某处配合市政建设要拆迁，某钉子户对屡次通知置之若罔，其房已于某月某日被强制拆除，拆除费用还要由这家钉子户承担。王婆主任搬了。

吴家不搬，左邻右舍都搬得差不多了，吴家仍然不搬，誓与拆迁办共存亡。这天吴家女人小孩睡在楼上，男人一个人睡在楼下面，一个贼进来，打着手电明目张胆翻了半天，吴家男人才听见声音，忙从门后面抽了根棍子，赤着脚上楼去。贼是从隔壁拆了一半的旧台翻进来的，手脚麻利又从原路翻走了，第二天过来吴家仔细查对东西，发现手表被偷了，到派出所到报案，派出所说大华弄拆都拆得差不多了，这些贼都是外面来的流动人员，这案子一时半会是破不了了，吴家男人回来指天画地骂了一通。

林先生和林太太商量好了去住青云小区，林先生就去和拆迁办谈，要一套看好了的二楼的房，拆迁办却不给，说是已经订出去了，交涉了一通，拆迁办就火了："你们大华弄的工作最难做，个个削尖了脑袋要好房，都是不讲理的。"林先生心平气和："我是最讲理了，要什么房子不是我的权利吗，我打听过了，那套房空了一两年了，多大的领导干部是可以订住套房一直空着的？我家也够条件，国家政策都允许，你们不给是你们的不对。"拆迁办就诉苦："都来问我们要好房子，我们没有那么大的权力啊，那套房确实就是不能给你。"

林先生最后要了四楼的房，按一平米三千的公差价，又贴了好几万块钱，楼层不讨巧，却要补楼层费，然后就是装修，拆迁办催着搬，急匆匆搬了出来，又没有地方过渡，新房草草装修了事，钱是花了不少，总算是住进去了。林先生松了口气。

青云小区的物业管理却一直没能跟上，一条中央大道两头通，由着重型卡车开来开去，黑灰满天飞。林先生这幢楼的旁边又是街道开办的卡拉 OK，夜夜唱不停，只有楼下面的一个小花园算是好的了，种了几棵枫树桂树，还有海棠花，鲜红的一片，站在窗口望下去，倒也赏心悦目。

这天林先生正站在窗口，一个老太太，挎了个竹篮摸到园子里，先是若无其事草地上走走，左顾右盼没什么人，就掏出把小锄头，飞快地挖了海棠花放进篮子里去，挖的时候很是心急，弄得一地枝叶，林先生吃惊，看那张脸，是一张大华弄的熟面孔。林先生第一次为着大华弄感到了羞愧。

其实大华弄的邻舍们都是不见了，也找不到了，林先生后来听闻，王婆主任在新地方没有争取到居委会的职务，很是忧愁，只好时常回来，走走看看，追忆过往。吴家后来怎么样了，没有人知道。

林先生一直想要回大华弄去看看，却一直没能去成，大概也是怕见了心里难过，林先生就一直没有去，直到大华弄围了一圈墙开始造新小区了，林先生才回去了一次，空旷的一片地，也分不清楚哪儿是哪儿，估摸着自家房子的一片平地上停着一辆大卡车，一点老房子的痕迹都没有了。

罗拉的自行车

现在·壹

罗拉还在家乡的前男友突然给罗拉发了一条短信。

我想见你，前男友是这么说的。

可是我不想见你，罗拉是这么答的。

话是这么说，罗拉还是回去了。她本来就要回家，反正美国也呆不下去了。但她也没有准备一直待在家乡，家乡太小了，跟苏格兰似的，在布鲁克林结过婚的事儿都会成为一个把柄。但要不是这么一个可笑的威胁，就差一点动了留在家乡的心，永远待在苏格兰了。

罗拉回家的时候是冬天。她曾经最害怕家乡的冬天，冷到骨头缝里的冷，想一想全身的骨头都会变绿。可是她在冬天回了家。

十六个小时的飞机，足够她把往事再想个好几遍。跟前男友的分手是在 16 岁，是的 16 岁，初恋，多数女孩还没有开始恋爱。

初恋没谈好，这一辈子都谈不好了。

过去·壹

这场没谈好的初恋发生在罗拉高一的暑假，开始结束两个月。下一年的暑假，罗拉找了一份暑假工，新张的电台传呼台。那两个月，才是真正的结束。

很久以后了，罗拉在飞机上撞见传呼台的经理，也算是她的前老板，倒是友好地打了一个招呼，但是回到座位，罗拉的心里面还是有些翻滚。罗拉记得清楚，是因为搭的东航的飞机，空服送餐的时候一盒热饭翻上了她的裙子，要不是空服还笑嘻嘻地把饭捞了起来，抱歉都忘了说，要不是她忍着气去洗手间清理，她也撞不见她的前老板，办登机牌的时候没看到，安检的时候没看到，登机的时候也没看到，罗拉一身热汤热水走去洗手间，互相看到了。

前老板让罗拉想到了海伦，海伦的脸，罗拉是永远忘不掉的。17岁，见工第一天，第一张脸，闪粉嘴唇，紧身裙，恨天高，就是海伦，电台传呼台的值班经理海伦。海伦那年24岁，同事们都说海伦姐姐又凶又古怪，所以24岁还没有男朋友，约会都没有一个。

罗拉的这个散工更是打得散，经常就是靠住窗台往楼下看。同事们背地里也说罗拉神经病，一个学生，暑假不出去玩，跑到传呼台来抢饭碗。

海伦在机房里喊，罗拉！罗拉！罗拉回头看了一眼，海伦叉着腰，怒气冲冲的脸，不像24岁，倒像42岁。罗拉记得很清楚，她在那个瞬间心里面就是这么想的，好老啊，应该叫海伦婆婆才对。

罗拉！罗拉！海伦喊，快回电话房接电话！罗拉又望了一眼楼下，没有一个人，空荡荡的大广场。

同事中间一个叫飞飞的女孩除下耳机站了起来，走到罗拉旁边。罗拉看着她，她冲罗拉使了个眼色，也往楼下看，突然大叫，哇！都来看啊！

所有的女孩都放下了手中的电话，涌向窗台。罗拉被挤到一边，只好笑了一声。

看什么看！海伦姐姐从机房里跳了出来，客户打不进电话，投诉到老板那儿，你们都得滚蛋！

女孩们一哄而散，灰头土脸回电话房接电话。

海伦姐姐用力砸上了机房的玻璃门，大声说，一个个把头伸到窗子外面，要被下面电台的人看见，还不是要说我们传呼台的人没教养！

罗拉打开电脑，戴上耳机，接了一个电话。看了一眼对面的飞飞，飞飞也戴上了耳机，可是电脑都没有开，只顾把玩手指上的戒指，十根手指，十个戒指。罗拉知道一点飞飞，技校都没上完就在大街上玩，家里做生意，顾不上她，她玩这玩那玩到传呼台，只是为了玩。

下午四点是夜班上工的时间，一个叫小兰的女孩，总是三点半就来了，这提早了的半个小时，没有人愿意的，又没有什么好处，小兰就是愿意，自愿。罗拉也知道一点小兰，农村的，做了一年，仍是试用期的工资。罗拉听到同事们私下里讨论说大经理嫌她土，声音不好，不大想要，但她又肯做，只好先留下来，不说要，也不说不要。这个小兰却更进取，次次提早半个小时来上工，放了工也不走，到处找活干。有同事不想做夜班，或者要出去玩都找小兰顶班，过后也没有要还的意思，她也不抱怨，再有人说要换班，还是高高兴兴地去，大家都当她是傻的，随便使唤。

小兰！去打水啊！飞飞从电脑后面探出了头，声音很大，热水瓶里一滴水都没有了！

小兰应着声，换鞋，拿了水瓶，正要下楼，被罗拉拦住了。

小兰姐，我去吧。罗拉是这么说的。

我去我去，小兰慌张地说。

没事，我去就好，罗拉说。从小兰手里接过热水瓶，下楼。

罗拉经常会去抢这个打水的差事，女孩们当然趁着她下了楼就开始八卦，这个罗拉，看上去家里也是有钱的，做什么不好，偏偏跑到我们台来做又苦又累的传呼小姐。

上个星期面试罗拉的经理吕贝卡已经走了，吕贝卡是广东人，家里还有一双儿女，都扔下了，跑出来干事业。吕贝卡强势，财务人事都攥在手心里不放，大经理不喜欢她，女孩们更是看都不敢多看她一眼。

第二个星期就轮到罗拉夜班，凌晨两点了吕贝卡还坐在机房里不走。罗拉接着零零碎碎的电话，一转头，吕贝卡经理正坐在机房的转椅上盯着自己看，真是吓了一跳。机房的门做得透明，也是为着监管方便。吕贝卡这时候就说了，自己那个大孩子，倒与罗拉有几分相似的。说着，还从眼镜片后面滚下了几颗眼泪。罗拉也不知道说什么好，只好沉默，回转身，继续工作。

第二天早晨吕贝卡上班，又是板着脸，谁都欠了她钱的样子，入到机房，把海伦叫去教训，好像什么都没有发生过，罗拉也只字不提前夜的事，收拾了一下，下班。

第三天来上日班，却听到吕贝卡已经走了的消息。

说是大经理又带了人来找吕贝卡的事，这次就吵了出来，吕贝卡再也受不住，坐在机房里哭，一边哭一边反复喊一句，欺负我女人。女孩们都不敢说话，各自上各自的工，大气都不敢喘一个。吕贝卡坐到傍晚就写了离职信，一大串钥匙装在一个信封里面，交了出来。临走，又去到电话房跟每一个女孩说告别的话，大家都表现得冷淡，没有人愿意搭理她。吕贝卡走了。

罗拉后来一直在想吕贝卡最后的那句话，欺负我女人。他们欺负她一个女人？他们欺负她这个女人？他们欺负她是因为她是一个女人？

吕贝卡走了以后，大经理就来了。大经理经常把人叫去机房约谈，谈着谈着就有点高兴，一高兴就看手相，看手相就得握住小手，手一时也抽不回去，只好给他看，有的女孩还真的爱上了看手相，还有利用职务之便发个暧昧信息什么的，大经理再笑嘻嘻赶到电话房来，一个个追问是谁发的。

现在·贰

罗拉刚到家，电台的电话就跟来了。

罗拉女士终于回到家乡，必须要做个访问的啊，电台的通联记者是这么说的。

没问题。罗拉说，更何况电台也是我的老东家。

是吗是吗。记者说，那就更有的谈了。

文案发我信箱吧，我准备一下，罗拉说。

下午文案就跟过来了。到底年轻人，做事有效率，罗拉想着，打开文档，片头，第一首配曲排的是杨千嬅《不回昨天》。

过去的过去·贰

高一暑期，罗拉找的是经济广播电台的暑期工，一档午间节目，一档六点节目，周日休息。电台付的是稿费，钱不多，罗拉当是社会实践，挣经验，罗拉有的就是时间。

接住罗拉节目档的同事叫唐，做的一档讲笑话节目，智力问答，脑筋急转弯，恭喜这位听众朋友，小小礼品赠送。罗拉不评价，都是工作。

这天罗拉下了节目，直播间外面跟唐点了个头，正要走，唐说了一句，快去传达室取你的信，一大堆，再不去门卫老头儿又要发火了。罗拉的这两档节目，听众不少，每天都有信来。

罗拉就在传达室停了一下，前天又是取过的，仍然被门卫大爷数落了几句。罗拉不高兴地走出电台大门，差一点撞上一辆速度很快的自行车。

想要生个气的，又是说话的力气都没有了。对方好像是个男孩，也是没礼貌，一句话都没有。罗拉头都懒得抬，侧了侧身，走了。

傍晚的时候来了一个电话，罗拉慢悠悠拎起话筒。

罗拉你好。电话那头说，我是人民广播电台的陈晓，我有一档谈话节目想请你做我的嘉宾。

罗拉说谁给你的我的电话号码？

唐，陈晓说。

罗拉说哦。

罗拉第一次去人民台，其实就在经济台的楼上，罗拉四处看了一下，好像比经济台旧得多。找到陈晓的办公室，进门第一张桌子，陈晓正在写文案，一见罗拉就站了起来，比罗拉高了一头，再一笑，两个酒窝。

酒窝，罗拉是这么想的。她也只想到了这两个字，酒窝。

你还小，别穿高跟鞋，这个陈晓竟然这么说。第一句话，第一次见面。

小时工也是工啊，单位都有要求的好不好，罗拉是这么答的。心里想的却是，幸好穿高跟鞋，要不矮了一头半。

还没写完的文案，罗拉看了一页，说，没问题，上节目我再过来，先走了。

陈晓说我送你。

罗拉看了陈晓一眼。

竟然下起小雨，电台外面的路又在修，积了很多水洼，罗拉小心翼翼跳过一个又一个水洼，罗拉知道陈晓在看她，罗拉就说了一句，我很幸福。

为什么？陈晓问。罗拉没有回答。

十分钟就走到的，两个人走了二十分钟。

罗拉说我家就在这条弄堂里面，就到这儿吧。陈晓说好。罗拉往前走了一段，回头看了一眼，陈晓还站在弄堂口，罗拉只好喊了一句，再见啦。

过去·贰

铃声响了起来，罗拉按下通话键说，亲爱的。

电话那头的男人待了一下，说，小姐贵姓？

罗拉马上清醒了过来，连连说对不起。罗拉说了很多对不起，只希望他不要投诉。

对方说我不投诉你，但是想请你消夜。

罗拉松了口气，招手叫飞飞来接这个电话，飞飞欢天喜地跑了来。

罗拉替飞飞看着机房门，提防着海伦出来。罗拉的脑子里一片空白。这一句亲爱的，简直把罗拉拖到了谷底。

第二天一早飞飞就给罗拉看她手腕上的新表，说昨天那个男人特帅特有钱，第一面就带她买东西，她就要了这个表，又问罗拉后不后悔。罗拉只好笑笑。

又给几个当班的同事看，她们就说了，飞飞你不是有男朋友的吗？怎么又跟人出去？飞飞就说了，那个男朋友不行，分了。

怎么分了？

上个星期了，跟男朋友去乡下玩，走着田间小道说着悄悄话，感觉刚刚好，迎面碰上个劫匪，男朋友居然自己跑了。飞飞说，他跑，我当然也跑。

穿着高跟鞋我也跑得比他快，飞飞是这么说的。

罗拉不知道说什么好，回到电脑前工作。耳机里传来一个男人怒气冲冲的声音，传呼5656，跟他说，今晚我丈夫不在家，速来。

先生贵姓？罗拉问。

李小姐，那个男人说。

罗拉犹豫了一下，发出去了。台里的规定是，恶意信息不能发。其他情况复杂的，没有规定。

呼一下111，三缺一，限五分钟之内赶到。

阿姨，我要传呼我爸爸。号码？我不知道。

呼123，我好想你。红粉知己。

告诉我老公，再不回来，我就死给他看……别发了别发了，我老公回来了。

小姐，你贵姓啊?

喂喂。喂喂。喂喂。

呼123，你究竟有几个好妹妹? 王小姐

我要呼7654321，下班回家路过超市，要记得买囡囡的点心饼干，再买一袋糯米半斤黄酒一斤白糖，再买点熟菜，算了算了，不要买熟菜了，今天就买青头菜吧，一定要买时鲜的，你上次买的菜全都是烂了的，你又不会买菜，这次再买烂了的，下一次不要你买了……喂!喂!什么?什么?超信息了?那就再发一个新的好了。我跟你说，不要买那种看起来很水的菜……喂!喂!我烦都要烦死了，囡囡又在哭了，烦死人了啊。喂喂……

小姐，今天晚上我来接你下班好不好?小姐贵姓啊?

呼123，你再不来我要生气了。后面帮我打三个感叹号。小猫咪。

罗拉接了几十个电话，抬头望了一眼机房，偷偷关掉了话机。

想去到窗台那里看一会儿外面，一站起来就看见飞飞坐在小兰旁边，手搭着小兰的肩膀，友好地说，小兰今天的下午茶你请好不好。

小兰一脸受宠若惊，连着说，好好好。

罗拉你也来嘛。飞飞说，一起去嘛。

我不去，罗拉说。

罗拉注意到几个女孩互相使了个眼色，罗拉当是看不见。

我带了饼干，还有方便面。罗拉说，我就不出去了。

那电话都归你啦。飞飞说，我们吃个茶餐就回来，最多十五分钟。

罗拉不说话，只看着电脑，又有电话进来，罗拉接电话。等她们都出去了，叹了口气。

过去的过去・贰

罗拉打电话给唐，拜托他代放早先录播好了的卡带，交代好了，心里乱着，望着窗外发呆，也不知道做什么好。电话响，罗拉拎起话筒，陈晓的声音，中午的节目没上？是不是病了？昨天淋到雨了？

罗拉不知道答什么好，正在想，电话那边挂了。

罗拉只好放下电话，去泡了一杯茶。大夏天，泡了杯茶。

门铃响了。罗拉端着茶杯开了门，门外站着陈晓，还有一辆自行车。

你骑自行车过来的啊？罗拉说，你不要上班啊？……话没说完，陈晓抱住罗拉，21 厘米的距离，吻了下去。

罗拉手里的茶没有翻出来，陈晓的自行车却倒了下去，踢脚没有支好。

罗拉后来不追韩剧是因为编剧实在没有什么想象力。生活真是活生生的，编什么都编不过真实的人生。

陈晓这一年 18 岁，这个吻，应该也是陈晓的初吻。

高一的这个暑假，16 岁的罗拉，恋爱了，初恋。

陈晓每天早上一个电话，下了班就来找罗拉，抱抱和亲亲，亲亲和抱抱，16 岁和 18 岁，还不会别的。

反倒在台里，没有任何交集。罗拉再没有上去过陈晓的电台，陈晓也没有去过罗拉的，就是直播间，也都是分开的。

傍晚的时候罗拉会去煮一包方便面，陈晓还有夜校要上，罗拉要赶六点的节目，罗拉的父母也差不多要七点的时候才下班回家。

陈晓从后面抱住罗拉，俯着她的耳朵说，你以后怎么做我的老婆啊，连方便面都煮不好。

罗拉不高兴地甩他的手，甩不脱，抱得很紧，像一只熊抱着一只兔子。

陈晓赶忙说，等我们到了法定结婚年龄，我一定娶你，我们生好多好多小孩。

罗拉很冷静地说，怎么可能呢？罗拉和陈晓都是独生子女，第一代独生子女。然后罗拉疲倦地笑了一笑。罗拉记得很清楚，疲倦地笑了一笑。

过去·叁

锅里的水已经滚了，罗拉把方便面放了进去，正放调味包，唐过来了，望望锅里的面，又望望罗拉，说，你在传呼台玩得怎么样？

罗拉说我一次都没看到陈晓。然后罗拉把锅盖盖上，罗拉不愿意让唐看到她吃方便面。

唐很严肃地看了罗拉一眼，说，方便面吃多了会笨。

可是我接到他的电话了。罗拉说，他的呼机就在我们台。

你就是等这么一个电话吗？等到了又有什么呢？唐说，或者我的呼机也转你们台吧，让你每天都听听我的声音。

台里的姑娘们八卦，你的呼机转了来，就什么隐私都没有了，罗拉说。

那算了。唐说，反正你也不在乎我的声音。

正说着，海伦的声音，罗拉！罗拉！怒气冲冲地，整个头都伸出了窗台。

罗拉不应声，不紧不慢地捞面，对唐说，看到那个披头散发的老女人了吧，我们台的小经理，总是教训我们不注意形象，自己却总趴在窗台上大呼小叫的，倒不怕被人说没教养。

唐大笑，说，快上去吧，别和领导过意不去，不然你的日子就难过了。

没事的。罗拉说，她看起来凶恶，心不坏，说真的，也很照顾我。

唐说会好的，一切都会好起来的。

罗拉端着面上了几级楼梯，回头看了一眼唐，欲言又止。

唐站在原地，冲她挥了挥手。

你煮个方便面要这么长时间？海伦把耳机摘了下来，要不是我替你接了好多电话，真要乱成一团了！

罗拉不说什么，坐下来输入自己的密码，开始接电话。

2020，复台。电话里传来陈晓的声音。

罗拉分辨得出来每一个人的声音，只要听过一次，是天赋，也是拖累。

罗拉肯定晕眩了三秒，才镇定了下来。

请问密码？罗拉很小心地问。当然他的密码罗拉是知道的，罗拉会利用职务之便调他的信息出来看，每天都会看。

密码是LL。他说，两个L。

罗拉说您请稍等。调到那条信息，写着，亲爱的在做什么呀？上完节目早点来哦。想你。

罗拉把这一句读出来，声音怪异到自己都不认得了，心里急着紧着慌乱。

谢谢。电话那头说，请帮我回呼她，说，下了节目就来。停顿了一下，又说，想你，亲爱的。

说完了不挂，沉默。

罗拉也沉默。

那头把电话挂了，罗拉才慢慢地说，好的，您请挂机。

颤抖的手，把话线切断了。眼泪在眼眶里转，想你亲爱的几个字，在脑子里冲撞，来来回回地撞，罗拉抱住自己的头，头都要爆炸了。头痛。竟然只是头痛？难道不是失声痛哭一场才对？

飞飞小兰她们回来了，说说笑笑打打闹闹。罗拉赶紧坐正了，竟然还勉强摆出了一张微笑脸。小兰挤了过来，一个外卖盒子，推到罗拉面前，说，给你带了外卖，趁热吃。

罗拉终于哭出来，哭得怎么都止不住。

小兰就傻了，待在原地。飞飞倒大笑起来，哎哟小兰姐，你带个外卖都能把人带哭了。哄堂大笑。

罗拉胡乱擦了擦眼泪，说，我下去打水。

提着还有大半瓶热水的水瓶出了电话房，下到二楼的转角，倒撞见陈晓的主任。主任说，这不是罗拉吗？你在传呼台干什么？你不要上学的吗？

罗拉含糊地应了一声，低着头走开。

开水间站了好一会儿，眼泪擦干了再上楼，正看到飞飞抱着一束深红玫瑰花，女孩们都围着她。

我也不知道谁送的啦。飞飞神采飞扬，只知道这么一大束很贵的呢。

罗拉放下了热水瓶，说，飞飞你今天生日？

非要生日才有花啊。飞飞笑得嘲讽，有人爱就有花嘛。

罗拉脸都白了，只有坐回自己的电脑前面。飞飞马上又涎着脸坐到罗拉旁边，罗拉妹妹罗拉妹妹，我晚上有节目，要跟人调班，都转了一圈了，没人肯，小兰又不在。

罗拉说飞飞姐姐你昏头了吗，今天周末，咱俩都是夜班。

飞飞夸张地拍自己的头，是哦你也夜班，可怜哦没男朋友也没节目，不过你小小年纪不会懂谈恋爱的，你有过男朋友不？

罗拉脸又白了一倍。海伦走了过来，飞飞你给我回去接电话！也不看看大家都忙不过来了！

飞飞翻了个白眼，回自己的电脑前去了。

十点一到，女孩们个个涂脂抹粉，收拾东西下班。罗拉靠住窗台往楼下看，黑压压一片，都站在风口里等。罗拉不由笑了一声。

一过十二点，飞飞竟然把自己的电脑关了。罗拉看着她，也不便说什么。飞飞开了贮物柜，端了个小电饭锅出来，说，消夜时间到啦。

罗拉吃惊地望着飞飞。

耳机拿下来嘛。飞飞说，怕什么嘛，都没什么电话了。

罗拉拿下了耳机，但是没敢关电脑，看一眼飞飞，再看一眼电脑。

飞飞又拿出来了一小包米，说，现在开始煮粥。

在电话房煮粥？罗拉差一点跳起来。

有什么关系嘛。飞飞说，我每个夜班都要煮粥的。

海伦姐说的，就是吃饼干也要出去吃。罗拉说，电话房里面不可以出现吃的。

我爸忙生意，从来没有陪我吃过饭。飞飞自顾自地说，他给我钱啊，我从小就在外面吃饭，可是每天每天吃外面的东西我都腻了，我也不想再出去吃饭了，我自已在家淘米煮粥啊，你知道吗白粥是世界上最好吃的东西了，比什么山珍海味都好吃。

飞飞边说边往锅里放米加水，各种忙碌。罗拉不说话了。

他们说你来传呼台是为了下面电台的陈晓。飞飞插上了小饭锅的电源，突然说。

啊？罗拉心里一紧。

大家都知道。怎么？你自己不知道？飞飞大笑，说，不过我跟你讲啊，电台的男人可没一个好东西，我帮你整整他们。

说着，拎起一架直拨电话。

罗拉说飞飞别闹。

飞飞不管，熟练地拨了一串号码，电话通了，传来一个标准又机械的声音，您好人民台。飞飞捂了嘴吃吃地笑。那边喂了几声就挂掉了。

不相干的人，你整他做什么。罗拉说，跟咱们一样，值夜班已经很可怜了好不好。

无聊嘛，飞飞说。说完，又拨那个电话。

电话一通，那个声音就爆了出来，这里是派出所！再敢打你给我小心点！啪嗒一声挂了。

飞飞狂笑，你看你看这就是电台男人的素质。罗拉不笑。

电话房静悄悄，偶尔响几声，多是骚扰电话。罗拉推开了键盘，说了一句，怎么会有这么多无聊的人的？

因为到了深夜寂寞更难耐啊，飞飞说。她的铃响个不停，她也不理。

铃声又响，罗拉一按钮，一个慌慌张张的声音，飞飞是我啊，怎么还不出来？我在楼下都等疯了。罗拉让他停，然后叫飞飞过来。

飞飞跑过来抓话筒，讨厌死了嘛，人家今天出不来嘛。

罗拉就去了飞飞的电脑接电话。过了很久，他们还在煲电话，咕噜咕噜，像沸腾的水。米粥的香气也慢慢地渗出来。

晚上的电话少一点，但是凌晨三点会有一个固定的不说话的电话，经理抽查夜班情况的手段，大家都很烦这个电话，但都还要客气地应付这个电话，说完对不起请不要打恶意电话谢谢合作这一整句话才挂断。三点的电话，每个夜班都接得格外专业。不是秘密的小秘密，只有经理一个人蒙在鼓里，直以为自己的这个方法实在高明，他不说出来，永远都没有人知道。三点电话就成了这个传呼台的传统，每夜准点响起。

接过这个调查电话，罗拉吐了口气，这个晚上也许可以好好打个盹了。

电话铃又响。罗拉接电话，是个女人的声音，传呼这个，又传呼那个，打了半天消息，又说取消不发了，罗拉疲倦得不行，也只能照着吩咐做。

飞飞的电话粥终于煲完，居然精神了起来，盛了碗白粥，坐到罗拉的旁边，吃起来。

罗拉都顾不上跟她说一句话，电话又来，还是那个女的，又说要群呼，又说要制定时呼。罗拉示意飞飞去机房做这个定时呼，飞飞假装没看见，站起来，盛了第二碗粥。

罗拉无奈，挂了电话去机房，刚制完，她又打电话来，说要取消刚才那个定时呼。这么来回了好几次。

罗拉真真被折腾了一夜，直到凌晨，天快亮了，女人总算说了一句，你们这些传呼小姐以为自己年轻漂亮就了不起啊，老娘我有钱就要玩玩你们。

罗拉傻了。倒是飞飞一把抢过耳机，骂了出来，黄脸婆！

你几号！我投诉你！女人气急败坏。

我怕你啊？黄脸婆黄脸婆！飞飞也气急败坏。

罗拉赶紧伸手过去把话线切断了。算了，罗拉说。

飞飞静不下来，脸涨得通红，一起一伏的胸。罗拉只听过一起一伏这个词，真见了才知道形象，真是一起一伏。

罗拉说飞飞被男人玩你不生气，被女人玩你为什么这么生气呢？

飞飞说罗拉你这个小神经病。

过去的过去·叁

罗拉不喜欢亲来亲去，陈晓又好像太喜欢了，而且罗拉发现陈晓的眼睛总是闭着的，罗拉闭不了眼睛，罗拉总是会去看别的地方，每一个亲吻，都衬得罗拉不太专心。

而且他们也不能像别人那样约会，看电影，甚至出去吃饭，他们只好抱抱，亲吻，说说话，他们所有的娱乐就是说话，他说他的话，她说她的话。

陈晓带罗拉回家，罗拉就看到了一个小男孩的房间，书架上放着航模，窗玻璃上贴着没有晾干的邮票，床上坐着一只绒布熊。最多的是磁带，到处都是磁带。陈晓拿起一盒插进卡座，说，我每次上节目都把自己的声音录下来，你听听我的节目怎么样？按下播放键，整个房间就充满了陈晓深情的声音。

罗拉笑笑，站在书架前，书架上的书都不是罗拉看的，罗拉不由皱眉。

陈晓也不去理她，独自听着自己的声音，样子很陶醉。

罗拉随便抽了一本，星座书，一翻就翻到星座配对，双子不能和水瓶配，因为双子太花心水瓶太神经质。罗拉一怔，罗拉是水瓶，陈晓是双子。

手上的书被陈晓一把抢了过去。我可不是那种人，这上面写的东西不算数的，陈晓说。

罗拉说你上课要迟到了吧。陈晓转头看了一眼挂钟，叫起来，迟到了迟到了！饭还没吃。

说着，跑去厨房，冰箱里挖出一碗冷饭，又浇了些剩的番茄炒蛋在上面，吃得飞快，一边吃一边看时间。

你妈做的？罗拉问。

嗯。陈晓含着米饭含含糊糊地答。

好吃吗？罗拉问。

陈晓笑了一笑。

你为什么上夜大啊？罗拉问。

没文凭啊。陈晓说，台里要我考的，要不将来麻烦。

为什么不上大学？罗拉说，你家里这么安排你？先去电台上班？

陈晓没有答，埋头扒饭。

罗拉只好去看窗子外面，蓝天白云的窗外。

过去·肆

以后几次罗拉虽然也和飞飞搭班，飞飞却再也没有煮过粥。飞飞找到了新的乐趣，打骚扰电话去另一家传呼台，那家传呼台的夜班没有小姐，只有先生。每次飞飞都会惹得那些传呼先生破口大骂，飞飞满意地笑，嘶嘶的笑声，好像一条取了胜的蛇。

罗拉不知道怎么办才好，罗拉接自己的电话，看一眼飞飞的心都没有。

直到跟小兰换了个班。

第二天去，台里乱哄哄，正想问出了什么事。海伦抱了一个大衣服包从机房里出来，叫住罗拉，你先不要上班，跟我去下面洗衣店洗衣服。

罗拉把包放进自己的贮物柜，接过了海伦手里的衣服包。

果然，一出门，海伦就问，罗拉，你怎么也跟小兰换班?

我是按照台里的规定办的调班手续。罗拉说，我是调班，会还给她的。

飞飞今天早上收到了辞退信。海伦说，小兰把飞飞告了。

罗拉说啊?

飞飞捉弄一个客户，给他发了一条假信息，那客户是什么新闻部主任，正在郊县做什么报道，接到传呼就赶回来了，气得不行啊，直接跑到台里来投诉，气势汹汹的，还说要在媒体曝光。

可是他跟飞飞互相认识的，罗拉说，我听飞飞提过，他们还挺熟的。

这我就不知道了。海伦脸一板，既然认识，还熟，他至于那样吗？

再加上昨夜她的哪个男朋友不知道发什么神经，两点多了还跑过来，大门早就关掉了，他就翻墙进来，门卫都报警了。海伦又说。

罗拉说啊？

还有别的。海伦说，小兰公开投诉她一上夜班就关了电脑吃东西，还往外面打电话。我是帮不了她了这次。早上老板找她谈话，是想给她一个机会的，她喝着牛奶，谈得好好的，突然就把牛奶泼了老板一身，弄得老板的头上衣服上都是牛奶。

所以这是经理的衣服？罗拉说。

海伦说是啊，还得我拿去洗。

罗拉把衣服包交还给海伦。什么叫谈得好好的，罗拉在心里面想，要好好的，泼牛奶？罗拉是这么想的。

大家都早看不惯飞飞了，小兰带着头跟老板申诉，老板当场出了辞退信，叫飞飞走路。海伦一边走一边说。

罗拉不说什么了，跟住海伦往大门口走，竟然迎面看见陈晓骑着自行车过来，罗拉一慌，转身就跑。海伦在后面喊，罗拉！罗拉！你搞什么？！

罗拉扶住楼梯扶手喘气，正看到飞飞下楼，神采奕奕的，完全没她什么事儿的样子。

罗拉还没开口，飞飞先说了，我本来就烦了，他们不赶我走，我自己也要走。

你为什么泼经理牛奶？罗拉问。罗拉竟然问了这一句。

飞飞大笑，边笑边说，整个台里都欢天喜地的，你也高兴点嘛。说着，径直就走了。

罗拉看着飞飞戴上头盔，跨上摩托车。车发动了，直往门口冲，头也不回一个。又听到海伦的声音，飞飞！飞飞！你贮物柜的钥匙没留下来！

一会儿嘀嘀咕咕地也上楼来了。一见罗拉就说，你们全都是小孩，什么正事都干不了，尽给我添乱。

罗拉想起来一年前，还跟陈晓在一起的这个时候，这个大门口，碰到了唐，陈晓一把揽过了罗拉，说，唐，给你介绍一下，我女朋友，罗拉。罗拉靠住陈晓的肩头，笑得甜蜜。唐傻了，好一会儿工夫才反应过来，气得嚷嚷，你们俩都还是小孩，能干什么正事！你俩就给我添乱吧！

过去的过去·肆

开门的是陈晓的母亲，上上下下打量了罗拉一番，严肃地问，你找谁？

陈晓赶紧走出来，说，妈，这是我们单位同事，给我送个资料来的。

罗拉听着生气，但还是忍住了，礼貌地冲陈晓的母亲微笑了一下，说了声，阿姨您好。

阿姨却不理她，转身回厨房去了。

陈晓把罗拉拉进房间，你怎么这个时间来了？

那我应该哪个时间来呢？罗拉反问。

陈晓不说话。

你跟你妈说我是你们单位的同事？罗拉说，我看上去就那么老吗？

陈晓还是不说话。

正僵着局，阿姨在外面说了，不早了，送人家女孩子回家吧。

我走了，罗拉说。

陈晓把罗拉送到门口，阿姨又说了，都这么晚了，还不快回来睡觉！

陈晓应了一声，说，罗拉，我不送你了。

陈晓你是你妈妈的宝贝。罗拉说。

陈晓还是不说话。

罗拉说我们分手吧。

陈晓笑笑，关了门。

罗拉在门外站了一会儿，觉得自己从没有这么傻过。

走到外面，打电话给唐，唐很快来了。罗拉说唐帮我把陈晓叫出来吧，就说我想去死。

唐说不，我不干。

罗拉就哭了出来。罗拉说求求你了唐，去把陈晓叫出来吧。

罗拉看到陈晓出来了，穿着拖鞋，竟然还笑着。夜色暗沉。陈晓远远看了罗拉一眼，什么都没有说，又转身回去了。

唐送罗拉回家，唐不说话，罗拉也不说话，一边走一边哭。

第二天一早罗拉接到陈晓的电话，老婆我请你吃饭。

罗拉又哭了出来，罗拉说可是我们分手了。

中午台里见，陈晓说。

我们分手了，罗拉又说了一遍。

罗拉你太无情了，陈晓说。

我已经不去台里做节目了。罗拉说，暑假完了，下周就开学了。

罗拉你太无情了，陈晓又说了一遍。

罗拉挂了电话。

然后又演了一遍，陈晓直接找上了门，黑着眼圈，自行车倒了下去。

现在好一点了吗？陈晓又亲了一下她的额头，21 厘米的距离，嘴唇和额头的位置，陈晓说好一点了吗？

罗拉摇摇头，茫然地靠住陈晓的胸口。

过去·伍

走进电话房，小兰正坐在地上哭，脸上清清楚楚的五道红印，围了一圈女孩。

飞飞干的？海伦拨开女孩们，问。小兰点头，凄凄惨惨。

跟我来机房！海伦一把小兰从地上拉起来，一边大声说，有什么好看的？都给我回去接电话！女孩们各自散开了。

飞飞倒下得了手啊！

飞飞还说要找人卸了小兰的一条腿呢。

我早就看不惯她了。

是啊是啊，有几个钱就了不起啊？还不是被踢出去了？

……

罗拉望着眼前乱糟糟的一片，心烦意乱。这是为了什么呀？要到这个地方来，就是为了可以见到以前的爱人？见到了又怎么样呢？见到了，又怎么样呢？

就这么走进了机房，对海伦说，我要辞职。

海伦一脸惊愕。小兰脸上的红印还在，泪倒干了，也抬了头，看着罗拉。

你不能走，经理说。眼睛盯着罗拉，我们也是有规矩的。

罗拉哼了一声。

这样吧。经理痛惜的表情，说，你一定要走，我也留不住，过几天我请你吃晚饭，告别一下，把飞飞也叫上。

罗拉笑了一笑，转身离开。

海伦跟着罗拉，到了外面，罗拉把贮物柜的钥匙解下来给海伦。海伦说，你真的要走？罗拉点点头。海伦递过来一只信封。

罗拉接过信封，看着海伦。海伦不看罗拉的眼睛，说，老板说你是自己要走的，扣了你的钱，不然其他人也学你走路。

罗拉开始整理自己的东西，一边就说，方便面我不带走了，留给小兰姐吧。

罗拉。海伦犹犹豫豫，小兰这个人太有心计，我也不知道我的位置保不保得住了。

罗拉笑笑，说，海伦姐姐，别多想，没有人比你更适合值班经理这个位置的。

罗拉听不到女孩们的窃窃私语，罗拉连头都没有回一个，就像飞飞那样，走了出去。罗拉还笑了。

过去的过去·伍

18 岁的陈晓，16 岁的罗拉，两个人在一起，似乎还与从前一样，却也无话可说了。抱抱和亲亲，亲亲和抱抱，罗拉的心里却涌出来很多很多寂寞。

陈晓送罗拉回家，一个男生正等在罗拉家门口。罗拉你可回来了，我等了你一个钟头，男生一见罗拉就说。

我同学。罗拉对陈晓说，普通同学。转头冷了脸说，找我什么事?有事开了学学校里说，别找到家里来。

没事，没什么事。罗拉的同学看了一眼罗拉和陈晓，说，那我走了。

陈晓在一旁看着，也不说什么。后面还是说了一句，罗拉，你既然会这样无情地对待别人，有一天你也会这样无情地对待我。

罗拉说是吗？罗拉说我不会，陈晓你会，总有一天你会无情地对待我。

亲爱的亲爱的，陈晓说，我们彼此还不了解。

亲爱的我们彼此太了解了，罗拉说。

陈晓不再给罗拉打电话了，也不再去看她。就像罗拉说的，暑假完了，快要开学了。

罗拉的心都碎了。

过去·伍

罗拉在传达室前面撞见唐，唐说，你撑到今天才走啊？

罗拉说是。

唐说那现在算是彻底过去了吧，你跟陈晓。

罗拉点头。

那就好。唐说，晚上的歌友会，陈晓主持的，你应该可以去吧，就当是我的朋友。

罗拉说好，我去。

罗拉打扮了一下，甚至戴了首饰，她也不知道她是为着什么，心里面空空荡荡，又有很深的后悔涌上心头。

站在演播厅门口，又是犹豫，罗拉对自己说，不是说已经没事了吗？可是我站在这里好半天干吗？正想着，后面涌过来一群人，把罗拉也卷了进去，人群中的一个靠近罗拉，附在她耳边说，你长得真好看啊，你是唐的妹妹吗？

罗拉下意识地推开了他，但他无所谓地耸了耸肩，自己走了。

见到唐，罗拉把他指给唐看，你看那个人，说我是你妹。

你就是我妹嘛，唐说。

罗拉哼了一声。

他也是人民台的，跟陈晓搭档。唐又说，冰点。

这名字也太恶心了，罗拉说。

为什么？唐说，为什么？

歌手抱着一把吉他出现了。到处都是人，地上也坐满了人，每一个人的脸都变成了紫色。唐穿着一条花花绿绿的裤子，非常引人注意地挪到罗拉身边，说，快看快看，陈晓出来了。

罗拉心里一慌，说，唐你别走。唐还是挪走了，冰点居然挤了过来，坐在罗拉的旁边，罗拉白了他一眼。

陈晓看着好陌生，反正罗拉是不认得他了。还有女孩子上台献花的，不是献给歌手，献给陈晓，罗拉站起来就往外面走。

外面一个人都没有，大门关着，一根根黑漆漆的栅条。罗拉站了好一会儿，唐和一群人打打闹闹地出来了。

里面散了？罗拉问。

还没散，不过特没劲。唐说，去喝酒？

我不喝酒，罗拉说。

不喝酒坐旁边看看好了，唐说。一把拉过旁边的人，说，给你介绍一朋友，冰点。推到罗拉的面前。

罗拉你好。冰点伸出手，说，很高兴认识你。

罗拉气得不行，还是忍住了，礼貌地用指尖点了一下他的手心，说，你好，我是唐的妹妹。

一堆人走了一会儿，到了青年广场。

就这儿吧。唐招呼大家，把东西都卸下来吧。

这儿怎么变干净了？罗拉说，这儿是青年广场吗？

前些天团市委组织了全市的先进青年把这个地方清洗了一遍，这可是象征青年精神的地方啊，电台都做了连续三天的追踪报道了。唐一边说，一边伸手问罗拉要自行车钥匙。

罗拉不肯。

空留一辆车有什么意思呢？唐说，手还伸着。罗拉慢慢地把钥匙拿了出来，唐接过钥匙一下子就窜远了。

一辆自行车还有什么故事？冰点高声说，说来听听。

罗拉根本就不想理他。

过了一会儿，唐扛了一箱啤酒回来。罗拉拿了一瓶，坐到角落里。冰点坐到罗拉旁边，突然就说，对不起。罗拉也不说话。夜凉如水。

喝吧，喝了酒心里就好过了，冰点说。

你不想喝？你想哭？冰点说。

你喝醉了就哭不出来了？所以你不喝？冰点说。

谁没有点往事呢？冰点说。

我要回家了。罗拉站了起来，说。

我送你，唐也站了起来，说。

不用了，你这儿一堆朋友。罗拉说，再说我家离得很近，自己回去就好。

冰点也站了起来，说，我送。

罗拉看了他一眼，说，不用了。又补了一句，不熟。

唐大笑起来。冰点坐了回去，手伸进背包，摸出一盒磁带，说，我的节目，你要不要听？

罗拉说谢谢，接了过来。

跟陈晓合作的，冰点补了一句。

哦，罗拉说。我不喝酒是因为我还没到喝的年龄，罗拉也补了一句。

罗拉把磁带放了几天，还是拿出来听了。好像还是第一次听陈晓的节目，陈晓的声音很熟悉，又很陌生。

你为什么要留这么长的头发呢？陈晓的声音。

不为什么，一个雄浑的声音回答。

这么大热的天，你披着这么长的头发热不热啊？冰点的声音。

热！但我不会把头发扎起来吗？！

罗拉忍不住想笑，这做的什么节目啊，社会观察？

本是悲伤的事情，却一边听，还一边笑了。

电话铃响，居然是冰点，当然又是唐给的电话号码，一切好像一年前。

罗拉你好。冰点说，我有一档节目想请你做我的嘉宾。

我不去你们台，你另找人吧。罗拉说。

就看在唐的份上吧，冰点说。

又关唐什么事？罗拉说。

亲爱的罗拉小姐。冰点说，唐也是我好朋友啊，他说的他妹妹可是脾气很好的，有忙都是肯帮的。

这算帮什么忙？罗拉说。

我的嘉宾失约。冰点说，真的，还是直播，你也是做过节目的。

冰点在电台门口等着罗拉，这是罗拉没有想到的。

我认得路，罗拉不自然地说。

我知道你认得，而且很熟。冰点说，我是怕你反悔，所以等在这儿，你就是反悔我也抓得住你。

罗拉皱了皱眉，这样的话，回应不了。和冰点一起进了大门，入到导播室，隔了一年，人民台好像更旧了。

却一眼看到，直播间的玻璃窗口后面，陈晓正在录节目，罗拉还是怔住了，陈晓也正好抬头，望见罗拉，却把头又低了下去。

罗拉说你的节目在他后面？

以前不是。冰点说，这周改的版，改版嘛就是这么改来改去的，你也是知道的。

又抬腕看表，说，这家伙，又占我的时间了。

正说着，陈晓出来了，完全不认识罗拉的样子，跟冰点点了点头就出去了。罗拉低了头，跟冰点一起进了直播室。坐到话筒前，往导播间看了一眼，陈晓却又进来了，坐在导播的椅子上。罗拉一乱，忙低下头，推上了音量键。眼角的余光却注意到，陈晓坐了一下又出去了。罗拉心里一片空，还是有一句没一句地把节目应付完了。

出了直播间，唐等在外面，迎上来说，罗拉你要不要去你待过的传呼台看看？

罗拉摇头。唐满意地大笑，这一句话都能让唐笑，罗拉真是想不通。

去吃点东西吧。冰点说，我下午没事了。

罗拉说好。罗拉也不知道她为什么要说好。

你们去吧我就不去了，唐说。惋惜的表情，我要上节目。

我去拿一下自行车，冰点说。

罗拉点头。看着冰点消失在车棚，冰点的背影，跟陈晓竟是有些相似。罗拉恍了神。

罗拉！罗拉！海伦的声音。罗拉抬头，海伦半个身体都在窗台外面，手也挥来挥去，罗拉！我有话跟你说！罗拉横竖躲不过，只好点头。

海伦从楼梯上奔下来，大气不接小气地说，罗拉，老板说今天晚上请你跟飞飞吃饭，叫我跑下来告诉你。

海伦姐姐，罗拉说。

你不要让我难做吧。海伦说，就当是给我一个面。

罗拉犹豫了一下，点头。

那我上去了啊。海伦说，你可一定要去啊，飞飞肯定会去的，老板亲自通知的。

罗拉望着海伦又上了楼梯，紧身裙和恨天高，闪粉的嘴唇。

转头看见冰点推着车过来，还是待了一下，陈晓的自行车。

同事的自行车。冰点说，我们就是附近吃点什么，所以跟他借来用。

罗拉说哦，不动声色。

我家住得远，骑自行车可是到不了，冰点笑了一声。

罗拉没有说话，这样的话，不知道怎么回应。

走过去几分钟就有一间汤圆店的。冰点说，我们就去吃汤圆吧。

罗拉说好，罗拉当然知道那间店，一年前了，罗拉和陈晓常去那儿吃汤圆，不是元宵节，也去吃，陈晓总是要肉馅的汤圆，罗拉总是只吃小小的糖圆子，配上一点桂花。一对老夫妇的小店，只卖汤圆元宵，不卖别的。他家的圆子，真是非常甜的。

可是店却关了。

咦？冰点说，前些天还来过呢，怎么就关了？

罗拉看了看门上贴的通告，写着结业了。

开了一年多了吧。冰点说，还挺好吃的，说关就关啊。

罗拉说，那你去吃点别的吧，我就不吃了。

我爱吃兰州拉面啊。冰点说，你陪我？

罗拉停了一下，说好。

到了一个清真寺，寺旁一条街，全是拉面店。冰点一边吃拉面，一边就说，罗拉你的耳环为什么丁零当啷的啊。

罗拉说什么耳环？

那个晚上。冰点说，你戴的耳环，丁零当啷的。

罗拉说哦。

等下我们去看个电影好不好？冰点说。

罗拉却说我下周开学了，升了高三，更忙了，不会再去电台。帮不帮忙都不会再去了。

冰点不说话了，吃面。

自行车的故事。罗拉看了一眼店外面的自行车，陈晓的自行车。

自行车会有什么故事？罗拉说，你知不知道，有的人很喜欢他的自行车。有多喜欢呢？他每次跑到女朋友那儿，都会问她要一块布擦自行车，一擦就是半天，擦完之后就一直盯着车看。女朋友就想了你盯着我看也没有那么长的时间呢。

真的吗？冰点说，如果是我，我才不会看自行车，我会盯着我的女朋友看，眼珠都不会错开。

罗拉笑了一笑说，女朋友也说了，男朋友你都不理我的，你是喜欢你的自行车还是喜欢我呀。

男朋友就说，这是山地车，二十四级变速的，不是自行车，普通自行车只有一个速度。

女朋友和男朋友分手了一年都没有缓过来，初恋，缓不过来。

女朋友就去买山地车，店里都没有卖，家里人认得车厂的副厂长，自己去厂里提。

女朋友取了车，骑回家。车厂遥远，预了两个小时，可是四个小时都没能骑到。山地车竟然很难骑，变几个速度都没有用。上桥的时候，女朋友哭了，因为实在骑不动了。下了车，坐在桥沿，才发现轮胎是瘪的。车厂出来的新车，没有气，也没有人提点她要先充气，就这么，吃力地，没有气地，骑了一路。

哎，太傻了吧，冰点说。

是啊好傻啊。罗拉说，一年了，女朋友都忘不了男朋友，后来找了一个散工跟男朋友的单位在一个楼，一个大门，可是女朋友再也没有见到过男朋友。女朋友只在车棚里看到男朋友的自行车，这个女朋友就把自己的车停在那辆车的旁边，女朋友经过车棚打水的时候会看一看那两辆车，靠在一起。所以女朋友经常去打水，为了看那两辆车在一起，整个车棚唯一的两辆山地车。

男朋友被单位派出去进修，三个星期，整个车棚只有一辆山地车了，女朋友的车。

女朋友找的那个工作其实很苛刻，要上夜班的，女朋友清晨下班回家，天上还有小月牙，昏黄灯光，车棚里的最后一辆车，开锁的声音都凄凉。女朋友咬着牙，一天又一天。男朋友回来的那天，女朋友辞了职，什么都没有拿，从楼梯上走下去，进车棚，推了自己的车，出了大院的门。不回头，就可以骑得飞快，山地车果然是可以加速的。

这个故事长了一点吧。罗拉说，又看了一眼店外面的车。

哦。冰点说，怎么有点心疼。

唐也是这么说的。罗拉说，有点心疼。

唐不是我哥，罗拉又说。

我当然知道，冰点说。

过去的过去·伍

陈晓在一个下雨的傍晚最后一次出现在罗拉家的家门口，罗拉开了门就开始流眼泪，陈晓心疼地把罗拉拥进怀里，好啦好啦受委屈啦，那现在好一点了吗？

罗拉泪眼模糊抬起头，说，陈晓你踩到我的脚了。陈晓笑了一笑。

然后就是，陈晓又消失了。没有电话，也没有一个音讯。

开学前一天的晚上，罗拉去找了陈晓。

站在陈晓家的门口，罗拉犹豫了。隔音不太好的门，好像听到陈晓正坐在客厅打电话，一边大声说话，一边大笑，太开心了。

罗拉按下了门铃，罗拉使劲地按门铃。陈晓开门见是罗拉，惊讶地说，罗拉？你怎么来了？

罗拉一时说不出来话。

陈晓突然就变了脸，说，没事你就别来了。说着就要关门。

我知道你妈在家。罗拉终于说，陈晓，你给我说清楚，你想怎么样。

我不想谈这个问题，陈晓说。并不看罗拉。

你今天一定得说，罗拉坚持。

我们分手吧，陈晓说。面无表情。

罗拉待了，只好说，好吧。

罗拉转身离开，身后的门重重地关上了。没有一滴眼泪，罗拉想的却是，为什么？为什么和为什么？没有为什么，陈晓没有给她一个为什么。

又下起雨来，路不太好，积了很多水洼，罗拉小心翼翼跳过一个又一个水洼，两个月前，罗拉知道陈晓在看她，罗拉就说了一句，我很幸福。风呼呼地吹，却没有一滴眼泪，罗拉想的只是为什么。

过去·柒

罗拉赶到餐厅，前老板和飞飞已经坐着了，飞飞手腕上戴了一串巨大醒目的檀香佛珠。

你戴这个做什么？罗拉问。

可以保我平安呀。飞飞说，斜了经理一眼，免得我又得罪了新老板被赶出来。

经理尴尬地一笑，把菜单递给罗拉，说，女士点菜。

罗拉也一笑，把菜单传给飞飞，说，飞飞点吧。

飞飞也不客气，接了来翻第一页就说，这间小店也没什么好菜么，先来个鲍鱼吧。

经理在旁边说，可别点得太多了，吃不下的。

飞飞不理，只盯着海鲜点。经理就对服务员说，先上这些吧，以后再点。

飞飞又斜他一眼，放下了菜单。

菜上来了，经理开始说他的光荣，如何如何在商界厮杀出这一条血路。罗拉安静地坐着，一言不发。飞飞埋头吃菜，趁着服务生过来添茶水又叫了一瓶红酒。

罗拉你客气什么？吃菜啊。飞飞搛菜给罗拉，自己的筷子也伸得勤奋。

经理看了飞飞一眼，突然就说，飞飞，你知道台里那么多女孩，我为什么偏偏最关心你？

飞飞吃菜，头都没有抬一个。

那是因为你没有母亲！经理说。

罗拉不禁吃了一惊，看了飞飞一眼。飞飞的表情倒淡漠得很，筷子都没有放下来，也不应话，好像经理那句话跟她丝毫不相干似的。

经理接个电话，到外面去了。

我有妈没妈跟他有什么关系？经理一出去飞飞就对罗拉说，你看他那样儿，请我们吃顿饭，架子要搭的，又不肯多花钱。

你现在做什么啊？罗拉岔开话题。

我跟我男朋友也开了一家传呼台。飞飞说，我爸投资的。

你还做传呼台？罗拉说。

不可以吗？我喜欢。飞飞说，我就是喜欢。

经理推门进来，飞飞把脸一板，又不说话了。

两位小姐在说什么呢？经理笑着说。

我们在说呀，谢谢老板您请我们吃饭，以后有用得着的地方我们一定全力以赴。飞飞说着，拉起罗拉就走，我跟罗拉还有事，我们先走啦。

都没吃什么嘛。经理说，再坐坐嘛，再坐坐嘛。

罗拉正要说话，飞飞拖着罗拉直往外面走，罗拉的谢谢都没来得及说完。到了外面，飞飞说，你还对他那么客气做什么？

你对他这么不客气做什么？罗拉说，这城市本来就不大，你们又是同行了，以后抬头不见低头见的。

我怕什么？飞飞说，我还想回去挖几个人过来做呢。

不好吧，罗拉说。

有什么不好的？飞飞说，我还想着把他们台打下去呢。

罗拉笑了笑，简单地道了别，各走各的去了。

现在·叁

片头。第一首配曲杨千嬅《不回昨天》放完。

听众朋友们大家好，我是今天的主持人小雨，欢迎来到我们的《回家》特辑，今天的嘉宾是我们电台的老朋友，罗拉女士。欢迎她。我曾在网上寻找嘉宾的背景资料，输入罗拉两个字，跳出来的网页还是多年前的信息，而一些论坛、空间或者群里面提到罗拉，也都是大家在寻找她，她到底去哪了？怎么消失了？现在她突然回到家乡，那我们算不算寻找到了她呢？她的消失和出现又在寻找什么呢？欢迎今天的嘉宾罗拉，你好！

收音机的听众朋友们你们好，我是罗拉。感谢小雨，给到我这个机会，能够再次跟大家见面。

罗拉的这一句开场，说来熟练，完全不需要排练，做过多少遍的电台节目，即使隔了十多年，都不会忘掉。

小雨冲罗拉点了点头，插入第二首配曲，范玮琪《寻找》。

罗拉又看了一遍文案，所有的问题，没有一个是她会回答的。

1、从你回来就好像很忙，要见很多人，你是一个爱热闹的人吗？

2、你会不会随着环境的变化改变自己的一些习惯？环境的变化有时也是自己主动的选择，比如当年你离开家乡，很突然，是什么原因？

3、有时候我们会厌倦自己的生活，如果有一个很大的改变就好了。也许会遇到一个人，彻底改变了我的生活，让我看到一个新的未来。也许，遇到一件重要的事情，把我现在的生活完全地变成另一种生活。可是要告别一段生活并非想象的那么容易，一旦要离开，你却不一定舍得。现在你的生活分成了三段，一段在家乡，一段在美国，然后又回到家乡，每一次的改变以什么为动力？动力当中有没有人的因素，比如你的家庭，你的爱人，你的朋友？

4、女人跨过三十岁之后生活有什么本质的变化吗？

过去·捌

罗拉很忙，有时候听电台听到陈晓的声音，也不会像以前那样，马上就关掉，那个声音对于罗拉来说，不再特别了。

往事翻来覆去想了几千遍，最后只剩下淡淡的痕迹。时间真是治疗一切的良药。

罗拉收到了传呼台台庆一周年发来的邀请信，犹豫了一下，还是去了。

下着雨，罗拉远远望见酒楼门前立了个美女，想是传呼台后来来的女孩，走近了一看，竟是小兰，披金挂银，浓妆艳抹，根本看不出来原本的面目。罗拉上上下下看了好几遍，才试探地问，小兰姐？

小兰一见是罗拉，忙从台阶上走下来，一把挽住罗拉的手臂，说，可想死你了，我要和你谈谈心呢。

罗拉有点不自在，轻轻抽手，问，怎么没见海伦姐？

说到海伦啊。小兰东张西望，伸了手掩着嘴说，罗拉我告诉你呀，前些天老板过生日请大家吃饭，你知道海伦送了什么吗？

小兰的指甲染了一片血红，看得罗拉不是很舒服。罗拉说什么？

她居然送了一条名牌皮带！她居然送得出手呢！小兰说。

罗拉看着她。

我也不是要说那皮带有多贵，我是说，她可是送了一条皮带呢。小兰又说，皮带是老婆才可以送的呢。

罗拉更不舒服了，只好不说什么，自己上楼。海伦正下楼，还是紧身裙，高跟鞋，闪粉嘴唇，一看见罗拉就热情地迎上来。

小兰变了，罗拉的第一句话。

见了小兰了？海伦说，叫她在上面帮忙的，她倒跑到门口去当礼仪迎宾了。

罗拉点头。

她不是变了，她是本来就是那样的，海伦说。

穿那么少，又站在风口，你还是让她进来吧，着凉就不好了，罗拉说。

哎呀，别好心了，这次台庆请了好多名流，她可指望着能攀上一个谁呢。海伦说，再说，现在我也使唤不动她了，她也升上值班经理了。

罗拉只能说哦。

还记得飞飞吗？海伦突然说。

罗拉点头。

你知道飞飞为什么一定要走吗？海伦说。

罗拉看着海伦，飞飞为什么一定要走？罗拉重复了一遍海伦的问题。

老板打她主意呢。海伦也掩了嘴，说，飞飞倒不吃这套，逼得急了，就拿牛奶泼他，泼完走路。

罗拉不说话，跟着海伦到一张桌子坐了下来，全是不认识的，就问，以前的同事们呢？

都给小兰挤走了，她可费了大半年的工夫呢，现在只差赶走我她就可以彻底安心了。海伦把声音压得极低。说完，又去招呼人了。

剩了罗拉一个人坐在那里。

现在・肆

罗拉还在家乡的前男友陈晓突然给罗拉发了一条短信。

我想见你，陈晓是这么说的。

可是我不想见你，罗拉是这么答的。

话是这么说，罗拉还是回去了。

罗拉约唐吃了一顿饭，约冰点看了一场电影。所有的人都还在原来的地方，除了罗拉。饭和电影都沉闷，隔得久了也没有什么话，吃完了一顿没有话的饭，看完了一场没有话的电影。

陈晓是最后见的。然后就可以再次离开，罗拉是这么想的。她并没有准备一直要待在家乡，家乡太小了，又太陌生了。

我见你是要告诉你。陈晓说，我爱你。陈晓的样子好像也没有什么变化，虽然隔了十多年。

罗拉说这都过去这么多年了，你也一早结婚生子了吧。罗拉的样子肯定变了一点，罗拉也知道自己是有点长开了，竟然是过了三十岁才开始的。

我爱你，陈晓又说了一遍。

罗拉一句为什么都说不出口，想了多少遍的为什么。

你为什么老是擦你的自行车啊？罗拉突然就问，那个时候。

你还记得自行车？陈晓说。

我只记得自行车，罗拉说。

我们的第一面，陈晓说。

你的办公室，罗拉说。罗拉想起了她一进门他就站了起来，笑的时候有酒窝。

陈晓一笑，还是有酒窝，但是位置好像有点变化了。

我们的第一面。陈晓说，是在电台大门口，你差一点撞到我的自行车。

罗拉说啊？

从来没有提到过。陈晓说，这个第一面。

我都没有来得及说一句话，你只是侧了个身，就走了，你抬了一下头的，但是完全没有看我，你没有看任何人，你的眼神是散的，可是太打动我了，我就去问了门卫，知道了你是经济台的，马上又去问唐要了你的电话。

罗拉说哦。

罗拉说可是你要跟我分手。

是你跟我分手。陈晓说。

罗拉笑了一笑。

你妈不同意。罗拉说，我们都太小了，你还要上夜校。

其实是我那个时候的办公室主任。陈晓说，你也是见过几次的。

罗拉说哦。

后来你就消失了。陈晓说，你去哪儿了？

罗拉笑笑。

罗拉说，我也买了个自行车。

自行车？

我也没考大学。罗拉说，高中毕业，家里人直接安排我去了一个机关上班。

那不挺好，陈晓说。

是啊就跟你一样。罗拉说，我们都被安排得很好。

陈晓不说话。

我只是需要骑自行车去一个站点，再转搭单位的班车上班，罗拉说。

早晨的站牌下面，一个人都没有，我把自行车停在一间冲印店的门前，和一棵树锁在一起。

班车时间是早晨七点，冲印店开门的时间是十点，这三个小时，足够一个熟练的贼撬掉三十辆自行车的锁。可是我也没有别的选择。

每天傍晚从班车上下来，第一件事情就是找车。车还在，和一棵树锁在一起，骑车回家，一天又一天。

单位的大小领导，谁都要给我介绍对象，公务员同事，年纪轻轻，科级副科级，前程好。我不要，我的男朋友跟我分手，用的理由就是前程，他的领导说了，还年轻，心思不要放在小儿女，要奔前程。

罗拉，陈晓说。

没说完呢。罗拉说，终于有一天，我从班车下来，没有看到自己的自行车，我绕着那棵树转了一圈，真的没有，真的被偷掉了。

我就走路回家了，自行车五分钟的路程，走路也不过十分钟。我不难过。自行车被偷掉了，我竟然一点儿也不难过。

罗拉，罗拉，陈晓说。

走路回家的路上，我还笑了。罗拉说，我就辞职了，去了美国。你知道吗？对我来说，自由是最重要的，我可以为了自由去死。

我知道。陈晓说，我理解你。

罗拉笑了一笑。

所以我离开的时候就没有打算回来。罗拉说，我们的城市太小了，如果前程这种东西都能战胜爱，如果前程都能成了一个理由。

我爱你，陈晓说。

可是我们分手了。罗拉说，十六年前我们就分手了。

相信

1

从前有个人叫董永，他很可怜的，小时候就失去了母亲，后来又失去了父亲。他家好穷啊，穷到连安葬父亲的钱都没有，他只好把自己卖掉。有个有钱人同情他，给了他钱，可是不要他的身。他服完孝去还情，他坚持要去做好心人的奴隶来报答恩情，半路就出现了一个女的要嫁给她，他就带着她去了有钱人家，有钱人很有眼光啊，不要他做奴隶，只要她织布来还钱。这个女的很快地织好了布，抵了他的债。然后这个女的升到半空，说，我是天上的织仙女，天上的皇帝觉得你太孝顺了，就派我下来帮你，现在我帮好忙了，我走啦。然后她就飞走了。

啊，这个故事是这样的啊。米亚说，难道不是她下凡洗澡，衣服被他偷走了？

我说所以仙女嫁给一个偷衣服的变态？

我串故事了。米亚说，民间故事太多，串了。

我说我为什么说这个故事？

孝顺。米亚说，你想说孝顺。

我说我只是想说，天上掉下来一个老婆，然后她又飞走了，哈哈哈。

米亚不笑，米亚看着我。这有什么好笑的，她说。

2

我跟米亚不常见面，毕竟她只是我的朋友的朋友的朋友，我的朋友召集家庭主妇们喝茶，我去了，她也去了，我们就互加了微信。

下次再见到，就要看我的朋友什么时候再召集了。一个群只会有一个召集人，超过一个，群就会产生矛盾，聚会的时间和地点都定不下来，所以一个群，只需要一个召集人。如果这个召集人病了，或者不高兴，谁也聚不起来。

我的朋友病了，或者不高兴，所以我已经很久没有见过其他的家庭主妇了。我一个人吃早饭的时候会见到其他正在茶聚的不认识的妇女，她们说说笑笑，就像我们在从前。我喝了一口我的茶，我的对面也是一个一个人的中年妇女，跟我一样，她要了公仔面，热奶茶。茶餐厅的早餐，吃起来只要五分钟，茶楼的茶聚，没有三个钟头聚不起来。

时间都浪费了，我是这么安慰我自己的。可是她们说说笑笑，额头上的玻尿酸都影响不了她们笑。如果我会写小说，我就会写有一个家庭妇女想约其他妇女一起吃早饭，她打了一个电话给谁，那谁说不好意思没空啊，她只好再打了一个电话给谁谁，那谁谁也说下次再约吧最近真的好忙哎，她打第三个电话，根本就没有人接好吧。她只好自己出去吃早饭，一个人，落了座，她叫了一碗公仔面，热奶茶，突然听到旁桌的笑声，眼睛望过去，正是她打去电话的那些妇女们，亲热地坐在一起，说到什么好笑的事情，笑成了一团。可是我不会写小说。我抬头望了一眼对面的妇女，她已经吃完了面，正在找她的钱包准备付账。她吃得真是太快了，四分钟？比我还快。我也开始找我的钱包。

这个时候我收到了米亚的短信，我这个礼拜天受洗，邀请亲爱的你们来见证和分享，我最最最重要的时刻。

我大致知道受洗是什么，从小到大我的身边都充满了有信仰的人。甚至我爸去美国参加我的毕业典礼的第二个月，我爸也受了洗。我都不知道他是怎么认得去教堂的路的，他不是整天坐在家里看《星岛日报》的吗？可是我不相信，即使我的身边全是相信的人，我也不信，我什么都不信。我也许信外星人，而且相信我自己就是一个外星人，总有一天家乡的飞船会来地球接我。我相信。

我去不了，我很抱歉，于是我约米亚哪一天出来吃早饭，就我们两个。

我们就见了，在没有召集人的情况下面。

我们一起吃了一碗粥，我问她受洗还好吧，虽然我没去，但是一定很棒对吧。

米亚笑了一笑，她大概是觉得很棒这两个字很难回应到。

可是我觉得你太快了。我说，你的相信来得太快了。

不快。米亚坚定地回答，我准备好了。

我以为接下来她会问我你什么时候准备好？就像我身边所有的人那样。

可是她没有，她吃了一口粥，说，你不应该要油条的，热气。

他们推你了吗？我说。

米亚睁大了眼睛，没有人推我！没有！我自己知道我准备好了！

我说好吧。

3

然后我们在无印良品碰上了。

我对无印良品的态度是，还好吧。但它也不是我的唯一，我还是可以有宜家，就好像我对待 J.Crew 的态度，还好吧，但是我还是可以有 ZARA。可是对于米亚来说，无印良品好像真的是她的唯一，我扫了一眼米亚的篮子，她连茶包和方便面都买无印良品的。

我手里拿着一瓶油，上面写着放松，我正在想要不要把它放下，排队的人真的是太多了。但是既然有米亚跟我一起排，也许就没有那么多了。

我跟米亚站在一起，实在是没有话说，我现在有点后悔没把油放下了，我也不敢看她的脸。

米亚先放下了，她说哎呀，还有个要紧的东西没有买，我现在去买。然后她就离开了我。

那我们再约啊。我冲着她的后背，喊了一句。

4

我们再约肯定不是因为我喊出去的那一句，而是我真的欣赏米亚。我有一些妇女朋友，也真的是特别好的好人，但是她们都太复杂了，家具上的繁花佣人不擦个一星期是擦不下来的，还有水晶灯，对，水晶灯，那些珠子一串又一串让我恐慌死了。米亚家只有无印良品，也就是说，一眼看过去，没有任何东西。真正的富有肯定是扔东西而不是买东西，真正的自由肯定是可以扔东西而不是可以攒东西。我可以为了自由去死。

我理想的死的状态就是一个空无一物的白色小房间，什么都没有，什么都不要有。可是我实现不了，我快要穷死了，被无穷无尽的东西逼死了。请相信我，这个世界上一定是有一种人是被东西逼死的。

米亚的家实现了所有我活着时候的梦想，白的，和空的。她做到了，我挣脱不了的状态到达不了的状态，她做到了。

我约米亚出来吃早饭，我说米亚怎样才能在有一个丈夫的情况下还能够有自己。

米亚说这个问题太大了不好回答。

我知道很多人是用相信来挽救婚姻，我说。

我只知道我的得救不仅仅是婚姻，米亚说。

你真的准备好了吗？我说。

我真的准备好了，她说。

只是。她说，我也有困惑。

什么困惑？

我不宽容，我仍然有憎恨人的心。米亚说，我对我的这一点很无能为力。

我恨人会想他死。我说，你总不会吧。

天啊。米亚说，我只是会讨厌一个谁，一个事情，我绝对没有你这么可怕的念头。我又为我的这个不对的念头忏悔，我尽量去做一些对的事情来弥补。

比如？我说。

好吧。米亚说，我本来不应该说出来的，但是这个事情太纠缠我了。有一对从大陆来的夫妇，想要留在香港生活，我们提供了很多帮助，包括为他们的孩子找学校。

什么签证？我说。

什么什么签证？米亚说。

如果是任何对的签证，我说，就不存在大家都来帮一下这个问题了是吧。

米亚生气地看了我一眼，说，我们完全不会去考虑他们的身份问题，我们的帮助是爱，爱是没有限制的。

那你忏悔什么呢？我说。

米亚低了头，说，那位太太提出来她的小孩要入到一间国际学校。她的要求我认为不妥，一个完全没有收入却要留在香港生活的家庭，真的也要考虑一下实际状况，现在和将来，经济的问题，生活的问题，还有国际学校。我的心里就生了厌恶。

我的心也生了厌恶，我说。

这是不对的。米亚说，我们不能厌恶，我们甚至不能表现出厌恶，但是那位太太肯定有所察觉了，她跟所有人说话，就不跟我说话。说真的，我真的不是厌恶她，真的没有，我也完全没有表现出来，我只是不爱说话。我有不妥的念头，也是一瞬而过的。

我看着米亚。她又看了一遍手机。

他们今天离开香港。米亚说，他们不得不离开香港。

我看了一眼米亚的座位，她拎了一个巨大的袋子，那个袋子也占了一个座位。

我准备了一份礼物。米亚说，给那位太太，希望得到她的原谅。

那你什么时候送过去呢？我说。

我一直在等她短信我啊，米亚说。又看了一遍手机。

我一个星期前就给她发了信息，希望可以送送她。昨夜她终于复了我，说今天可以见一面，但是时间不定，她会再找我。所以我就把礼物也带出来了，她一通知我我就过去，米亚说。

那她就原谅你了？我说。

5

我再约米亚的时候她说有事，不能来。

我说你能有什么事。我笑了一声，说，咱们这些家庭主妇能有什么事。

她说有个重要的朋友生日，她想跟另外一个朋友去贺她生日，但是又不能让她知道，也不能让更多的人知道，只说是去吃个饭，要不就很麻烦。

我说我听着就很麻烦。

她停了一下，说，要不你也来？

我说不好吧，他不知道，她也不知道，他们不知道的为了生日吃的饭，我去干吗呢，我也不认识他和她，他们和她们。

她说你来看看啊，他们都是很好的人，不是你想象的那样的。

我说那好吧，我去看看，可是，我怎么想象他们了？我都不知道他们是谁。

他们果然都是很好的人，就像米亚说的，可是他们是和我不一样的人，我甚至觉得他们跟米亚也不是一样的人，可是米亚又要和他们在一起，以后都要在一起，永远在一起。于是这个生日饭，吃得非常有感情。

走的时候我想去买个深井烧鹅。我说，带回家吃。

这儿有深井烧鹅的吗？米亚的生日朋友说。

这儿不是深井吗？我说。

深井就有烧鹅的吗？米亚的生日朋友说。

米亚生气地看了我一眼，说，刚才坐出租车来的时候司机也说他住在这儿可是不吃烧鹅的，根本就不好吃嘛，又油又肥。

可是我第一次来深井，我得买点什么，我说。

你都不出门的？米亚的生日朋友说，多出来走走，见见人。

我不出门。我说，我比较喜欢坐在家里。

坐在家里做什么呢？米亚的生日朋友说。

看看故事什么的，我说。

对故事有兴趣啊？米亚的生日朋友说。

是啊。我说，你有故事？

很多啊。米亚的生日朋友笑了一笑，说，你得出来，不要老待在家里，你就会看到很多故事。

什么故事？我说。

米亚用眼神制止了一下我。但是我又坚持了一遍，什么故事？

哦，就跟你讲一个最近的故事吧。米亚的生日朋友说，我们有一位阿梅，住在天水围的阿梅。

阿梅哦。米亚的另外一个朋友说，阿梅有一点点问题的。说完，叹了口气。

是哦阿梅。米亚的生日朋友说，不过现在情况好一点了。她开始相信，她就真的好很多了。

阿梅有什么问题？我说。

她不理我的。米亚突然说，她从来不跟我说话。

她不是不理你。米亚的生日朋友说，她是那个性格。

她也不理我的。米亚的另外一个朋友说，她谁都不理。

她好像只愿意跟我讲。米亚的生日朋友说，所以她的事，我多少知道一点。

很特殊吗？我说，她的事。

这么说吧。米亚的生日朋友说，阿梅这个女孩只有十八九岁，可是已经有了一个三岁的小孩，她跟她前夫离婚了一年半，然后她肚子里又有了一个小孩，而且这个肚子里的小孩还是她前夫的。

我说我数学不大好，我不是很算得清楚。

米亚的生日朋友笑了一笑。

天水围是吧。我说，天水围那边太多悲剧了。

什么悲剧？米亚的另外一个朋友说，天水围怎么了。

穷啊。我说，电影里有拍，穷的。

不穷啊。米亚的另外一个朋友说，天水围那边挺好的啊，那边有个湿地公园的吧。

米亚埋头喝茶，看不到她的表情。

阿梅有事都会来跟我讲。米亚的生日朋友说，因为我是真的能够帮到她。

米亚的另外一个朋友频频点头。

但是她真的会来跟你讲个一天的哦。米亚的生日朋友说，我就跟阿梅讲，你也是知道的，我只是一个义工，我不是社工，你跟我讲这些，因为我可以很好地听，我让你讲，讲一个小时，讲一天，我有时间，我有很多时间，但是不意味着我什么都可以帮到你，你明白吗阿梅。

社工都有点问题的。我说，他们手里的案子都太悲惨了，他们又无能为力，很多人自己就疯了。

没有问题也不需要社工啊。米亚的另外一个朋友说，就是有问题的才要社工。

更多的社工就麻木了。我说，天天见夜夜见，见得多了，习惯了，就不要紧了。

实际上他们解决不了任何问题，米亚的生日朋友说。

所有的问题就是钱的问题。我说，没有钱，就是问题，

你太片面了。米亚的生日朋友说，有钱人的问题也不少。

当然了，太多问题。我说，可是有钱人的问题不是没钱，穷人的问题就是没钱。

没有人可以解决掉所有的问题。米亚说，你只有去相信。

对的。米亚的生日朋友说，你要去相信。只有相信。

阿梅有什么问题？我说。

阿梅有一双最清澈的眼睛。米亚的生日朋友说，阿梅的眼睛看着我，我从来没有见过那么干净的眼睛，阿梅说你对我太好了，从来都没有人对我这么好过，我一定要请你喝个茶。约在一间茶楼，我就去了，去之前，我放下了我的钱包，我从钱包里抽出一张一百，我觉得我只带这一张就够了。

我刚想要问为什么，米亚用眼神制止了我。

到了茶楼，果然，阿梅带了全家的人，她爸爸妈妈，她儿子，点了满满一桌，到了结账的时候，阿梅不动，果然不动。我也不动，米亚的生日朋友说。

阿梅坐不住了，拉我到洗手间，偷偷跟我说，她没带钱。

我说，我冷静地说，你没有带钱，怎么好意思请我喝茶的，还带了这么多人，点了这么多点心。

阿梅哭了，阿梅说对不起。

我说我也没有带钱。

阿梅说那现在怎么办呢，我家里的人都还坐在外面呢。

我说阿梅你带了多少钱出来。

阿梅把浑身上下的钱都掏了出来，都是些散纸。

我说阿梅你带了几十块钱出来请人喝茶的？

阿梅不停地不停地说对不起。

我拿出那一张一百，说，应该勉强够了。我说这是一个教育，你要记得。

阿梅说我以后不会了。

我说我也不是计较这个钱，我可以请你，我有钱，但是做事情不是这样的，你要记得。

阿梅说我记得了。

这个阿梅有病吧。我说，我不是骂她，我是问，她是真的有病的吧？

是的。米亚的生日朋友说，跟她母亲一样，轻度智障，她父亲也是残疾，一直都是住公屋，所以她跟前夫离了婚，又跟前夫睡，又有了第二胎。

总比跟不是前夫的睡好吧，我说。

米亚生气地看了我一眼，如果那一眼能够说话，她说的肯定是，我太后悔带你出来了！

那么这个故事的重点在哪儿？我说。

6

回去的路上，米亚跟我说她老了以后要去跟她的好朋友住在一起。

我说我也是这么想的，我跟我的好朋友都要住在养老院里，不要丈夫也不要孩子，每个人做一块金属牌挂脖子，牌子上刻四个字，不要抢救。反面再来一句，我是认真的。

米亚说你有好朋友的吗？

我说我怎么没有？她在日本，最好的好朋友。

米亚说我的好朋友在澳大利亚。

我说那你以后得去澳大利亚了？你要跟你的好朋友一起，你就放弃整个香港了？你也不要跟老公孩子住一起了？

米亚说你好像在朋友圈说过你没有去你最好朋友的婚礼，你怎么做得出来的？你还说她是你最好的好朋友，你实际上也没有那么想念她吧。

我说很多时候想念会成为别人的负担的，你想念你的朋友，但是不能让她知道，会成为她的负担。

我丢了一个朋友。米亚说，我太难过了。

丢就丢了吧。我说，我们也不是需要那么多朋友的。

可是我心里很难过，米亚说。

我就给米亚讲了那个董永的故事。

我说我只是想说，天上掉下来一个老婆，然后她又飞走了，哈哈哈。

米亚不笑，米亚看着我。这有什么好笑的，她说。

我说朋友也是啊，天上掉下来一个朋友，然后她又飞走了，哈哈哈。

好笑吗？米亚说。

每一个朋友的出现和失去都有原因的。我说，他们来帮助你完成一件事情，或者只是偿还一些情感，然后他们就可以离开了。

是吧？米亚说。

我回到家以后马上订了去日本的机票，我意识到我不去最好朋友的婚礼是不对的，我又没有第二个最好朋友。我的确不能改变过去，但我的确可以从过去学到一点什么。

然后我就发现米亚把我删掉了。所以我给她的微信没能发得出去。

7

我们的召集人朋友还在医院里，病着，而且不高兴。即使我的想念会成为她的负担，我还是给她打了一个电话。

我说我跟米亚见了四回，一个月内。

我是好久没见她了。我们的召集人朋友说，上次约她喝茶她推了一个婴儿车出来，说是帮别人带宝宝，出来喝茶也得带着。

多少钱？我说。

不要钱。我们的召集人朋友说，这个怎么能收人家钱，这是帮助别人，而且米亚也不需要钱。

宝宝的父母呢？我说。

出去玩了啊，曼谷还是槟城。召集人朋友说，那家有四个小孩，太累了，应该出去玩一下，四个小孩分给大家轮流照看，他们夫妇需要休假。

我可从来没有休过假，我说。

你能怪别人？召集人朋友说，

我闭了嘴。

那个家庭经济条件也不是很好，能帮总是要帮的。召集人朋友说，这个我知道的，米亚还自己买了很多东西给她照看的那个宝宝。

我不理解，我说。

因为你不爱人，召集人朋友说。

我不理解。我说，他们怎么可以这么使用米亚？而且使用得这么心安理得？

你又怎么知道他们在使用米亚呢？召集人朋友说，你又怎么知道不是米亚在使用他们？

帮别人看孩子她就得救了？我说。

我病得不想说话。召集人朋友说，你也不要来看我，烦着。

我不看你。我说，我只是告诉你一声，米亚把我删了。

哦，召集人朋友说。

我说我没那么难过，但总觉得哪里有点问题。

你们都谈了一些什么？召集人朋友说。

谈什么？我说，她相信我不相信，我们谈点什么？

或者我们谈一下冲关生子？跨境学童？上水水客？我说，她都没有态度的，她能有什么态度，她只爱人不恨人。

你们两个家庭主妇难道不是应该谈谈炒股炒房？老公有没有出轨佣人有没有偷东西小孩有没有考过单簧管七级？你们还想怎么样？召集人朋友说，你们还要来谈谈这个宇宙吗。

至少还有你能理解我的不理解吧，我说。

我理解。召集人朋友说，只有我理解你。你在地球真的孤独死了。

吕贝卡与葛蕾丝

1

我跟他分了，吕贝卡说。

一百遍了都，我说。

这次是真的，吕贝卡说。

我说真不真也不关我的事儿啊。

要不你俩试试，吕贝卡说。

我觉得我也不要在这个时刻骂她，她肯定是受了很大的刺激。我就说，不用了，谢谢。

第二天有个人加我微信，说是吕贝卡的朋友。过了十分钟，他跟我说，他本来想骗一下我的，但是翻了一下我的朋友圈，还是决定跟我说实话。

我说你是吕贝卡的朋友，这一点肯定是不用骗的。

他说其实不是，他是吕贝卡的男朋友的朋友，他根本就没有见过吕贝卡。

我说那你找我干吗。

他说你需不需要一个男朋友。

我说你也看了我的朋友圈了，我需要一个男朋友吗？

他说我是一个医生。

我说我需要一个医生吗？

他说你要学广东话吗？

我就把他删了，虽然我确实是要学广东话。

我还没找吕贝卡，吕贝卡自己找我了。我说你有这精力，为什么不去职场上拼杀一下呢。

她说她正在拼杀，这点爱来爱去的小事儿不妨碍她的拼杀，我说那你也别扯上我啊，我拼的能力本来就不够，要再摊点爱的事儿，基本上可以去死了。

她说多可惜啊，那是个耳鼻咽喉科医生。

2

到了下午，我把吕贝卡干的这个事儿告诉了葛蕾丝。我本来可以守口如瓶的，要不是那个医生还问我要不要学广东话。葛蕾丝说她正在上一个心理辅导课。

我说啊？多久了？

葛蕾丝说三个月了，早上的课讲的就是家庭建设，很有用的。

我说我跟你三个月没见啦？

葛蕾丝说可不是，三个月前是最崩溃的时刻，我已经把老公的东西都收在一个大皮箱里，摆在大门口，然后换了锁。

我说所以你要去上心理辅导课，贵吗？

葛蕾丝说贵，可是不上不行，人快要不行了。

我说应该是要一起婚姻辅导的吧。

葛蕾丝说我老公不肯啊，你们水瓶座都是神经病。

我点头，说，尤其男的水瓶，神经病中的神经病。

不过我这三个月下来。葛蕾丝说，我发现确实也是我的问题多一些。

我说我不想再跟你谈这个问题了，你意识到了自己的问题，但是没有什么问题是一个人造成的，如果你家的老公还是不肯辅导，你就是把你自己进化成了仙，问题还是问题。

葛蕾丝说好吧，其实我发现他真的没有什么问题，我们女人的问题。

我说如果你上的心理辅导课就是这么辅导你，你怎么不去看韩剧呢，也能治愈啊。

葛蕾丝生气地说，我不看韩剧。

我说那你去卖保险啊，又治愈又挣钱。

葛蕾丝生气地说，我不卖保险。

我说我以前认识一个新泽西的女的，她把她老公的衬衫都剪掉了，她把她老公的钱包扔抽水马桶里了，她把她老公的名字写在纸上贴在门背后，然后使劲地踢门。她怎么不直接把老公扔了呢。

葛蕾丝说扔钱包之前她把现金拿出来没有。

我说好吧，至少你走出了这一步，把他的东西收进皮箱，摆在大门口，然后换锁。

3

你高潮过吗？吕贝卡说。

你高潮过吗？我说。

跟我老公没有。吕贝卡说，跟他有，所以我才这么放不下。

我埋头吃虾春卷，只有这一家的春卷做成长长的三根，放在一个玻璃花瓶，搭配着一枝花。

之前的十年，都没有，吕贝卡又说。

我说我也知道油炸的东西火气大，对身体不好，但我就是爱吃。你也来一根？

他也很努力了，但就是没有，吕贝卡说。

有没有很重要吗？我说。

你知道我每次做的时候都还要用工具吗？吕贝卡说，这样的日子一天也过不下去了。

你知道中国的大多数女人这一辈子都没有高潮过吗？我说，还工具。

我们是在中国吗？吕贝卡说。

我们不是在中国吗？我说。

我怎么办呢？吕贝卡说。

你真要我说。我说，你真跟男朋友分吧，然后继续用工具。

这时候猪脚姜上来了，端点心的阿姨扫了我俩一眼。吕贝卡戴着一顶巨大的毛线帽子，额头都遮住了。按照她自己的说法，如果没有做头发，她就只好戴帽子，如果没有化妆，她就只好戴大框太阳眼镜。

快补补吧。我说，你看起来就像是一个产妇。

你明知道热气的东西不好你还吃。吕贝卡说，你怎么不补补？

我说我等下喝一杯凉茶就好。

吕贝卡说女的怎么可以喝凉茶，太凉了。

我说我有时候真不把自己当女的。

所以你会说有没有高潮很重要吗？吕贝卡说。

我说我们为什么要回到这个问题上来，什么样的高潮能让你上了瘾，你这么上瘾为什么不试试药啊，药的高潮做爱的高潮不能比的。

吕贝卡说你这是闺蜜应该说的话吗？

我说我这不是闺蜜应该说的话吗。

我是一个中国闺蜜。我又补了一句。

还是吃一块姜吧。吕贝卡说，湿气太重。

4

葛蕾丝去了教会，教会的婚姻辅导力量更强大一点，所以不管是什么星座，葛蕾丝的老公都得去。但是葛蕾丝去了教会以后就不大理我了。沉陷在黑暗中并不是你的错，她是这么说的。而你还很享受，这就是很大的问题了。

5

你有没有假装过高潮？吕贝卡说。

你有没有假装过高潮？我说。

不装怎么办呢？吕贝卡说，不装他就一直弄，弄到你生无可恋。

装了他就信了？我说，他也就是装他信了吧。

跟情人就不用装。吕贝卡说，他会让我有，直到我有。

你是盼着你老公知道呢，还是盼着他别知道呢。我说，越毁灭越快乐是吧。

我爱我老公。吕贝卡说，我只爱我老公。

在外面做完，回家再做的时候就会好一点？我说。

不就是这样，吕贝卡说。

不还是没有高潮，我说。

我爱我老公，吕贝卡说。

我是一个医生吗？我说，你这么为自己辩护，或者你只是需要一个重复，要不那个床也睡不下去。

我爱我老公。吕贝卡又说了一遍，我只爱他。

你是复读机吗，我说。

6

我打电话给葛蕾丝，我说你不见我我不怪你，你把我删联系人了我也不恨你，我想过了，我的确沉醉阴暗，但是天使就不能跟落到人间的天使继续做朋友了？

我又这么喜欢你。我又补了一句。

葛蕾丝说你不断地把我往下拉，我只好放手。

我说好吧。

我说那你拉我一把？

我没力气，葛蕾丝说。

7

我约吕贝卡吃点辣的。

吕贝卡说不是炸的就是辣的，你的瘾也不小。

我说我就是吃点故意破坏自己身体的东西，我也是瘾？你倒是张口就来啊，瘾。

如果你缺乏对一种行为的控制，你就是在与一种瘾挣扎，吕贝卡说。

如果你缺乏对一种性行为的控制，你就是在与一种性瘾挣扎。我说，性上瘾是瘾。

陪你吃！吕贝卡用吼的。

我们坐在伤心酸辣粉，要了一份烤鱼。

多辣？服务员问。

有多辣？吕贝卡反问。

你想怎么辣？服务员不耐烦地转她的笔。

小辣，我说。

还有比小辣更小的辣吗？吕贝卡追问。

小小辣和宝宝辣，服务员回答。

小小辣和宝宝辣哪个辣？吕贝卡不倦地追问。

服务员翻了一个白眼。

我说就小辣，就这样吧，两杯冻柠茶。

宝宝辣。吕贝卡说，他们真想得出来。

我分明地感觉到隔壁桌的人白了我们一眼。

你怎么样了？吕贝卡说。

你怎么样了？我说。

你可以停止用我的问题再反问我了好吧。吕贝卡说。

我说好吧。

我说我不怎么样。体力不支，职场厮杀战怕是要败下阵来了。

还是要拼耐力，吕贝卡说。

我说年纪大起来，前景不乐观。

感情方面呢？吕贝卡说。

你感情方面呢？我说。

又来了。吕贝卡说，我爱我老公啊，只爱他一个。

烤鱼上桌了，炸过的鱼，浸在红油里，和它浸在一起的，是油豆腐，莲藕，木耳和洋葱。

看起来挺好吃的，我说。

那你吃啊。吕贝卡说，还不是你要吃。

我也就看看。我说，看看我就好了。

隔壁桌的人又看了我们一眼，我只好回看他们，人人面前都是一碗酸辣粉，吃得吱吱作响。

我认识了一个人，我说。

男的还是女的？吕贝卡说。

都一样吧，我说。

也对，吕贝卡说。

我说也不是什么特别的人，认识了很久了，都没有说过话，有一天不知怎么地说到喝酒，他说他不会喝，我说我也不会，我喝多了会笑。他说我喜欢你笑。

你多大了？吕贝卡说。

我说你的声音再这么大，我只好去打旁边桌的人了，叫他们一直一直看我们。

幼稚吗？吕贝卡说。

我说你每天要一个高潮不幼稚吗？

我们的身体太不自由了。吕贝卡说，很多时候我只是要给我的身体一个错觉。

我就自由了？我说，我又不要见他，我也不要他说好爱你，我只要他每天睡前说那么一句，我喜欢你笑。我喜欢你笑。我喜欢你笑。

你是复读机吗？吕贝卡说。

记有意义的一天

睡前我扫了一眼朋友圈，看到我的朋友吕贝卡写了三个字：崩溃，哭。

我就点了一个赞。然后就去睡觉了。

到了第二天早晨，我突然觉得不放心，就给吕贝卡打了一个电话，她没接。等了一会儿，她给我发来一条微信，生日快乐。我才想起来我生日，不过是农历的，我自己都不记得我的这个农历生日。

我就说好吧既然是生日，咱俩开个气泡酒唱一下歌吧。

她说好，等一下拎个蛋糕过来。

我接到吕贝卡的第一个电话是她搭错车了，正要搭回来，第二个电话是问我家几号她居然给忘了，第三个电话已经快要中午，她在我家楼下的面包店打电话给我，巧克力的还是水果的？我说随便。她说你这一辈子都是随便的吗？我只好说，巧克力。坚定的。

很好看的巧克力蛋糕和很好看的吕贝卡，除了脸色不大好，眼睛还是肿的。

你哭什么？我的第一句话。

我以前的老板死了，她答。

我想的是要是我老板死了我可是不会哭的。我当然没说出来。

你跟你老板爱过？我很小心地问。

吕贝卡瞪了我一眼。我老板教了我好多，甚至教会我算命，她说。

那他怎么不算一下他自己的命？我是这么想的，我当然更没有说出来。我默默地开了一瓶白葡萄酒。有一个老板死了，我都不好意思开气泡酒了。

还去唱歌吗？我鼓足勇气，问了一句。

不唱，吕贝卡坚定地说。

好吧，我说。

喝一口白酒，我家也没有配的东西，起司或者火腿，甚至葡萄，我的冰箱一直都是空的。我就说如果去 Neway 唱K，咱俩就可以叫点东西吃了。

我不吃，她说。

好吧。我说，再说唱K这种东西也不好玩，就跟你们那些太太老打牌似的。

你就跟打牌杠上了是吧，吕贝卡说。

是。我坚定地说，要么追韩剧要么打牌整天吃吃喝喝。

不打牌不追剧干什么呢？吕贝卡说。

干点什么啊，我说。

干点什么呢？吕贝卡说。

干点什么，我说。

这不就是在干点什么，打牌，追剧，吃吃喝喝，吕贝卡说。

杀了我吧，我说。

你生日呐。吕贝卡说，生日快乐。

好吧我神经病好了吧。我说，我自己说，你不用说了。

吕贝卡无力地看了我一眼。

我就是干了点什么，有个以前的同事来香港玩，我请她吃了个饭，她把我加进了同事群，我就知道了这个消息。

然后你就哭了一夜？我说。

吕贝卡点头，太突然了，十多年没有联络，上来就是这个消息。

你也可以当你没听过这个消息。我说，你就当你没进这个群，没听过这个消息。反正你和你老板以前没有联络，以后也不会再联络，你就当他还活着好了，活在别的地方。

吕贝卡生气地看着我，亏你想得出来。

喝酒。只有酒，也没有东西配，我想起来冰箱里可能有一块牛油，可是我不能用牛油配白酒，牛油配什么呢？我想不出来。只好惋惜地叹一口气。

我们出去吃饭吧，我说。

我不饿，吕贝卡说。

那我去买个外卖回来吃吧，我说。

不要，吕贝卡说。

那吃蛋糕吧，我说。

好，吕贝卡说。

于是我在蛋糕上面插了一支蜡烛，我当然没有打火机，我拎着另外一根蜡烛在炉子上点着了火，然后再给蛋糕上的那支接上火。然后我犹豫了一下，要不要去拉上窗帘。可是拉了窗帘以后呢？两个女人一起唱生日歌？好像也有点做不出来。

我和吕贝卡就安静地看着蛋糕上的蜡烛，烧了一大半。太阳光把蛋糕晒得闪闪发亮。

你四十了吧？吕贝卡说。

四十，我说。然后我吹灭了蜡烛，都忘了许个愿。

我们开始吃蛋糕。白酒配巧克力蛋糕。

我想起来我有过一个朋友，我拎着一个起司蛋糕去她家玩儿的时候，她很欣喜地去煮咖啡了，我说你煮咖啡干吗呀？她说这么好的起司蛋糕，不用最好的黑咖啡来配它，就对不起它的好。

还蛮搭的是吧，我说。

我的那个旧同事，吃着饭，说起十几年前在公司的那段初恋，竟然当场失声痛哭起来。吕贝卡说，也四十岁的人了，我们都以为她放下了。

初恋肯定是放不下嘛，就是八十岁也放不下嘛。我说，还痛哭，肯定是分手的时候对方的态度不好。

根本就是没态度。吕贝卡说，也是公司同事来的，也在群里。

什么叫作没态度，我说。

就是一夜之间，不理她了。吕贝卡说，那男的还跟我一个部门。

为什么啊？

不为什么。吕贝卡说，就是突然不爱了。追的时候倒是猛烈追的，花样百出，什么小姑娘都招架不住，前后两个月。

不爱就去说清楚不爱了嘛，态度要好一点。我说，两个月算长的了，我还见过一个只爱了三天的。

但他觉得没什么好讲的啊。吕贝卡说，他就是讲都不想讲，就自己走掉了。

男的都这样吧。我说，女的肯定想不通啊，要崩溃的好不好。

想了十七年。吕贝卡说，要不是那个男的在群里说了个笑话，那个女的还在研究这个问题。

什么笑话？

这个男的当年有个追求者的。吕贝卡说，是女的追他。

然后呢。

那个女的才真崩溃了，提了一个减火筒找到我们公司。吕贝卡说，而且是全裸地，站在我们公司大门口。

我说啊？

这个事儿吧，当时很轰动。吕贝卡说，但是时间长了，大家都忘了。要不是这个男的又在群里说了这事，说完还哈哈哈了三声。

你的旧同事也在群里？我说，那个男的也知道她在群里？他还说了这个，笑话？

当然。吕贝卡说，所有的人都在群里。

要是我我也会在饭桌上哭出来。我说，这个男的太贱了。

关你什么事嘛，吕贝卡说。

我说我早上做了一个梦，下大雨，等出租车的人龙好长，还好我排第一个。一辆空车过来，排我后面的一个男的冲出去抢了那车。我忍不住大骂——贱男人！所有排队的人都指责我，男女老幼，他们说他抢那个车是为了把更新更好的车留给我。我就，气醒了。

生日你做这种梦？吕贝卡说。

梦到下雨会发财吧？我说。

群众也不会这么恶劣吧，善恶还是分辨得出来的。吕贝卡说，你总是把人都想坏了。

那你们同事群的群众都说什么了？我说，听了这样的笑话。

没有人回应。吕贝卡说，大家都不说话。

你看你看。我说，群众。

生日讲这个干吗，都是别人的事儿。吕贝卡说，喝酒喝酒。

一大口酒，吕贝卡的眼泪都出来了。

我说这个算什么，我来给你讲一个，真故事来的。女的在澳洲，男的在香港，感情算稳定，女的是医生，休假会来香港，平日就是网路做爱那样维系，直到这个男的寄错照片有一天，其实很微小的错误，女的马上就觉得有点问题，然后就去追查，才发现这个男的注册了一个一夜情网站，跟无数女人发生性关系。

什么叫作网路做爱？吕贝卡说。

我怎么知道。我说，我也是听来的好不好。

网路怎么做爱？吕贝卡说。

我说重点是，我的重点的是，会从一张寄错的照片挖出一个真相，女人的直觉有时候真是很神的。

吕贝卡说咱们出去吃东西好不好。

我说都下午了，下午茶时间了。

下午茶吧。吕贝卡说，顺便去一下银行，快过年了，我得换点新钞包红包。

你还要不要再听一个故事。我说，有一个女的，陷入一场真正的爱情，从美国跑到香港，美国的一切都扔掉，为了一个说好了的在一起。然后那个男的呢，不见了。

你都打哪儿听来的？吕贝卡说。

故事太多了，我们的想象力都够不上这个地球的真疯狂。我说，要不是追剧打牌吃吃喝喝转移了你们的注意力，你们自己制造的故事肯定比我听来的多多了。

所以你没有朋友。吕贝卡说，你这个爱好也很伤害人的好不好。

你换新钞也帮我换一点好不好？我说。

不好。吕贝卡说，你包红包干吗，你都没有人送。

好吧，我说。

我在汇丰银行外面站了一会儿，换新钞的人果然很多，每个人都有很多红包要送出去，一个红包二十块钱，每个人也都会收到好多红包。

等了吕贝卡换了新钞出来，我们一起进了银行旁边的茶餐厅。

要个面吧。吕贝卡说，生日。

我说太感动了，至少还有你，我的这个生日就有了蛋糕也有了面。

我是说你吃个面吧。吕贝卡说，我想吃个泡饭。

好吧，我说。

我的面都凉得差不多了，吕贝卡的泡饭还没上桌。

你先吃吧，吕贝卡说。

那我先开动了。我说，你教我用日语说这一句好吗？

吕贝卡就用日语说了一遍，我跟了五遍都没学会。只好说，算了。

你日语倒没忘啊。我说，我英语忘得差不多了。

这怎么能忘。吕贝卡说，在日本十年啊，我也不信你忘了英语，美国待了十年？

九年，我说。

都跟一场梦似的，吕贝卡说。

香港也待了快十年了吧，我说。

第二场梦。吕贝卡说，梦叠着梦。

你当年为什么去日本啊？我说，既然以前的公司做得好好的。

吕贝卡把手机拿出来，给我看一个人的朋友圈。我就看到了一个保持得还不错的老男人，非常丰富多彩的日常生活。

帅吧？吕贝卡说。

完全不觉得帅。我说，旧同事？这次加上的？

嗯。吕贝卡说，断了好久的联络。

我说同事群怎么也跟同学群似的，一组起来就能拆散好几对。

吕贝卡白了我一眼。

那一年。吕贝卡说，我被公司派到北京，他留在广州，我们算是暂时分了手。

分手还有暂时的？我说。

没有好好地谈一下。吕贝卡说，我这边就当是暂时分了手。

这就是大家的问题。我说，不肯谈一下。有的男的就觉得女的是会自己想通的，让她足足想十七年。

有的时候会是男的想很久。吕贝卡说，半年以后，他到北京来出差，我给他买了一些洗漱用品，还有一件睡衣。

睡衣出问题了？我说，我预感到这件睡衣要出问题。

吕贝卡又白了我一眼，说，他后来再也没有来过，我也没有机会回广州。差不多有半年了，我家一个亲戚带着孩子来北京玩，住在我那儿好几天，我想那件只穿了一次的睡衣放着也是放着，就给那个亲戚家的小孩穿了带走了。

他又来了？

对，他又来了。吕贝卡说，他站在洗手间里发了半天呆，我知道他在想睡衣我给谁了的问题，但是他没有说出来。如果他问我一下，我会告诉他，但是他一句话没有说，他就走了。

你就去日本了？

我就去日本了。吕贝卡说，十年。

吕贝卡的泡饭终于来了。我的面都凉透了。很不好吃的面，我只吃了一口，到底是生日，我得吃面条，有一点仪式感。

他说他想见我，吕贝卡说。

别见了，我想说。我当然没有说出来。

如果他这次问我，我也许会讲一下那件睡衣的问题，吕贝卡说。

睡衣的问题。我说，有意思吗？

好吧如果十多年前没有讲。吕贝卡说，现在更是没有讲的意思了。

那你还见他吗？我说。

我想想，吕贝卡说。

你想也不要想一夜想崩溃好不好？我说，更不要哭。

我是哭我的老板好不好，吕贝卡说。

我说所以你哭得搭错车还忘了我家门牌号？

吕贝卡不说话。

我看着她在她的泡饭里捞出了一根长头发，她把卷着头发的那勺泡饭倒到桌上。

还吃吗？我说。

吃，她说。

但是她没有再吃。我接一个电话的时候，她站起来走去柜台买单。

我只好一边听电话一边拿包跟住她，面和泡饭都冷在桌上。

我们走过一个天桥，到了一家甜品店的前面，甜品店关着门，门上的通告写着我们就是只做西式甜品的，你要吃中式糖水去其他地方吃，别再敲门进来问，很烦的。

我觉得这个通告写得很清楚，就很欣赏地又看了一遍。

吕贝卡进了甜品店隔壁的一间蛇王海，或者海王蛇，这个店肯定存在了十年以上了，从我第一天到香港，我就注意到了这个店，却是我第一次接近这种店。怎么会有人真的去买蛇做的汤？我是这么想的。但是确实真的会有人来买蛇做的汤，比如我的朋友吕贝卡这样的人。

九十八蚊，我听到店里面的人说。吕贝卡说了谢谢，拎着一个简陋胶袋出了店门，我看了一眼她手里的汤，也就是说，她会花一百块买一碗汤，那么这碗汤肯定是非常好喝的。

这一天就这么记完了。

后来？后来我们在蛇王海或者海王蛇前面分了手，各自回家。我买了一把花给自己，不是不是因为生日，只是因为要过年了，年花也是仪式感的一部分。回家开了手机，吕贝卡发了那个想睡衣问题想了好多年的男人的照片给我。帅不帅？她又问了我一遍。我当然没有回复她。就好像那个让我扔掉美国跑到香港的男人，竟然也在我农历生日的这个下午茶的时间出现了，他在电话里说他想见我，我当然没有回复他，我直接挂断了电话，都忘了问一句想了快要十年的为什么。

记没有意义的一天

情人节的前一个晚上，葛蕾丝打电话给我，要我去北角见她。我说不高兴。她说有礼物给你的。我犹豫了一下，说，还是不高兴。

那你明天能来吧。葛蕾丝说，情人节啊。

我说好吧。

到了情人节的早上，我觉得我这一天还挺美好的。我要去北角见我的朋友，她说有礼物给我。我当然也给她买了礼物，而且是两个星期前就买好了的。

我手里的活肯定做不完了，我还熬了个夜，熬夜有时候是有效的，这一次无效，会不会是因为情人节？我是干点活就去瞄一眼手机，当然什么都没有，一个短信都没有。平日都没有，情人节就会有？情人节是老中医？包治百病？

我就去睡觉了，反正也做不完了。

早晨爬起来还是做不了，情人节。我就去北角了。全是人，地铁上全是人，人跟人，贴在一起，每个人都使劲收着自己的肚子，要不肚子弹到别人的肚子。

工作日，每个人的工作日，情人节当然不放假，情人节又不是公众假期，复活节肯定是一个公众假期，情人节肯定不是。

九龙塘转车，更多人，贴在一起，有时候是背对背，这一次没有，我得跟一个人面对面，要不是他比我高一头就真的是脸对脸。不能左一点也不能右一点，左或者右都是人的脸，而且是跟我一样高的脸，只好专注在眼前人的脖子和衬衫，深蓝色，咖啡纽扣，扣得很紧，一定是一个天秤座。然后就到了香港岛，再下去转车。换一个人的脖子，白色衬衫，傲慢的下巴，一定是一个金牛座而且A型血。

我想的是，葛蕾丝这个礼物最好值得我跑这么一趟，要不就是在她的学生面前我也是会打死她的。

葛蕾丝的学校还在山里，必须搭小巴。香港的小巴，如果你爱看电影你就知道了，香港的小巴是可以拍电影的，既然你都看了香港的小巴电影了，我就不说什么了。

总之我跟小巴司机说什么他都不理我，情人节哎有没有搞错。我说唔该请问去到英皇国际学校系不系搭这班车？他不理我。我说司机你到站叫我一声好唔好唔该晒？他不理我。我不说了，我看着车窗外面，全是有钱人的独立屋。独立屋转瞬即逝，每个弯都转得太急，我这个从来不晕车的人都晕了。

一个急刹车，坐在司机后面第一排座位的我差点从前车窗滚了出去。

小姐。司机说话了，到了，你下车吧。普通话，还是上海口音的。

我跌跌撞撞地下车，我想的是，你刚才要理我一下我也不至于跟你讲上海口音的广东话吧。我们一起讲普通话好伐啦，一起上海话也可以的。

葛蕾丝风情万种地等在门口，长衣长裙，我摇摇晃晃地向她走去，跟她比起来，我简直是蓬头垢面的流浪汉。

葛蕾丝往我的手心放上了一颗草莓蘸酱巧克力。学生做的，她说。我马上递上了我准备的礼物。

什么呀？葛蕾丝没有马上打开来。

身体霜。我说，玫瑰的。

你太甜了亲爱的。葛蕾丝说，进来吧。

我跟着她到了学校食堂。想吃什么？葛蕾丝说。

我说随便。

她说你这一辈子都是随便的吗？我只好说，你吃什么我吃什么。

我们就一起吃炒面了。

我看了一下她的盘子，面条上面两颗巨大的花椰菜。

我的盘子里有三颗，比她还多一颗，我把它们都吃下去了。

你每天就吃这个？我说。

还可以啊。她说，我这不是天天吃？

可以可以。我说，你看我全吃光了。

葛蕾丝就拿出了一个粉红心的盒子，我看着她。她把盒子打开，说，情人送的巧克力，跟你一起分享。

我沉默地拿了一个，吃了，又拿了一个。

昨天晚上他带我去太平山顶了，她说。

什么山？我说。

太平山啊，太平山，她说。

我没去过，我说。实际上我哪儿都没去过。

他说他有多爱我我都不知道，葛蕾丝说。

我不说话，我心里想的是，有病，他爱你爱得你不知道？

我当然没有说出来。你爱他吗？我是这么说的。

没有他爱我那么爱他吧，葛蕾丝说。

我说好吧，可是不应该是今天晚上吗？今天才是情人节。

他有太太的，葛蕾丝说。

我说哦。

他太太怀着孕。葛蕾丝又说，下个月生。

我说哦。

情人节总得陪自己老婆吧，葛蕾丝说。

是啊，我说。

巧克力好吃吗？她说。

好吃，我说。又拿了一个。

再拿一个啊。她说，你多吃点。

我抬头看了她一眼，说，不要了，够了。粉红心盒子装的巧克力，我吃掉了一大半。

那我不送你出去了啊。葛蕾丝说，有课。

不用不用。我说，我认得路，自己走就好。

一出校门，就有个小巴过来。我马上招停了车，都没有顾得上看一下站牌。所以就算是再来，我仍然不知道我应该在哪一站下，可是我不想再来了。

下午我有个物理治疗。可是现在距离我下午的预约还有两个小时，这两个小时，我不知道去哪儿。要不是我安排给我的朋友葛蕾丝的时间太多，我也不会多出来这个时间。

我打电话给我物理治疗师，问她可不可以提早一个小时去。她说不行。

一路上我想了很多可以去的地方，可是没有什么地方可以去。我从来不逛街，我也不买东西，我坐在诊所的楼下，一间麦当劳，多出来的时间。

情人节的中午，麦当劳熙熙攘攘，香港的大年夜，麦当劳也是熙熙攘攘的。

一个人坐在我的旁边吃炸鸡翅，吃得吱吱作响。我肯定不好意思看他，我不好意思看任何别人。我要了一杯冻橙汁，可是不敢喝一口，不然治疗师会说我水肿。我只是不停地刷手机，还是没有，什么都没有，微信或者短讯。

距离预约还有十五分钟，我上了楼，签了名，跟一个坐得笔直的女人坐在了一起。

她马上就进去了，她的治疗师一定会表扬她，真的坐得跟一支铅笔似的。

我又等多了几分钟，我的治疗师才喊了我的名字。

香港的物理治疗师肯定是要比美国的治疗师合算得多，她会说我水肿，跟个中医似的。我就有了错觉，花了物理治疗的钱，可是还看了中医。

不要喝任何冷的东西。她是这么说的，水肿。

冰淇淋呢？我说，冰淇淋可以吃吗？

任何冷的东西。她说，喝的或者吃的。

肿就肿吧。我说，我的问题是疼不是肿。

如果每次我跟你谈了你还是不改变你的姿势。治疗师说，我还有什么要跟你谈的呢？

我想的是我要是能改我还会来吗？一周一次，每次四百八十元。我当然没有说出来，我说的是，你要我去喝薏米水吗？

你竟然知道薏米水了？治疗师说，不过你现在不要跟我讲薏米水，你要改变的是你的姿势，坐的姿势，站的姿势。同时她再一次示范了一个正确的姿势，她站到一堵墙前面，把自己的背笔直地贴在上面。我看着她。

然后她离开墙，坐到一张转椅上，上半身笔直，同时她把她的背扭给我看。

我看着她。

你来做一下，她说。

不要，我说。

好吧，她说。

你的电脑的高度在哪儿？她又问。我上次问过了吧。

我说你问过了。

哪儿？

我的膝盖的，高度。我说，我把电脑放在我的大腿上面。

你没有桌子？

有。我说，但是我要把电脑放在腿上。

这是顶重要的一点。她说，你不要把电脑放在腿上。

你上次说过了。

对，我说过了。她说，你可以不把电脑放在腿上吗？

我尽量，我说。

好吧。她满意地说，现在趴上去吧。

我趴到了治疗床上面，她给我贴上了磁贴，然后开动机器。我看着她的小腿，浑圆的小腿，她自己的每一个姿势就是对的？我就不信了。

机器的节奏都没有变化，拉紧，再松开，拉紧，再松开。我想的是，这个机器是要给我的肌肉一个错觉，它放松了，它放松了，它就真的放松了。

如果我今天还是交不出来，我的老板肯定不高兴，然后换人，也不是第一次了。我想的全是这个。

机器停下来了，我又等多了几分钟，我的治疗师才赶了过来。她刚才肯定又在教育另外一个客人，都跟你讲了拉伤了，你要暂停一切运动，你又上山了？你只是行个小小山？你要搜救队去山里捞你吗？

这就是我喜欢我的治疗师的地方，她只是一个物理治疗师，可是她有时候说中医的话，她还会给你做一点心理辅导。

你得把钱花在这些辅导上面，姿势辅导，婚姻辅导，你的婚姻和你就会长命一点。

下下周见。我的物理治疗师是这么说的，下周我休假。

我出了诊所，天还很亮。香港情人节的傍晚，天还很亮。

我当然不逛街，我也不买东西，我直接回家了。

晚上我还会出来吗？我问了一遍自己。

不会，我是这么回答的。

那就现在吃点东西吧，晚上不出来了。

好吧。

楼下有一排四家馆子，一家台湾面店，一家意大利馆子，一家泰国馆子和一家香港茶餐厅。

再往下一层，一个超市，一家茶楼和一家日本馆子。

我经常是再下一层都懒得下，超市我也不去，我在网上买杂货，他们送到门口。

很多时候我四家都不想吃，很多时间我四家都想吃，我就每一家都买一份外卖，吃三天。这么宅了七年，是不是还要宅到七十岁？

我去了意大利馆子，他家有全日早餐，也就是说，即使是在下午，你也吃得到早餐，吐司炒蛋，豆子和蘑菇。

我要了一份巧克力窝夫，带冰淇淋的。我吃冰淇淋的时候完全不会去想我水不水肿，肿就肿了，我还能更肿吗。服务员往我周围的桌子放留位的牌子，每一张桌子，都被预订了。这种事情就是大年夜也不会发生，神经病情人节。

大年夜我去了香港茶餐厅，桌子都是空的，比平日还冷清，人都去哪儿了？待在家里不出来？茶楼？火锅店？我不知道他们都去哪儿了。葛蕾丝的每一个大年夜都去日本馆子。你不是总嫌人多吗？葛蕾丝是这么说的，我的办法就是去吃寿司。真的，一个人都没有哦，开心死了我都要。

你也去啊，你家楼下不就有一间？葛蕾丝说，香港人觉得大年夜吃生的冷的不吉利，所以他们都不会去日本馆子的。

是不吉利。我是这么说的，我宁愿不吃。

我还是去了香港茶餐厅，也没有什么人，我要了一个酱爆虾球配饭，希望饭是热的。平日五十八的一个菜，大年夜卖一百五十八。

我的隔壁是一对男女，要的是一碟鱼和一个煲，看不出来什么煲，两个人的脸色都很凝重，没有一句话。

隔壁的隔壁也是一对男女，只要了一个煲，从那两个人的脸色看上去，那个煲一定难吃死了。

我的菜来了，一整棵西兰花，分成四瓣，真的是一整棵，去滚水里滚过没有？我不知道。西兰花上面摆着六个虾，一二三四五六，肯定是生的，因为它们都直挺挺的，没有弯起来，更没有弯得像一颗球。它们直挺挺的身体上面，也没有酱，白花花一片，没有酱，肯定也没有爆。厨师回乡下过年了？那就宽容一切吧，到底过年，我是这么想的。

我吃了一棵西兰花，还好米饭是热的。

我妈说过大年夜要吃饭，但是大年夜不要吃泡饭，要不明年一年你一出门就会下雨。于是我只关心我的饭是热的，而且是干的。

这一盘情人节的甜点也是吃得连滚带爬，我一离开桌子，服务员就赶紧收走了盘子，摆上了留座牌。

我在台湾面店旁边的阿信屋买了一瓶梅酒，配盐醋薯片，可是找不到盐醋薯片，有任何口味的，只是没有盐醋的，那就得喝啤酒，可是我不喝啤酒，可是没有盐醋薯片，梅酒也喝不了了。

有一年台风夜，我出来屯点什么，实际上我不需要屯什么，不就是台风，也可以不吃，货架完全空了，饼干和面包，什么都没有了。我就拿了一包酸奶油薯片，一罐雪碧和一壶二锅头，对，瓶子做得像壶，进口的，二锅头。排我前面的人还好意思回头看我，他自己买了一盒套套，还在收银台前面拿了一盒口香糖，我看得太清楚了，套套和口香糖，台风夜。

刚刚到香港的时候，我去澳门的赌场还会被要求出示身份证，一边掏身份证，一边心里暗暗地美美的。这才七年，我就是买一吨酒也没人管了。

我带着一瓶梅酒回到家，看了一下手机，还是什么都没有。

我从冰箱里拿了一只橘子，坐到阳台上，橘子也是冷的，那又怎么样。如果我能够完成，我就会吃掉这个橘子，如果没有，再把橘子放回冰箱。

我把电脑放到腿上，看了一眼橘子，开始工作。如果今天十二点没有交出去，我就没有了橘子，而且我肯定会丢了这份工，反正也不是我第一次丢工作了。我当是我丢掉了工作，不是工作丢掉了我。

天全黑了，月亮圆不圆，我不知道。我不想看。

微信来了，他说他不能给我打电话了，他知道他是一早答应了的，可是老婆查手机查得特别勤快，今天。

我安慰他说查手机算好了的，我认识一个人，下班以后就得把手机放老婆那里，而且他老婆还去他单位接他下班呢。我说完这一句，加了个笑脸，发出了。要是这条回复没赶在一分钟内发出去，收到的就指不定是谁了。

他回过来一个晚安。

我待了一下，晚安。这才九点半，晚安。这是一个约定，晚安就是再见，再见太难听了，只好说晚安。如果他说晚安，今天就结束了。有一个晚安也真的太好了，有时候我等一个晚安都等成了早安。他可能是真不方便，可能就是真忘了。

我看了一眼橘子，继续工作。我很有可能完成，那么我就不会丢工作，至少这一次不会了。

三分钟以后，我突然暴怒，我后来想一想，只会是月亮的原因，我不是狼人，但我是一个女人，月亮对狼人和女人的影响肯定都是巨大的。

我关了电脑，站了起来，把橘子放回冰箱。

然后我坐在地板上给他发了一条微信，你有没有见过有人只要一个电话做情人节礼物的？我才不管收到这条微信的人是谁呢。

他没回。

我给他发了一个红包，520，我也不能发 521 或者 522，微信规定的，520，神经病微信。

他没收。

我又发了一条，你知道每天早晨醒来时候胸口思念的痛吗？那叫什么？

他回了一个字，爱。

我就哭了。地板太凉了。而且那句话还是我看电影看来的，我要是个作家多好，我就出口成章了，每一句话都感动死人，金句王。可是我不是，我只是个中老年，程序员，我的活可以在家里干，但是工资少一半儿，我的老板用视频电话骂我，跟在公司现场骂的效果没有什么不同。

我一边哭一边看着他把红包收了。

我哭得更厉害了，我做人太失败了，我这个女人干的都是男人应该干的事。只能怪自己，女人把男人应该说的话都说了，女人把男人应该干的事儿都干了，让男人们干什么呢。

我还在红包里写了这么一句，当是今天一起看了场电影吧，然后戏院门口卖花的大婶跟着你，你只好给我买了一枝花。

我要下得去手的话就给自己一个耳光了。我下不下去手，我把梅酒拿了出来，冰箱里待了几个小时，它也是冷的了，它的冷足够让我肿成一个猪头。

我拧开瓶盖，一手叉腰，一手握住瓶颈，灌了一大口。然后，噎到了。如果这个世界上有被酒噎死的人，我肯定是第一个。

我灌了第二口，再一次被噎到。

这是从来没有发生过的，我意识到是我的姿势，我的姿势出了问题。我放下酒瓶，去厨房取了一只水晶的香槟杯，慢慢地坐了下来。我把梅酒倒入了香槟杯，它看起来竟然很像香槟。我捏住香槟酒杯，轻轻摇晃，喝了一口梅酒，然后是第二口。我还有一盒乐天杏仁糖，一颗糖，一口酒。

一瓶酒喝完，我还不醉，糖倒全吃光了，绝望透了。

我想打电话，可是打不出去，要是他老婆接电话，他死了，我也死了。我就给葛蕾丝打了一个电话，她接了。我说我的礼物呢？你说的要给我的情人节礼物呢？

她好像在山上，电话断断续续。

我的礼物呢?！我又问了一遍，用吼的。

我跟你分享的巧克力啊。她是这么说的，道德线下面的下面，脏秘密，我没有任何人可以讲我只能跟你讲，我还是个老师。但是巧克力太甜了，巧克力又没有罪是吧。

我看了一眼窗子外面，月亮太圆了，月亮圆得我都可以去死了。

这一天就这么记完了。